花海药吟闻叶香

乔惟良花赋十三篇赏析

全国百佳图书出版单位
中国中医药出版社
· 北 京 ·

图书在版编目（CIP）数据

花海诗吟闻药香：乔惟良花赋十三篇赏析 / 朱杰编著 . -- 北京：中国中医药出版社，2025. 7.
ISBN 978-7-5132-9608-3

Ⅰ. I207.224

中国国家版本馆 CIP 数据核字第 20257ZS342 号

中国中医药出版社出版
北京经济技术开发区科创十三街 31 号院二区 8 号楼
邮政编码　100176
传真　010-64405721
山东临沂新华印刷物流集团有限责任公司印刷
各地新华书店经销

开本 710×1000　1/16　印张 21.75　字数 322 千字
2025 年 7 月第 1 版　2025 年 7 月第 1 次印刷
书号　ISBN 978－7－5132－9608－3

定价　198.00 元
网址　www.cptcm.com

服务热线　010-64405510
购书热线　010-89535836
维权打假　010-64405753

微信服务号　zgzyycbs
微商城网址　https://kdt.im/LIdUGr
官方微博　http://e.weibo.com/cptcm
天猫旗舰店网址　https://zgzyycbs.tmall.com

如有印装质量问题请与本社出版部联系（010-64405510）

序

平素每与同好论及家乡的文化先贤，我总是直言不讳地说：近世独服乔惟良公。我之所以这么说，自然是出于对乔公的敬仰，同时也是对目下一些言过其实的评判的反感。当然，在先辈诗书画家中，留名于后世的应该不止乔公一人，然而乔公在此一众人中确乎是出类拔萃，而非徒有虚名者。所以，当朱杰先生让我为《花海诗吟闻药香——乔惟良花赋十三篇赏析》(简称《花海诗吟闻药香》)写几段文字，我虽深感惶恐，却又倍觉荣幸。

青少年时代，我有幸得瞻乔公仪容多次，其中两次难以忘怀。一次，是先父带我去拜谒乔公。当时还是青年的赵钲老师以乔公门徒的身份侍立一旁。乔公告知先父，因为赵老师家境贫寒，故有意扶持。岁月不居，时节如流，虽历经五十余载，其情形却历历在目。如今赵老师在书画上的成绩已经为乡里所熟知，而乔公往日扶持的义举，则深入我心。当时，乔公自身处境亦窘迫，然而却能力所能及地周济他人，其人品操守由此可见。第二次见乔公是1976年，我已成年。乔公应先父之邀，来我家喝茶聊天。他问我是否喜欢书画，并亲自提笔示范画竹之技。乔公谆谆教诲使得我如沐春风，故而至今难忘。其时，电视上正播放殷承宗钢琴演奏古典乐的影像，乔公立即移位观赏，完全忘情于物外。由是观之，乔公不仅深谙本土文化，而对于域外的一些艺术形式亦有所钟情。

乔公与先父素为莫逆，二人同于1988年驾鹤西去，是为天意。自此，每年清明祭扫，我必去乔公坟上，烧几张纸钱，算作缅怀。乔公一生留下诸多书画作品，其价值自不需我赘言，而乔公的“文”却不一定全为世人所知晓。事实是，乔公是一个十分重“文”的人。乔公嗜酒，酒后常直言不讳，而每每切中要害。据先父回忆，乔公曾于酒后，手指本地某书画名家，嬉笑云：汝无他，惟少“文”耳。乔公的磊落、率直由此可见；乔公对“文”的重视，亦由此可见。乔公书画已为世人所熟知，且有先辈、乔公之婿许才清先生将其作品编辑成册，而流传于世。然其文章，却只是在有限的范围流传，是为憾事。而今，朱杰先生经过不懈努力，为乔公《花赋》十三篇做笺注、赏析，以及白话文翻译，实为弥补了一个巨大的缺憾。我虽愚钝，很愿意为朱杰先生的这一作为鼓掌叫好。

闲暇之余，我也读一些古诗词曲。由于不学无术，很多内容只能不懂装懂地硬着头皮往下看，久而久之也看出一些门道，然而于赋这一文学形式，我却差不多是个准文盲。除了魏晋南北朝的一些小赋，以及唐宋时期的几篇散文赋外，其他的知之甚少。前段时间，曾很想将《文选》通读一遍，但想到洋洋洒洒的汉赋，不由得望而却步。现在，朱杰先生将重任交给我，是信任加鞭策，使得我必须勉为其难。

朱杰先生认为，研读乔公《花赋》十三篇可从谢榛的“诗家四关”之说入手，即将“诵、听、观、讲”作为理解《花赋》的切入点。我觉得，这是朱先生在研究乔公作品时的重大发现。乔公性情中人，常在酒酣耳热之际诵楚辞汉赋；乔公钟情于音乐，不仅吹拉弹唱得心应手，而且爱听，爱听民族音乐的黄钟大吕，亦爱听西方古典乐的意蕴悠长；乔公爱看，不仅多识于花鸟草木，亦爱看人，看雅人，看俗人，看世间万象，每有感触便遣之笔端；乔公仗义，即使在身处逆境之时亦不忘扶危济困，为弱势者鸣冤叫屈，乔公学养深厚，且畅所欲言，更是言无不尽，常使得我们这些晚辈有醍醐灌顶之感。故而，由“诵、听、观、讲”可知乔公，亦可知乔公文章，更可知乔公《花赋》十三篇内涵矣。

朱杰先生的《花海诗吟闻药香》每章有“原文、注释、意译、赏析”四个部分。我个人认为，朱先生这本书的意义绝不限于笺注、赏析，不限于文学层面的欣赏，它还有个最大的看点就是“打通”。钱钟书先生曾致力于将中西文化“打通”，然而当今中国日益开放，中西文化交流日益频繁，且文化出于人心，本是脉脉相通，似乎已经无须费力来做“打通”这项工作了。

而民间所说的“隔行如隔山”，倒是时常不免困扰世人。行业之间的壁垒，仿佛一直存在，故而做一些“打通”的尝试，不仅颇有必要，而且很有意义。何况，古代的文化名人中就有不少的“通人”，比如中国的张衡、郦道元、徐光启，西方的亚里士多德、帕斯卡，他们往往横跨自然科学和社会科学这两个领域，而将两者隔绝起来，则是近代的事情。朱杰先生在《花海诗吟闻药香》中将文学与中医药学做了“打通”，是其创造性的研究成果，也是其匠心独运之处，这不仅深化了《花赋》本身，也使乔公的“无心插柳”，成为蔚为壮观的“柳成荫”。朱杰先生的“打通”给专业人士提供了进一步研究的新材料、新思路，又是给读者进行了一次中医药学的科普教育。虽是“微言”，然而终究是用心良苦，意义深远，不失为“大义”。

在《梅花赋》的“导读”中，朱杰先生首先写道:“梅花亦可入药入馔。梅花性平微酸，归肝、胃、肺经，有疏肝除烦、和胃化痰之功效，常用于肝胃不和、郁闷心烦、梅核气、食欲不振、瘰疬。”然后为了进一步阐述其中医药养生功效，从《本草纲目拾遗》《伤寒论》等专业性著作，一直引用到宋笔记《山家清供》和通俗小说《三国演义》，可见其治学严谨，可见其涉猎之广，亦可见其博闻强记、兼收并蓄、博采众长。

除此而外，朱杰先生在这本书里，还写了玉兰的“消痰、益肺、利九窍、去头风、治鼻病、明目，可用于鼻炎、血管性头痛，消除紧张不安，抑制真菌”的功效；在《牡丹花赋》的导读中，通过《红楼梦》里薛宝钗常吃的“冷香丸”有一味“春天开的白牡丹花蕊”，来说明牡丹对女性朋友养颜、养生所起到的作用，使得文章在具有知识性的同时，又有了趣味性，而行文不至于沉闷生硬。在陈述莲花的中医药功能的时候，朱杰先生分别从莲的花、叶、蒂、梗、房、须、子、心等各部位，分类介绍莲的治病、养生、养颜等功能。这些文字，大多从容不迫，有条不紊，周到而不烦琐，精当而不简单，是颇有意趣的好文章，具备了不失专业水准，而又雅俗共赏的特质。

朱杰先生的意译部分采用韵文的形式来完成，这当然不是朱先生首创，但要将韵文意译做好绝非易事，固然需要具有深厚的学养，更需要好的文字表达能力，因用韵文翻译古诗赋而弄巧成拙的不计其数。朱先生的韵文意译固然勇气可嘉，但更是实力的体现，只有底蕴深厚，才能自信地走自己的路，并获得成功。我觉得朱先生的译文具有这几个特点：一，尊重原文。二，文句简练优美，且富有诗意。三，合辙押韵，读来朗朗上口，富于音乐美。四，在原作的基础有所升华，从一定的程度来讲，是一种再创作。我们一起来欣赏一下《牡丹花赋》中一段意译：

> 花市散后，游人稀疏，花留嫩痕，纤指一捻。良辰美景，时光流逝，清平三调，犹在耳边。群玉山头，一笑嫣然，瑶台月下，飘飘欲仙。宝马香车，一路疾驰，沉香亭北，玉砌雕栏。

《花海诗吟闻药香》的注释部分亦可圈可点。朱先生旁征博引，爬罗剔抉、刮垢磨光，做了大量的甄别、遴选工作。注释所呈现的内容不仅包括诗词歌赋、诗话词话、笔记小说、通俗演义，当然也少不了极为丰富的医药学典籍……然而，我觉得最值得一提的是，注释部分还采用了一些域外作家或学者的作品和研究成果。比如《梅花赋》的第47条注释，引用了英国诗人布莱克的诗句：“一沙一世界，一花一天堂。无限掌中置，刹那成永恒……”又如《牡丹花赋》的第50条注释，引用了日本汉学家小南一郎的《唐代传奇小说论》关于中国古镜的论述。凡此种种，说明朱先生的《花海诗吟闻药香》是兼容并蓄的，是包容开放的。他一边谨守精神家园，同时又“独上高楼，望尽天涯路”。

众所周知，做导读、意译、笺注需要付出艰辛的劳动，但读者却是见仁见智，众口难调，往往成了吃力不讨好的工作，所以才有了“诗家总爱西昆好，独恨无人作郑笺”的感慨。今天，朱杰先生知难而进，为乔公的《花赋》十三篇做“郑笺”，其学养令人仰慕，其一丝不苟、锲而不舍的意志品格更让我这样的后进者敬佩。无论文化水平，还是治学精神，我都没有资格为朱杰先生的这本《花海诗吟闻药香》做“序”，故而这篇短文算作我的阅读心得、学习体会则更为恰当。其中不免有贻笑大方的认知和谬误，恳请朱先生海涵，也请读者朋友们批评指正。

易康

2024 年 9 月 23 日

（易康，江苏兴化人，中国作家协会会员，从事教育工作多年，2012 年起在《花城》《上海文学》《今天》《大家》《雨花》《山花》《芙蓉》等杂志发表中短篇小说及作品专辑。中篇小说《恶水之桥》入选 2018 年中国小说学会颁发的小说排行榜，小说集《青草》由江苏文艺出版社出版，人物传记《李纲》由中华书局出版）

前言

文苑清芬　艺林奇赏

中医启蒙，从药性赋、汤头歌开始，背上以后，终生难忘。临证处方之时，自会念念有词，脱口而出。乔惟良《花赋》十三篇，虽不是“药性赋”，然于医治浮躁、慰藉心灵，不啻为济世良药，就像《黄帝内经》中的十三个药方。

赋源于《诗》《骚》，萌于战国，盛于汉唐，是中国独有的文学体裁。赋之名，首见于《荀子·赋篇》，赋的特征不离乎形式上的“铺采摛文”、内容上的“体物写志”（刘勰《文心雕龙·诠赋》）。千百年来，赋在传承中不断演变，烙上了时代的印记，如：以屈原为代表的“骚赋”；诸子散文中的“短赋”；汉代的“辞赋”“散赋”；魏晋的“骈赋”“俳赋”；唐代转入律体的“律赋”；宋代散文样式的“文赋”等。从篇幅和题材的不同，又有大小赋之分。相对而言，大赋规模宏大、丰富典雅，小赋则缜密深情、简洁奇巧。

乔惟良（1915—1988），字彦公，江苏兴化人，工丝竹琴韵，精诗书画印。他不仅为江苏省兴化中学化学名师，还带出了一批美术人才。他画的猴闻名遐迩，有“乔猴”之美誉，有嵌名联赞之：“惟妙惟肖金猴骨，良知良能老画师。”少时随高甘来（“五朝元老”高穀十二世孙）、姚彝伯（名医、诗人，南社社员）习文，随徐子兼（师从蒋石渠弟子汪继声，曾获西湖博览会金奖）学画，1937 年毕业于江苏省立盐城高级应用化学专科学校，侯德榜教授介绍他到上海新亚药厂当技师，因抗日战争爆发未成能行。由于精通化学，他会自制中国画颜料。说来真巧，藤黄、蓝靛、石青、石绿、赭石、胭脂、朱砂、曙红……是颜料，也是药材。说到蓝靛，不能不提兴化垛田，清咸丰《重修兴化县志》(梁志)记载:“大蓝、小蓝,出城东各垛,浸汁为靛。”蓝靛可是兴化特产呢!至少自宋朝开始,垛田就广为种植大蓝(菘蓝)、小蓝(蓼蓝)。将大蓝草兑水浸泡在大缸里,加入少量石灰沤制,可得深蓝色的蓝靛。小蓝草沤制可得“青出于蓝而胜于蓝”的靛青。从蓝靛中还可以提取凉血消斑的“青黛”,而大蓝的根茎就是大名鼎鼎、清热解毒的“板蓝根”。彦公通医,他在绘画用色的时候,一定会联想其性味而妙得其神韵吧。

彦公花卉画法源自李鱓(1686—1756,号复堂),兰竹画法源自郑燮(1693—1766,号板桥),这两位乡贤同属“扬州八怪”,对彦公影响很大。扬州大学黄俶成(1947—2021)教授盛赞彦公书画“复堂花卉古朴霸悍,彦公取其雅逸之气,兼取岭南善用粉彩之巧,从而赋色更为艳丽,见明快洁净之效”;书法“点画圆润周到,结构横直相安……古拙之中透出清新”。

乔惟良(1915—1988)

乔惟良先生是20世纪兴化重要的文化名人之一。其内侄女闵宜（山东省首批中学语文特级教师、省楹联艺术家协会副主席，有“齐鲁联家”“琅琊贤师”之誉）深情回忆：“他专攻化学，而史、地、生、数、医样样精通，国文基础深厚，四书五经过目成诵。他通外语、习诗词．谙音律，拉一把好胡琴，弹一手好琵琶，画一堂好猴子。”为京剧名伶醉丽君（汪砚云）画过一幅《百猴图》：“那猴或坐，或立，或攀山，或临涧，或斗打，或亲昵，或手舞足蹈，或唤友呼朋，如父子，如伉俪，个个活灵活现，一举一动、一颦一笑都附之以人的生命、人的情愫，真是一幅人间精灵的众生相。”（闵宜．寸心集·缅怀姑父乔惟良．南京：南京出版社．1995）

“草圣”林散之（1898—1989）先生曾专门出函邀请彦公赴江苏省国画院任画师，并以书法作品相赠。彦公不肯离开故土，婉拒了林老的美意，当一个妇孺皆知、人敬人爱的小城大师，他很知足。

彦公常说“欲学作画先学做人”，他把“乔猴”技法传给了儿子乔以乾，又免费收了很多徒弟，教他们成人成才：朱静波以山水画著称，赵钲以画猴闻名，汤英专注花鸟画，叶智敏擅写意人物画……这些享誉当今画坛的名家，都得到过彦公的言传身教。徒弟心浮气躁的时候，彦公用一口兴化方言谆谆教导：“才学三年滑似的画，再画三年不敢画。”初学皮毛，以为容易，下笔滑溜顺畅、轻而易举，不禁洋洋得意、沾沾自喜起来；渐入堂奥，始知艰辛，方悟艺海无涯、博大精深，唯有谦虚谨慎、默默沉潜下去。这句话像极了唐代药王孙思邈的箴言：“世有愚者，读方三年，便谓天下无病可治；及治病三年，乃知天下无方可用。”其中理趣，让人一辈子都咀嚼不尽！

彦公在晚年，为后世留下了用心血凝结而成的十三篇《花赋》，振嵇康之余响，发江淹之清芬，文采斐然，寓情达意，诗境唯美，令人动容。《花赋》中的各种花卉，大多入药，笔者颇有一见如故之感。花者，华也，为草木之精华，历代本草学家都重视花药的研究，《本草纲目》收录了很多花药，用花蕾、花序、花冠、花蕊、花粉、花实及其根茎枝叶，或内服，或外用，或食疗，有清热、理气、活血、止血、止咳平喘、宁心安神、芳香走窜、宣

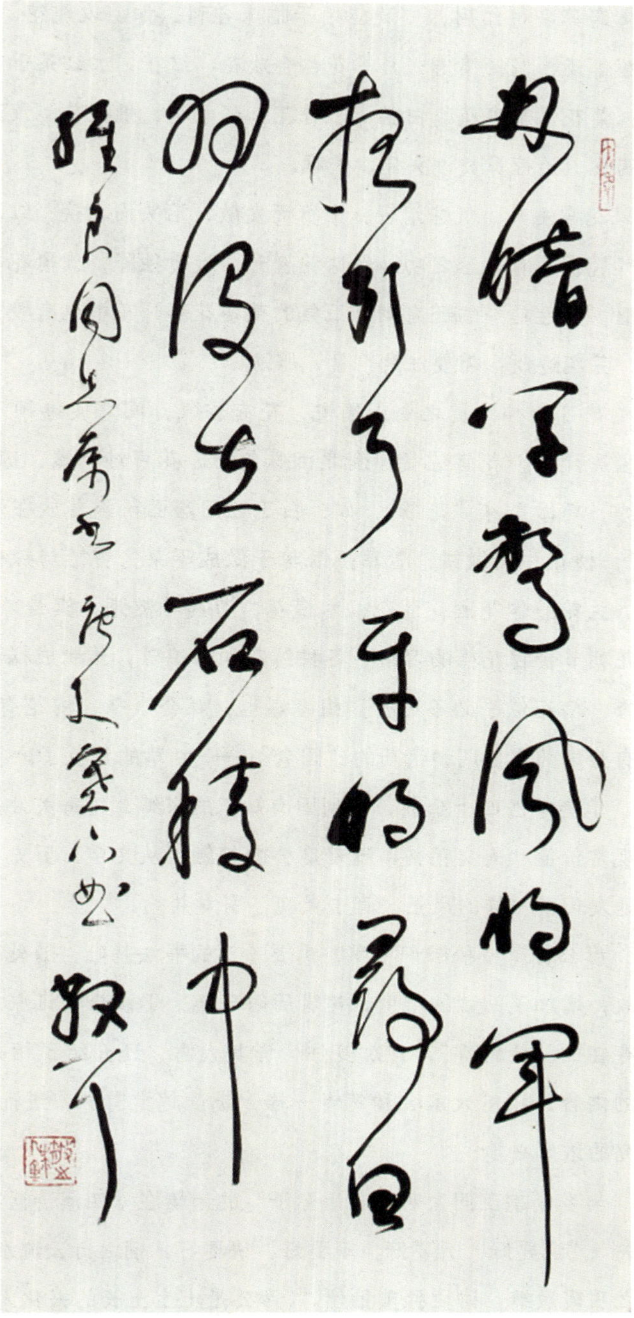

林散之书赠乔惟良（钤印：大年，散之信玺）

通鼻窍等多种作用，广泛应用于临床各科。如：玫瑰花、月季花、合欢花，为解郁汤，调畅情志；月季花、合欢花、红花，加红茶于经前饮用，调理痛经；菊花、辛夷花、白芷、丁香花、密蒙花、枇杷花、茉莉花、栀子花，制成药枕，治疗鼻炎、头痛、失眠。

花常主升，气味清轻，上行而发散，治头面之疾，红者和血泽颜，白者清气靓肤，有美容之功。然诸花皆升，旋覆独降，旋覆花能消痰行水、降气止呕，药性趋降的还有润肺下气的款冬花等。花中也有峻猛之品，如蒲黄攻瘀，芫花逐饮，需要注意剂量、服法。

花可怡神，赏之令人愉悦；花有香气，闻之疲倦顿消；花能传情，吟之溢彩流芳；花宜佐餐，食之回味悠长。花可炒、蒸、凉拌、包烧、腌制、油炸，巧做美味“花馔”，如：白玉兰用湿面粉裹着放在油锅中炸成“玉兰片”，槐花和面做饼，萱草蒸后晾干做成干菜，香椿与辣椒凉拌，桂花、蔷薇、兰花酿作花酒，莲花、木槿花、芍药花熬粥，真是“秀色可餐”。民间有花朝节食百花糕的习俗，各种鲜花和米捣碎，蒸制成糕，食花如花，花容体香。梅花似乎必不可少，梅者媒也，媒合众味，梅花有调和诸花的作用，倒有些像药方里调和诸药的“国老”——甘草的角色了。

笔者学医四十余载，受到固有知识的束缚，每每关注药用功能，而忽视了观赏价值和人文精神。随着彦公的笔触，从文学、历史和艺术的视角，惊喜地发现不一样的风景，直击灵魂，引发共鸣。

彦公行草手稿辨识不易，需要一定的书法基础，随处可见的冷僻字词和典故，增加了阅读的难度。笔者历时三年，于诊余校订原文，针对阅读中可能存在的“拦路虎”，详加笺注，译其大意，还介绍了相关的中医药文化方面的内容。相信大家会和笔者一样，越读越觉有味，进而激起学习、欣赏、研究的浓厚兴趣。

与乡贤宗臣同为明代“后七子”的谢榛在《四溟诗话》中提出过“诗家四关”：“诵要好，听要好，观要好，讲要好。诵之行云流水，听之金声玉振，观之明霞散绮，讲之独茧抽丝。”彦公是土生土长的兴化人，他的“诵”，带着浓浓的乡音；彦公擅长琵琶、京胡，他的“听”，有别样的乐感和韵味；彦公是丹青妙手，笔下花卉翎毛不计其数，他的“观”，自有画家特有的慧心、性灵，不仅观其形，而且观其神；彦公是良师，诲人不倦，桃李满园，他的“讲”，当然魅力四射、神采飞扬。

对于读者来说，无论是诵、听、观、讲，都离不开研习原赋文本。千万不要有畏难情绪，望而却步或浅尝辄止，更不要完全依赖笔者的解读。清末陆九芝说过:“学医从《伤寒》入手，始则难，继而大易；从杂症入手，始则易，继而大难。”强调了文本阅读的意义。突破原文阅读关，参考解读、译注，就会渐入佳境，如谢榛所谓:“熟读之以夺神气，歌咏之以求声调，玩味之以裒精华。”欣喜地发现诗词歌赋之美和中医药文化之美。

彦公语言含蓄委婉，用典意味深长，他追求的是一种古典而唯美的境界。笔者试图走进先生的“花园”、领略“园丁”的风采，把这些写于改革开放之初、尘封近半个世纪的美文介绍给大家，愿为读者提供一点阅读中的方便，为后继者进一步研读做一块垫脚石。

需要补充说明一下，关于《花赋》十三篇的排序。

目前保存完好的手稿墨迹《赋花手稿（一）》，录于“一九七九年十月”，册页，计111页（连同6个空白页），多处有涂改，依次是梅花赋、海棠花赋、芍药花赋、木笔花赋、牡丹花赋、兰蕙赋、莲花赋、菊花赋、笔花赋，计九篇。

没有找到《赋花手稿（二）》。这个手稿二是续集？增补？未完成？存疑。

所幸又零星找齐了其他4篇：

玉兰花赋（一九八〇庚申正月抄写此）

桃花赋（一九八〇年庚申二月二十九日成此篇）

杏花赋（一九八〇庚申十月二十日）

梨花赋（一九八一庚申十二月初八日脱稿）

惊喜地发现了朱静波先生珍藏的《梅花赋》书法成品条幅，通篇一

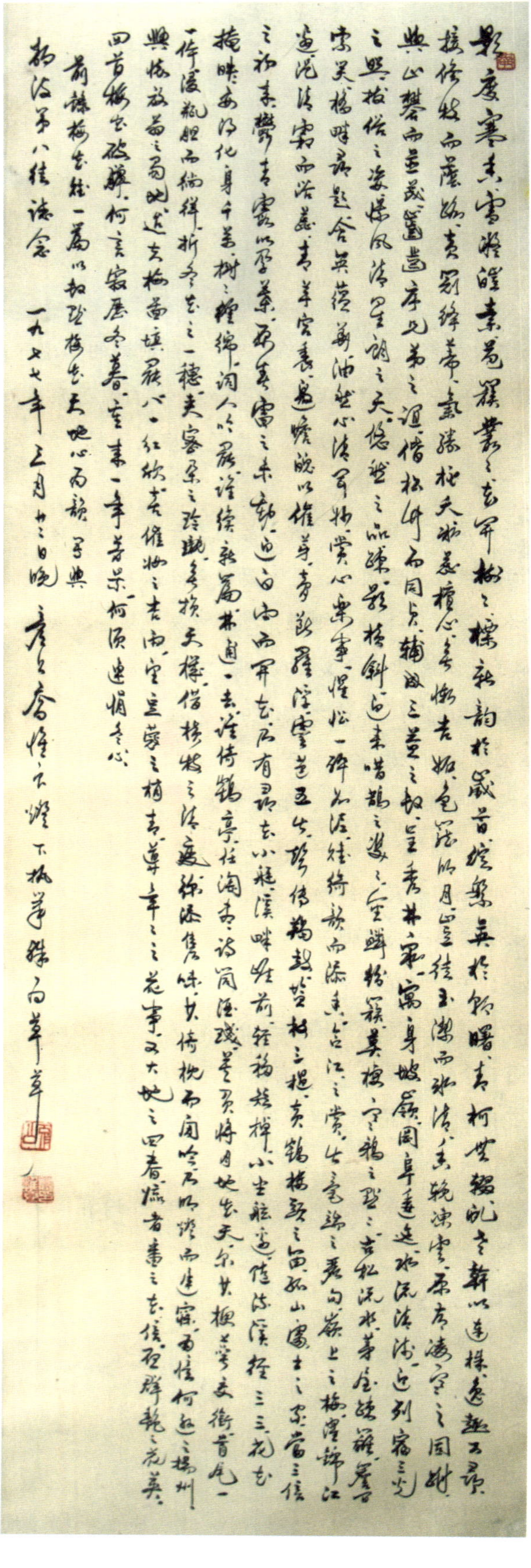

乔惟良《梅花赋》立轴（书于1977年，朱静波藏）

气呵成，几乎没有涂改之迹，保存如新，落款“静波第八徒志念”，写于“一九七七年三月二十二日晚”，这是迄今所见十三篇花赋中书写时间最早的一件墨迹。

最晚的是《梨花赋》。十三篇《花赋》，从一九七七年到一九八一年，跨度五年，这是大致的写作成稿时间。

如果以写赋的时间排序，应该是梅花赋、海棠花赋、芍药花赋、木笔花赋、牡丹花赋、兰蕙赋、莲花赋、菊花赋、笔花赋、玉兰花赋、桃花赋、杏花赋、梨花赋。

能不能换一种思路，以花期来排序呢？

俗话说：“花木管时令，鸟鸣知四时。”春兰、夏荷、秋菊、冬梅，花开花落，季节轮换，寒暑更迭，周而复始。

《素问·六节藏象论》载：“五日谓之候，三候谓之气，六气谓之时，四时谓之岁。”根据农历节气，每年从小寒到谷雨，共八气。每气十五天，一气分三候，每五天一候，八气共是二十四候，每一候应一种花信，二十四候代表着二十四种花期。古诗云：“一百五日寒食雨，二十四番花信风。”风生万物，风应着花期，花应时而开。“花信风”是风与花的约定——

小寒：一候梅花、二候山茶、三候水仙；

大寒：一候瑞香、二候兰花、三候山矾；

立春：一候迎春、二候樱桃、三候望春；

雨水：一候菜花、二候杏花、三候李花；

惊蛰：一候桃花、二候棣棠、三候蔷薇；

春分：一候海棠、二候梨花、三候木兰；

清明：一候桐花、二候麦花、三候柳花；

谷雨：一候牡丹、二候荼蘼、三候楝花。

古人用这个表当作“山中日历”，甚至以花推时，编成《花历》。

按照花开的时序，梅花第一，开百花之先，接着是兰蕙、玉兰花、木笔花、杏花、桃花、海棠花、梨花、“谷雨三朝看牡丹，立夏三朝看芍药”，最后是夏荷、秋菊。我国幅员辽阔，南北气候差异较大，各候对应之花不尽相同。这只是一个大致合理的排序。

《花赋》十三篇中，有十二篇是分写某一种花，而《笔花赋》是一篇总写百花的大赋，以“生花妙笔谱群芳”为韵和主题，就像一个个名角次第登场，《笔花赋》让花儿们集体亮相，一齐谢幕，所以将《笔花赋》作为终篇。

踏着时光的脚步，跟着花开的时序，读者朋友可以一边阅读，一边对照影印的手稿墨迹，欣赏精美的花卉插图。别样的书香之旅，一定会弥漫着沁人心脾的盈盈的花香、缕缕的诗香、淡淡的墨香、悠悠的药香……

乔惟良《花赋》字里行间寄托着怎样的情怀？

传承文化，致敬先贤。

品鉴赋文，走近诗心。

让我们一起悦读吧！

甲辰年七夕于楚水直港河畔医艺斋

目录

第一篇

梅花君是旧前身

梅花赋

與山林而並茂，豈序兄弟之誼，偕松竹以同貞，輔成三益之投，呈秀林泉，寓身坡巖，崗阜邐迤，水流清渺，迎列宿之光之晄，拔俗之姿，操風清星朗之天，悠然之品，疎影橫斜，迎來喈鶯之羣，金鱗紛躍，莫栖寒鴉之野，古松流水，茅屋疎離，層向雲天，橋畔影題，

梅花賦 以報道梅先天地心為韻

影度寒之雪、滋暄素、為色以簇叢之花、開梢之標、新韻於歲首、縱繁英於朝曙、青柯之綴、附之幹以連株、逸趣可尋、接修枝而蔭路、黄劉絳萼、氣勝桃夭、冰蕊檀心、芳嫩吉婉、色欺明月、豈徒玉潔而冰清、來挽凍雲、原有凌寒之固跗、青靄以孕蕊、原春雷之來動、迎面雨而開放、乃有君去小艇、溪畔堤前、輕移雙槳、小坐舫遨、隨流溪經三三、花花梅映、安得化身千萬樹、樹樹纏綿、詞人吟嚴、誰續新篇、林逋一去、誰倚鶴亭、任陶寄詩筒酒盞、莫負將月地花天、爾其梗葉交銜、首尾一林浸

8

含英蘊華、油然心清、閒妙、賞心樂
事、煙松一碑為泥、綫綺韻而添香、合
江之賞、此毫端之墨白、嶺上之梅、羅
錦江邊、浥清露而浴慈春華宮表、
邀鷺鷥以催芽、青龍羅浮雪花
五色、彩倚鵲鼓、竹杖之搖、黃鶴樓頭
之笛、孤山處士之家、當之信之福來樹

去來一年芳景，何須連惜冬心，爰為之
詩曰：不向春風逞色嬌，香凝瑞雪聚
芳前，萬萼呈歲首，餘寒盡，數點梅去
天地心。

瓶膽而綺祥，折冬花之一穗，夾蜜朵之玲
瓏，多攢天樣，借橫枝之清度，彌添佳趣
味。其倚枕而聞吟，乃明燈而達寐，為憶
何遜之揚州，與懷放翁之蜀地，追夫梅
蕾嫣罷，只一紅欲喜，催粒之杏雨，空豆
蔻之梢頭，導年年之花事，又大地之
回春，回首梅去破臘，何言霞壓冬暮。

梅花赋

以数点梅花天地心为韵

影度寒香[1]，雪凝皑素[2]。苞簇丛丛，花开树树。标新韵于岁首，绽繁英于朝曙。青柯[3]无辍，附老干以连株；逸趣可寻，接修枝而荫路[4]。黄冠绛蒂，气胜桃夭[5]；冰蕊檀心[6]，无惭杏妒。色笼明月[7]，岂徒玉洁而冰清？香挽冻云[8]，原有凌寒之固跗[9]。与山矾[10]而并茂，齿序兄弟之谊；偕松竹以同贞，辅成三益[11]之数。

呈秀林泉，寓身坡岭。冈阜逶迤，水流清浅。迎列宿[12]三光[13]之照，拔俗之姿；憬风清星朗之天，悠然之品。疏影横斜，迎来喈鹊之双双；金鳞纷簇，莫栖[14]寒鸦之点点。

古松流水，茅屋疏篱[15]。檐间索笑[16]，桥畔寻题[17]。含英蕴华，油然心清闻妙[18]；赏心乐事，惺忪一醉如泥[19]。赋绮韵而添香，合江之赏[20]；出毫端之丽句，岭上之梅[21]。

濯锦江[22]边，浥清霜而浴蕊；青羊宫[23]里，邀蟾魄[24]以催芽。梦断罗浮[25]，灵葩五出[26]；声传羯鼓[27]，盐杖[28]三挝[29]。黄鹤楼头之笛[30]，孤山处士[31]之家。当三信之初来，郁青霞[32]以孕叶；原春雷之未动，迎白雨[33]而开花。

乃有寻花小艇[34]，溪畔崖前，轻移短棹，小坐舷边。随流溪径三三[35]，花花掩映；安得化身千万[36]，树树缠绵。词人吟罢，谁续新篇？林逋一去，谁倚鹤亭？任淘尽诗筒酒盏[37]，莫负将月地花天[38]。

尔其梗萼交衔[39]，首尾一体。浸瓶胆[40]而徜徉，折冬花之一穗。夹密朵之玲珑，无损天机；借横枝之清瘦，弥添隽味。其倚枕而闲吟，乃明灯而迟寐。为忆何逊之扬州[41]，兴怀放翁之蜀地。

迨夫梅图填罢[42]，八一红欣[43]，喜催妆[44]之杏雨，望豆蔻之梢青[45]。导年年之花市，又大地之回春。临者番之花信，启群艳之花英[46]。回首梅花破腊，何言寂历冬暮[47]；重来一年芳景，何须连悁冬心[47]。

爰为之诗曰：不向春风逞色妍，香凝瑞雪众芳前。花呈岁首余寒尽，数点梅花天地心[48]。

注释

1 影度寒香：宋代吴龙翰《寄题友梅堂》有“月窗传瘦影，风壑度寒香”之句。意境似宋代王安石《梅花》：“遥知不是雪，为有暗香来。”暗香疏影，代指梅花，源自宋初隐逸诗人林逋的《山园小梅》：“疏影横斜水清浅，暗香浮动月黄昏。”林逋此句是从五代南唐诗人江为的残句“竹影横斜水清浅，桂香浮动月黄昏”化来。南宋著名词人、词学评论家张炎在《词源》下卷中说：“诗之赋梅，唯和靖一联而已……词之赋梅，唯白石《暗香》《疏影》二曲。”

2 雪凝皑素：如皑皑白雪凝结，洁白素净。汉代司马相如《美人赋》：“流风冽惨，素雪飘零。”唐代许浑《闻薛先辈陪大夫看早梅因寄》：“素艳雪凝树，清香风满枝。”

3 青柯：出自唐代宋自然的诗句：“百脉润，柯叶青，叶青柯润便长生。”柯，斧柄，指草木的枝茎 。

4 接修枝而荫路：形容梅花之茂盛。明代张灵《玄墓山纪游》：“隔窗湖水坐不起，塞路梅花行转迟。”其意境相通。

5 桃夭：出自《诗经·国风·周南》：“桃之夭夭，灼灼其华。”夭夭：少壮茂盛貌。

6 檀心：浅红色的花蕊。亦代指女子额上点的梅花妆。又指丹心、赤心，清代嬴宗季女《六月霜·对簿》有“檀心一点向人开”的句子。阎肃作词的《红梅赞》(现代歌剧《江姐》主题歌）有一句歌词“一片丹心向阳开”。

7 色笼明月：据《梁书·沉约传》，沈约尝为《郊居赋》：“风骚屑于园树，月笼连于池竹。”风骚，是《诗经》里的《国风》、屈原所作《离骚》，泛指文学。月笼，月光照耀，亦指月光。

8 冻云：严冬的阴云。唐太宗《望雪》：“冻云宵遍岭，素雪晓凝华。”宋代陆游《好事近（十二之九）》：“扶杖冻云深处，探溪梅消息。”

9 固跗：跗，脚背。此处指花萼，坚固、凌寒而不败。

10 山矾：“二十四番花信风”之一。花信风是指应花期而来的风，花比人守信，所以叫“花信”。从小寒到谷雨一百二十日，每五天一候，每候应一种花。如：小寒：一候梅花、二候山茶、三候水仙；大寒：一候瑞香、二候兰花、三候山矾……《本草纲目》载：山矾“凌冬不凋，三月开花，繁白如雪，六出黄蕊，甚芬香”。北宋黄庭坚在《山矾花二首》自序中提到，山野中有一种小白花，可以代矾染色，便命名山矾，他还将山矾与梅花比作兄弟：“山矾是弟梅是兄。”

11 三益：出自《论语·季氏》：“孔子曰：益者三友，损者三友。友直，友谅，友多闻，益矣。”借指良友。松、竹经冬不凋，梅则迎寒开花，故合称岁寒三友。宋代林景熙《王云梅舍记》：“即其居累土为山，种梅百本，与乔松修篁为岁寒友。”

12 列宿（liè xiù）：众星宿，特指二十八宿。亦称列星。《史记·卷二七·天官书》：“天有五星，地有五行。天则有列宿，地则有州域。”

13 三光：日、月、星。

14 莫栖：“莫”是“暮”的古字。如宋代陆游《自嘲》：“少读诗书陋汉唐，莫年身世寄农桑。”其中的“莫年”就是“暮年”。“金鳞纷簇，莫栖寒鸦之点点”，意思是：茂盛的梅花一朵朵、一枝枝、一簇簇，倒映在池水中，鱼儿游来游去，暮色降临，数点寒鸦，上下翻飞，在枝头栖息，与水里的鱼儿相映成趣。

15 茅屋疏篱：住处环境雅致，简朴平淡，清贫静谧。明代陈继儒《胜游记》有“茅屋疏篱一径深，门无车马绿苔侵”之句，似与唐代刘禹锡《陋室铭》中的“苔痕上阶绿，草色入帘青”，陶渊明《饮酒（其五）》中的“结庐在人境，而无车马喧”同工异曲。亦作“竹篱茅舍”，如宋代王淇的《梅》：“不受尘埃半点侵，竹篱茅舍自甘心。只因误识林和靖，惹得诗人说到今。”《红楼梦》第六十三回，李纨掣得梅花签，“众人瞧那签上，画着一枝老梅，是写着‘霜晓寒姿’四字，那一面旧诗是：竹篱茅舍自甘心”。将李纨作梅花喻。李纨住稻香村，“数楹茅屋”“两溜青篱”“佳蔬菜花，漫然无际”，与此景吻合。

16 檐间索笑：出自唐代杜甫《舍弟观赴蓝田取妻子到江陵喜寄》诗句：“巡檐索共梅花笑，冷蕊疏枝半不禁。”

17 桥畔寻题：出自南宋陆游《卜算子·咏梅》：“驿外断桥边，寂寞开无主。已是黄昏独自愁，更著风和雨。”

18 心清闻妙：出自唐代杜甫《大云寺赞公房四首》之三：“灯影照无睡，心清闻妙香。”

19 一醉如泥：出自南宋陆游《梅花绝句》：“当年走马锦城西，曾为梅花醉似泥。二十里中香不断，青羊宫到浣花溪。”陆游咏梅，一往深情，故乔惟良先生在后文中写道：“兴怀放翁之蜀地。”

20 合江之赏：合江园是唐宋时期成都著名的园林。亦可理解为与江淹赏梅之心境暗合。传为南北朝江淹所作的《西洲曲》云：“忆梅下西洲，折梅寄江北。单衫杏子红，双鬓鸦雏色。”乔惟良髫年即从国学名师高甘来学江赋，可谓幼学如漆。

21 岭上之梅：唐代樊晃《南中感怀》：“四时不变江头草，十月先开岭上梅。”又北宋苏轼作《梅花·赠岭上梅》：“梅花开尽百花开，过尽行人君不来。不趁青梅尝煮酒，要看细雨熟黄梅。”南宋曾敏行《独醒杂志》记载：“东坡还至庾岭上，少憩村店，有一老翁出……‘我闻人害公者百端，今日北归，是天祐善人也！'"老翁知心话道尽东坡满腹委屈。

22 濯锦江：成都市内之浣花溪。濯锦，锦彩鲜润逾于常，故名。

23 青羊宫：成都著名道观，始建于商周，兴盛于唐宋，为西南第一丛林。阿来《成都物候记》中说过："从青羊宫到浣花溪，每一株草木都暗藏城市的记忆，感知尘埃落定后的拈花微笑。"宋代陆游《梅花》诗："青羊宫前锦江路，曾为梅花醉十年。岂知今日寻香处，却是山阴雪夜船。"

24 蟾魄：月亮的别名，亦指月色。旧联曰：德化静光蟾魄踊，道颐清爽日魂飞。阳神日魂，阴神月魄，道家语也。金沙遗址出土有蟾蜍金箔，成都是"蟾魄"传说的起源地。宋代王柏《和仰菴池上梅韵》："蟾魄浮香无定相，虬枝压水可常居。"宋代李龏《梅花集句（其一）》："蟾精雪魄孕灵荄，逐朵檀心巧胜裁。"

25 梦断罗浮：罗浮山盛产梅花，有梅花仙子的传说。唐代柳宗元《龙城录》载，隋人赵师雄游广东罗浮山遇一美人，饮酒交谈，喝醉睡着了，在东方发白时醒来，发现睡在梅花树下。后人用"罗浮仙人""罗浮梦"代指梅花。

26 灵葩五出：珍奇的梅花有五瓣，象征五福。

27 羯鼓：源自西域，状似小鼓，两面蒙皮，两手持杖敲击演奏。唐代南卓《羯鼓录》载：唐玄宗在内庭击鼓，庭中杏花应声开放。明唐寅《花月吟效连珠体》之六："月中漫击催花鼓，花下轻传弄月箫。"遂有成语"羯鼓催花"。宋代易士达《梅花曲》："不须羯鼓喧春雷，一点阳和香自发。"宋代杨万里《正月五日以送伴借官侍宴集英殿十口号》之七："一声白雨催花鼓，十二竿头总下来。"此为后文"春雷""白雨"出处。"原春雷之未动"中的"原"，释为：发生于。

28 盐杖：鼓谱。宋代尤袤《全唐诗话·施肩吾》："隋曲有《疏勒盐》，唐曲有《突厥盐》《阿鹊盐》。或云：关中人谓好为盐。故施肩吾诗云：'颠狂楚客歌成雪，媚妩吴娘笑是盐。'盖当时语也。今杖鼓谱中尚有盐杖声。"

29 三挝：南朝宋刘义庆《世说新语·言语第二》载，鼓曲名有"渔阳掺挝”。掺，通叁，即三；挝（zhuā），鼓槌。三挝，指鼓曲的曲式为三段体，犹如古曲中有三弄、三叠之类。

30 黄鹤楼头之笛：李白《黄鹤楼闻笛》：“黄鹤楼中吹玉笛，江城五月落梅花。”听黄鹤楼上吹奏的《梅花落》笛声，感到格外凄凉，五月的江城仿佛落满了梅花。

31 孤山处士：宋代林逋曾隐居于西湖孤山，种梅养鹤，世称孤山处士。孤山北麓有放鹤亭和梅林。

32 郁青霞：南北朝江淹《恨赋》：“郁青霞之奇意，入修夜之不旸。”恍惚中那浩荡青冥腾空掠起，把长夜映得光芒万丈。郁，积聚、聚集。青霞奇意，喻志趣高远。彦公多次化用江淹诗意。

33 白雨：白茫茫的雨，或纷飞的雪。气温较低的时候，雨水在空气中凝结，或形成雪花。形容冬季的清冷与萧瑟。此外，北宋苏轼《六月二十七日望湖楼醉书五绝》写道：“黑云翻墨未遮山，白雨跳珠乱入船。卷地风来忽吹散，望湖楼下水如天。”是盛夏的狂风骤雨，多由对流天气产生，将升腾凝结在云端的水汽倾盆而下。因为雨水迅疾，形成白色的雨柱和水光，也称为白雨。

34 寻花小艇：小艇在陆游诗中是常见的意象，如《思故山》：“正当九月十月时，放翁艇子无时出。船头一束书，船后一壶酒。新钓紫鳜鱼，旋洗白莲藕。”再如《塔子矶》：“塔子矶前艇子横，一窗秋月为谁明。”乘着小艇寻梅，放翁放飞自我、放飞心情：“春暖山中云作堆，放翁艇子出寻梅。不须问信道傍叟，但觅梅花多处来。”（如《观梅至花泾高端叔解元见寻二首》其二）陆游“不作天仙作水仙”（《渔父·灯下读玄真子渔歌，因怀山阴故隐，追拟》，常常舟游于烟波浩渺之间。）“儿童随笑放翁狂，又向湖边上野航。”（《九月三日泛舟湖中作》）“我似人间不系舟，好风好月亦闲游。”（《泛舟湖山间有感》）小艇成了陆游的精神寄托。他还把居室命名为“烟艇”：“陆子寓居得屋二楹，甚隘而深，若小舟然，名之曰烟艇……意者使吾胸中浩然廓然，纳烟云日月之伟观，揽雷霆风雨之奇变，虽丛容膝之室，而常若顺流放

棹，瞬息千里者，则安知此室果非烟艇也哉！”（《烟艇记》）

35 溪径三三：晋代赵岐《三辅决录·逃名》：“蒋诩归乡里，荆棘塞门，舍中有三径，不出，唯求仲、羊仲从之游。”后因以“三径”指归隐者的家园。晋代陶潜《归去来辞》：“三径就荒，松菊犹存。”宋代杨万里（号诚斋）《三三径》曰：“三径初开自蒋卿，再开三径是渊明。诚斋奄有三三径，一径花开一径行。”清代朱昆田亦有“梅花溪上径三三，归梦浓于酒半酣”之句。

36 安得化身千万：化用自陆游《梅花绝句》：“何方可化身千亿？一树梅花一放翁。”

37 诗筒酒盏：盛诗稿以便传递的竹筒，代指文人诗词唱和。酒盏即小酒杯。如：宋代虞俦《太学秋试封弥夜深独坐怀考试诸友》：“离索暂应疏酒盏，往来争敢递诗筒。”宋代文学家王谠在《唐语林·文学》中记载，白居易任杭州刺史时，与湖州刺史钱徽等旧交经常以诗相寄赠，后元稹任越州刺史，参其酬唱，多以竹筒盛诗往来，也称邮筒。白居易《除官赴阙留赠微之》诗中写道：“从此津人应省事，寂寥无复递诗筒。”晚唐蜀中高僧贯休诗云：“尺书裁罢寄邮筒。”清代蒲松龄《聊斋志异·自叙》说他“雅爱搜神”“喜人谈鬼”，于是“四方同人，又以邮筒相寄”，帮助他收集鬼狐故事。“邮筒”亦代指寄送书信。

38 月地花天：幽静而美好，有繁花盛开，有明月朗照。

39 梗萼交衔：出自南朝梁刘勰《文心雕龙》：“跗萼相衔，首尾一体。”比喻章句之间各有次第、前后照应。

40 瓶胆：即胆瓶，可插花，以形如悬胆而得名。宋代虞俦《廨舍堂前仅有木犀一株，今亦开矣，为赋二绝句》其二云：“维摩丈室无人到，散尽天花结习空。犹有一枝秋色在，明窗净几胆瓶中。”宋代杨万里《瓶里梅花》：“胆样银瓶玉样梅，北枝折得未全开。为怜落寞空山里，唤入诗人几案来。”

41 何逊之扬州：杜甫《和裴迪登蜀州东亭送客逢早梅相忆见寄》有“东阁官梅动诗兴，还如何逊在扬州”之句。后人用作咏梅之典。何逊有咏梅佳作《扬州法曹梅花盛开》（亦作《咏早梅》）。清人江昉刻本《何水部集》于此诗下有注云："逊为建安王水曹，王刺扬州，逊廨舍有梅花一株，日吟咏其下，赋诗云云。后居洛思之，再请其任，抵扬州，花方盛开，逊对花彷徨，终日不能去。"何逊对梅花可谓一片痴情。宋代李清照《满庭芳·小阁藏春》："无人到，寂寥浑似，何逊在扬州。"李清照借何逊当年的苦闷，抒写自己的孤独。

42 梅图填罢：民间有画"九九消寒图"的习俗。此外，南宋杨无咎（字补之）作《四梅图》并填咏梅词《柳梢青》四首，又有元代柯九思次韵唱和并书题。四枝梅花，一未开、一欲开、一盛开、一将残，再现了梅花含苞、初绽、怒放、凋零的全过程，正如美人从少女到迟暮的一生。

43 八一红欣：画完"九九消寒图"，九九八十一天，则"八一红欣"。元代杨允孚《滦京杂咏》有诗云："试数窗间九九图，馀寒消尽煖回初。梅花点遍无馀白，看到今朝是杏株。"冬至后人们在窗户间贴上梅花图，每天点一瓣，八十一天之后，梅花图全部点染成红色，没有一片花瓣是白的，变得更像杏花的样子，此时春回大地，杏花正开。此外，俗语道"一八梅花二度开"，意思是梅花的正常花期在农历正月一月，但有时它会在农历九月或十月，甚至八月再次零星开花，这就是所谓"二度梅""梅开二度"。常见于江梅、粉皮宫粉、矫枝、白须朱砂、变绿萼、双碧垂枝、龙游梅等品种。清代早期有一部小说《二度梅》，讲述了唐代肃宗年间才子佳人的故事。清代"扬州八怪"之一的黄慎画有《八月梅花图》，藏于中国美术馆。《金陵琐志九种·金陵园墅志》收录侯学诗《八月梅花草堂诗》一首，其中有"江天乞与新图画，萼绿仙人倚醉潮"之句，注曰："家人言红梅秋开者皆绿萼，验之信然。"［陈作霖，陈诒绂．金陵琐志九种（下）．南京：南京出版社，2008］

44 催妆：赋诗以催新妇梳妆，此诗叫催妆诗。清代袁枚《随园诗话》卷十五："近人新婚，贺者作催妆诗，其风颇古。"如唐代黄滔《催妆》："北府迎尘南郡来，莫将芳意更迟回。虽言天上光阴别，且被人间更漏催。烟树迥垂连蒂杏，彩童交捧合欢杯。吹箫不是神仙曲，争引秦娥下凤台。"另有梅花妆的传说，《太平御览·时序部》引《杂五行书》记载："宋武帝女寿阳公主，人日卧于含章殿檐下，梅花落公主额上，自后有梅花妆。”南朝宋武帝刘裕的女儿寿阳公主睡在含章殿下，额头为落梅所染，是为梅花妆由来。梅花妆流行千年，是中国古代流传最广最久远的额妆妆容之一。

45 望豆蔻之梢青：南宋杨无咎《四梅图》题《柳梢青》词四首。豆蔻是中药名，也比喻少女。出自杜牧《赠别二首》：“娉娉袅袅十三余，豆蔻梢头二月初。”

46 临者番之花信，启群艳之花英：据朱静波藏乔惟良《梅花赋》立轴补。见本书前言第 14 页。

47 寂历冬暮、连悁冬心：出自南梁江淹《灯赋》：“冬膏既凝，冬箭未度，悁连冬心，寂历冬暮。”寂历：寂静，冷清。冬心：冬日孤寂凄清之心。悁（yuān），忿也，忧貌也。

48 数点梅花天地心：从几点绽放的梅花中，可以发现天地宇宙的本心。出自宋代翁森《四时读书乐》，令人联想起徐志摩译自英国浪漫主义诗人威廉·布莱克《天真的语言》长诗里的开头四句：“一沙一世界，一花一天堂。无限掌中置，刹那成永恒。”诗词常用“数点梅花”的意象，如宋代葛天民《见梅》中的“数点疏花人未见，窗开早被月明知”，宋代朱敦儒的词《鹊桥仙》中的“横枝依约影如无，但风里、空香数点”，晚清宁调元《早梅叠韵》里的“溪山深处苍崖下，数点开来不借春”。楹联中也常见，如清代张尔荩在扬州梅花岭史可法衣冠冢前写有楹联：“数点梅花亡国泪，二分明月故臣心。”郭沫若行书联：“偶地安居满庭芳草，观化知命数点梅花。”

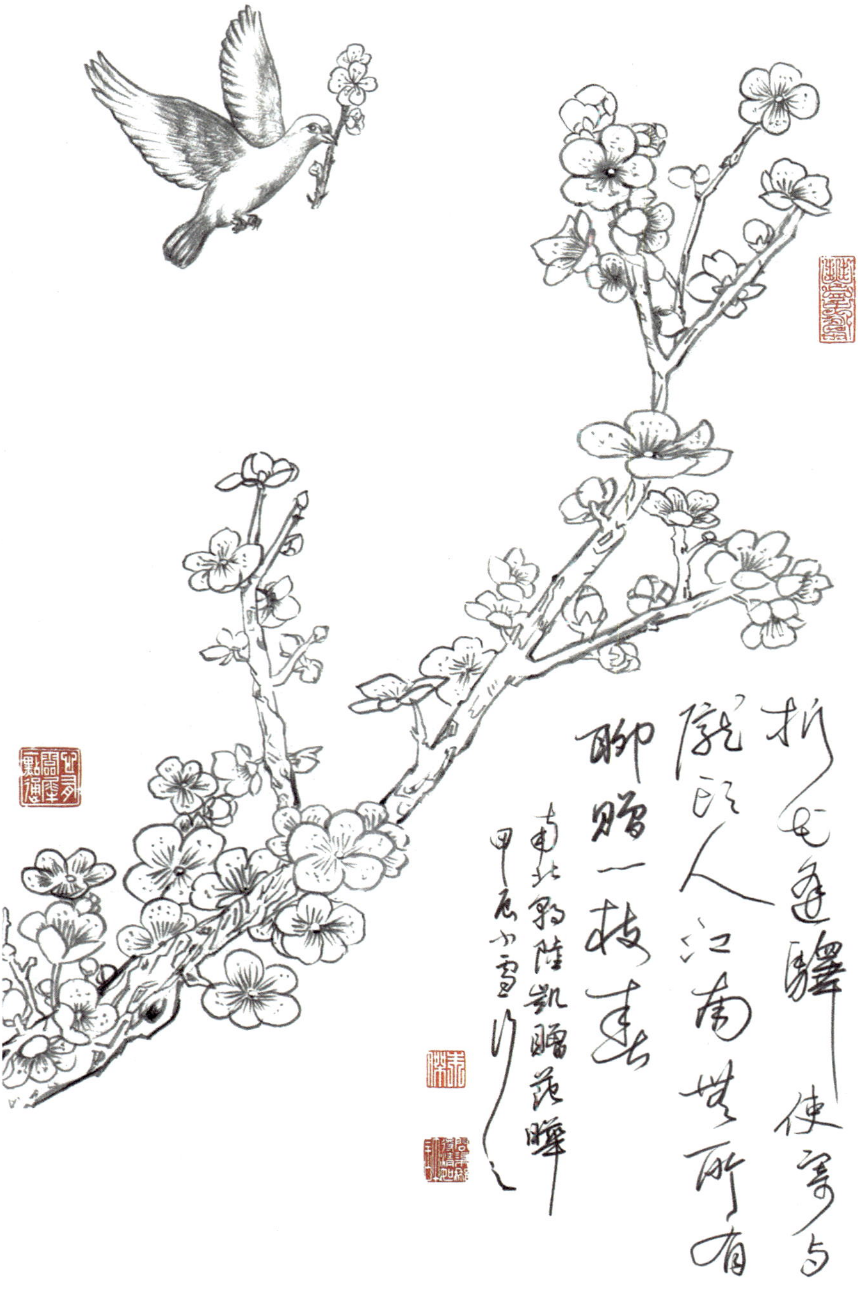
折花逢驿使寄与
陇头人江南无所有
聊赠一枝春
南北朝陆凯赠范晔
甲辰小雪

赠范晔

陆凯（南北朝）

折花逢驿使，寄与陇头人。
江南无所有，聊赠一枝春。

意译

春为岁首，梅占花魁，蕊寒香冷，缀雪繁英。丛丛簇簇，月色泠泠，影影绰绰，晨光熹微。老干新枝，缠绕依偎，小径幽幽，修枝掩映。冰魂雪魄，气胜桃杏，黄冠绛蒂，玉树琼枝。花萼凌寒，香挽冬云，松竹为友，山矾唤弟。

林木清幽，泉水潺潺，坡路陡峭，叠岭层峦，山丘蜿蜒，池塘清浅，风清星朗，此心悠然。采天地灵气，吸日月精华，呈超拔之秀，展脱俗之姿。疏影横斜，鹊鸣喈喈，暗香浮动，锦鳞翩翩。暮色苍茫，落日余晖，百鸟归林，寒鸦点点。

古木参天，茅舍竹篱，小桥流水，心旷神怡。诗意栖居，心清闻妙香；赏心乐事，沉吟醉如泥。忆梅西洲，折梅江北，江淹赏梅，绮韵添香。青梅煮酒，细雨黄梅，东坡赠梅，倾诉衷肠。

濯锦江边，露浥琼枝，晨风沐蕊；青羊宫里，清辉漫洒，夜雨催芽。芳魂萦绕，仙子款款，罗浮梦断；羯鼓盐杖，梅开五福，鼓声悠远。黄鹤楼头，玉笛吹处，梅花飘落；孤山处士，鹤子梅妻，冰心玉壶。小寒三信，一候梅花，叶孕青霞；春雷未动，白雨将临，梅绽芳华。

登上小艇，小坐舷边，移步换景，溪畔崖前。溪流三径，花花掩映，梅花即我，树树缠绵。鹤舞梅开，人间大爱，经典流传，再续新篇。朔风凛冽，梅花笑傲严寒；莫负时光，诗酒赶趁华年。花托花苞，梗萼交衔，花瓣花蕊，气力连贯。胆样银瓶，梅香四溢，横枝清瘦，隽味弥添。画梅赏梅，浮想联翩，倚枕闲吟，今夜无眠。何逊扬州，梅边佳致，放翁蜀地，一醉如泥。

戏墨填词，画意诗情，红红火火，相对欣欣。杏雨催妆，豆蔻青青，送腊迎春，百花之先。回首往昔，孤寂凄清，何须忧愤，相拥新年。

这正是：不向春风逞色妍，香凝瑞雪众芳前。花呈岁首余寒尽，数点梅花天地心。

赏析

“二十四番花信风”以梅花为首，故梅花是万花之首。梅花凌霜傲雪、百折不挠、高洁谦逊，与兰花、竹子、菊花一起列为“四君子”，与松、竹并称为“岁寒三友”。梅花为万物复苏、百花争艳的春天拉开了序幕。

梅花亦可入药入馔。梅花性平微酸，归肝、胃、肺经，有疏肝除烦、和胃化痰之功效，常用于肝胃不和，郁闷心烦，梅核气，食欲不振，瘰疬。清代赵学敏的《本草纲目拾遗》说梅花“能解先天胎毒……开胃散郁，煮粥食，助清阳之气上升；蒸露点茶，止渴生津，解暑涤烦”。宋代林洪的饮食养生笔记《山家清供》记载：“扫落梅英，拣净洗之，用雪水同上白米煮粥，候熟入英同煮。”梅花粥适用于因情志不遂、肝郁气滞所引起的胃脘胀痛连及胁腹等症。

考古人员在河南安阳殷墟出土的铜鼎中发现了梅核儿，可见梅的果实在商朝已经用来制作调味品。后又用来酿造青梅酒，故《三国演义》里有“青梅煮酒论英雄”之说。说话久了口干而渴，梅子可以润喉，故有“话梅”之名；春秋战国时，女子蜜制青梅果，为出远门的郎君送行，便有了“蜜饯”。乌梅的“名气”更大，乌梅是采收夏季干燥接近成熟的果实，生津止渴、敛肺涩肠，用于肺虚久咳、胆道蛔虫症，用来制作酸梅汤还能解暑生津、消积祛腻、开胃健脾。汉代张仲景《伤寒论》记载："蛔厥者，乌梅丸主之。"方中，用了"乌梅三百枚"，为全方之君药。中医处方原则讲究君臣佐使，君药是针对主病或主证起主要治疗作用的关键药物，乌梅在此方中不可或缺，且药力居首。

绿萼梅属真梅系中的直脚梅类，花瓣雪白，花萼色绿，重瓣浓香，显示绿光，干燥花蕾入药，功能芳香行气，化痰散结，用于痰气交阻之梅核气尤宜。1987 年笔者随国医大师徐景藩教授学习，他有一则经验方，叫作"佛手绿梅茶"，用佛手片 10g，绿萼梅 5 ～ 10g，开水冲泡代茶饮，用于慢性胃炎、消化性溃疡、胃下垂之肝胃气滞证，症见胃脘痞胀隐痛及于两胁，嗳气频多。

清代新安医家程文囿在《程杏轩医案》中记载了一个"梅花治胀"的医案："墀儿年逾弱冠，向无疾病。夏间偶患腹胀，以为湿滞，无关紧要，虽服药饵，然饮食起居，失于谨慎。纠缠两月，腹形渐大，肌瘦食减，时作呕吐……迨至冬初，因事触怒，病益增剧，食入旋呕，卧即气冲，二便欠利……渐至腹大如鼓，坚硬如石，筋绽脐突，骨立形羸，行步气促。予技已穷……昼夕踌躇，无策可画。俄延至腊，忽睹梅梢蕊放，见景生情，旋摘数十枝，令以汤泡代茶，日啜数次……匝月后，腹胀全消……大概梅占先春，花发最早，其气芳香，故能舒肝醒脾。"

有一种特别的针法，叫作"梅花针"，治疗脱发和带状疱疹，常有佳效。医者运用手腕的弹力叩刺，动作娴熟、优美，有些像弹奏扬琴，皮肤叩刺部位泛起"梅花"状的红晕。

梅花冰片有梅花之名，但它既不是梅，也不是花，而是从龙脑香树脂中析出的天然结晶。梅花冰片初以龙脑香之名载于南朝齐、梁时期的陶弘景所著《名医别录》："味辛、苦，微寒，一云温，平，无毒……明净者善。"宋代苏颂《本草图经》说它有奇香，"带之衣衿，香闻十余步外"，又说“入药惟贵生者，状若梅花瓣甚佳也”。明代李时珍《本草纲目》总结：“以白莹如冰，及作梅花片者为良。”明代缪希雍《本草经疏》进一步指出：“龙脑香，其香为百药之冠。”龙脑、梅花脑、老梅片、梅片等，都是冰片的别称，功能芳香开窍，治痰热内闭，是著名的“温病三宝”之一——安宫牛黄丸的重要成分。冰片以梅花名之，盖言其冰清玉洁、形似梅花、香冠百药也。

在诗人笔下，蜡梅和梅花神韵相似，不分彼此。实际上两者既不同科也不同属。梅花有白、粉、深江、紫红等色，为蔷薇科杏属小乔木；蜡梅以蜡黄为主，为独立的蜡梅科蜡梅属落叶灌木。蜡梅在农历腊月开放，比梅花要早约两个月。在医家眼里，分辨更为详细。蜡梅又名腊木、黄梅、香梅、雪里花、铁筷子花，性温、味甘、微苦，归肝、肺、胃经。蜡梅花能解暑生津、开胃散郁、解毒生肌、顺气止咳。

清末民初的曹颖甫（1866—1938）一生爱梅、画梅、咏梅，弟子秦伯未直呼其师为“曹梅花”。秦伯未（1901—1970）也擅画梅。20 世纪 60 年代，人民卫生出版社曾出版系列中医经典著作，由于封面有折枝梅装饰，这一非常有名的版本，被称为“梅花本”，封面这枝梅花即出自秦伯未之手，秦伯未以这种特殊的方式来深情纪念他的老师曹颖甫先生。

王少华（1929—2023）老中医手书有一副励志对联：“宝剑锋从磨砺出，梅花香自苦寒来。”谆谆告诫我们：艰难困苦，玉汝于成。自古以来，梅花象征着清寒高洁的人格精神。北宋林逋隐居杭州西湖，结庐孤山，不仕不娶，爱梅爱到极致，以梅为妻，以鹤为子，“梅林归鹤”为“西湖十八景”之一。元代王冕隐居会稽九里山，修筑草庐，种梅十亩，自号梅花屋主，以梅言志，借梅自喻，一句“不要人夸好颜色，只留清气满乾坤”，表达了不向世俗献媚、不愿同流合污的高尚情操。清代乡贤郑板桥在《山中雪后》诗中写道：“檐流未滴梅花冻，一种清孤不等闲。”托物言志，赞美了梅花坚强不屈的铮铮傲骨、独守清净的浩浩正气。清代陆以湉《冷庐杂识》记载，安徽巡抚冯钤有一块菜园子，自种梅花蔬果，撰有一联："为恤民艰看菜色，欲知宦况问梅花。"意思是：为了让黎民的面庞少一些"菜色"，宁愿自己的"宦况"如梅花一般耐得住寂寞、守得住淡泊。为官一任，造福一方，以梅示廉，与梅同清，心里装着百姓，才能赢得信任和爱戴。

"寒夜客来茶当酒，竹炉汤沸火初红。寻常一样窗前月，才有梅花便不同。"南宋杜耒的这首《寒夜》写得有情有景，动人心弦。一样的月光，一样的窗棂，不一样的梅花，不一样的你我。冬夜寒气逼人，心中一股暖流。惹得南宋又一位诗人张道洽，以"才有梅花"作句首，接连写了好几首《梅花》诗回应——"才有梅花便自奇""才有梅花便自清""才有梅花便不尘""才有梅花便不村"。彦公《梅花赋》同样引用了很多诗词典故，他用真情的吟咏向前贤表达了深深的致意。

彦公画梅佳作甚多，配上自作题画诗，更有诗情画意。如："阳和气暖正春回，引领夭桃艳杏开。蝶使蜂媒应有语，东风第一为渠来。"梅花引来百花盛开，蜂媒蝶使传递着春的消息，彦公内心的喜悦，就像沐浴着和熙的东风。"闲来写取数茎看，仙骨清芬总不凡。喜见荣华呈岁首，繁英度出画图间。"描写梅花的仙骨清芬，上升到了精神的赞美。"一枝折向画屏前，消受春光更自然。我醉对花花笑我，红颐笑靥两心连。"梅花即是我，我即是梅花，彦公此时，在茫茫天地间放飞心灵，全身心融化在梅香之中了。

彦公《梅花赋》有"寻花小艇，溪畔崖前……安得化身千万"等句，可以与彦公的另一首题画诗对照着读：

"寒香竹外满枝花，不效诗人仿画家。移得放翁毫底趣，何须小艇绕山崖。"

陆游的名句呼之欲出："何方可化身千亿？一树梅花一放翁。"彦公化用陆游的诗句和意境。那么，“小艇”的意象如何理解呢？

陆游写过《小艇》诗：“放翁小艇轻如叶，只载蓑衣不载家。清晓长歌何处去，武陵溪上看桃花。”不过，陆游的这首诗寻约是武陵桃花。

继放翁之后，有没有乘着小艇寻花的诗人？

有！元代高僧明本的《九字梅花咏》写道：“昨夜西风吹折千林梢，渡口小艇滚入沙滩坳。野桥古梅独卧寒屋角，疏影横斜暗上书窗敲……”

当年，翰林学士冯子振作《梅花百咏诗》，引以为自豪，读到明本《九字梅花咏》，“竦然久之，致礼而定交焉”，两人成为诗友（见明代姜南撰写的笔记《风月堂杂识》，近代陈衍辑《元诗纪事》转录）。

我读彦公《梅花赋》，同样“竦然久之”，不禁击节而歌。

乔惟良《梅花图》，上题：
空阶绿净影疏斜，戏把清枝压岁华。
老夫已无儿女态，春来犹爱典型花。

第二篇

墨痕淬处总心花

兰蕙赋

蘭蕙賦

桃放河陽之艷、菊舒彭澤之英、蓮有敦頤之說、梅隱和靖之鄉、其有清姿氣發、逸韻含幽、吐芳蘭之秀潔、含潤玉之瑩柔、此鄭家之小草、數書帶之並抽、蕙葉言而自綠、花欲笑兮為羞、照質兮敷、蘭賦

箋簡、麝煙、蘭芳澤、雜糅、花卉

佛桁、冰陸離之羽珮、蕙芷同聲、冰

雜錯之寶鈿、雲煙、雲霞結秀、草木成珍、

來生幽谷、流水知音、蕙爐以蘭炷、蘭

紅燭、紅紗未曉、香篆凝烟、蘭蕤、

懿行、芬馨、孝友之道、蘭以美、桂馥、

堪當世澤之綿、陶令羅含遂已其秋

草、桃源深口、靈鍾春烟、惟余懷之
信芳、仰蘭蕙而弥堅、終白来日詠、
影移竹栢、流雲往被、輔潤苔岑、葉
薄縐而有序、情和性潤、花輕展而
長萼、避蝶就陰、蘭言氣馥、玉壺冥
春、白雨綜芳、已踐梅杏之約、和風撲面、
惟芳蘭之可詠、比德君子、君子之交

洋為水錯名美人、美人之態,清且貞。
条、意辞之競生、偎採倚石、条情
条之攀附、與俗何争、莫逆於心、國連
稍㊀留連山水之趣、相視而笑、澹泊名
利之氣、芳氣襲人、淑女締同心之結、淡
姿素質、柔草訂君子之交、共金炷之夕
香、同瓊珮之晨照、水潤盆泥、魚生堂

物稱嘉姞之徵蘭，鄰上蘭之廊廡，
美人香草，情媲離騷，崇屈子之
忠懷，傾丹心而義昭，花卉芬芳之情
堪翫，誘人惟弄筆，寫物象形，湘
澧之蘭，天池之竹，堅貞伴我，利祿
芬華，展經藝而揮翰，潑麝墨而
波騰，然而詩詠小道，壯夫不爲，丹青

可傳，鍬秘神助，無多寫情物外，寫
意芳叢。寫叢蘭於畫（帋）幅，輔繪事
而無斷，乃為之詩曰：胸中春氣宜
留跡，畫外風來靜靜又謹，莫道
寫情殊筆之墨痕濟盡總心花。

兰蕙赋

桃放河阳之艳[1]，菊舒彭泽之芳[2]，莲有敦颐之说[3]，梅隐和靖之乡[4]。其有清姿气馥，逸韵含幽。吐芳兰之秀洁，含润玉之莹柔[5]。非郑家之小草[6]，类书带[7]之并抽。叶无言而自绿，花敛黛兮如羞。昭质无亏[8]，兰赋篚留[9]。麝烟[10]甫爇[11]，芳泽互糅[8]。

花开佛指[12]，非陆离之羽珮[13]；蕙芷同馨[14]，非杂错之花钿。云霞结秀，草木成珍。香生幽谷，流水知音。蕙炉兰炷[15]，兰缸[16]夜燃；红纱未晓，香篆凝烟。兰荪[17]懿行，无亏孝友之道；兰薰桂馥，堪留世泽之绵。陶令篱边，已荒秋草；桃源渡口，虚锁春烟。惟余怀之信芳[18]，仰兰蕙而弥坚。

红日来寻，影移竹柏[19]；流云往被，辅润苔岑。叶薄纷而有序，情和性润；花轻展而长芬，避燥就阴。兰言气馥[20]，玉壶买春[21]。白雨踪芳，已践梅花之约；和风扑面，惟芳兰之可寻。比德君子，君子之交淡如水；锡名美人，美人之态清且贞。无意干之竞生，偎栏倚石；无情条之攀附，与俗何争。莫逆于心，留连山水之趣；相视而笑，淡泊名利之氛。芳气袭人，淑女缔同心之结；淡资素质，香草订君子之交。共金炉之夕香[22]，同琼珮之晨照。水润盆泥，香生堂坳。称喜姞之征兰[23]，鄙子兰之廊庙[24]。美人香草，情赋离骚。崇屈子之忠怀，倾丹心而义昭。

花本无言，情堪解语，人惟弄笔，应物写形[25]。湘澧之兰，天池之竹，坚贞伴我，利禄无争。展泾笺而挥翰，泼麝墨而波腾。然而诗赋小道，壮夫不为[26]。丹青可属，貌似神非。亦复寄情物外，寓意芳菲。写丛兰于篇幅，辅绘事而无亏。乃为之诗曰：胸中春满宜留迹，帘外风来静不哗。莫道写情殊草草，墨痕淬处总心花。

注释

1 桃放河阳之艳："桃之夭夭，灼灼其华。"咏娇艳的桃花照眼欲明，喻少女的美丽楚楚动人，清代姚际恒《诗经通论》认为，《诗经·周南·桃夭》乃是"开千古词赋咏美人之祖"。北宋词人周邦彦《玲珑四犯》："秾李夭桃，是旧日潘郎，亲试春艳。"说的是西晋潘岳（后世多以潘安呼之，为古代四大美男之首）做河阳县令时，在全县遍种桃李。南北朝庾信《春赋》也写道："河阳一县并是花，金谷从来满园树。"

2 菊舒彭泽之芳：彭泽指彭泽令陶渊明，他的名句"采菊东篱下，悠然见南山"，赋予了菊花隐士的灵性，象征着不屈的风骨和凛然的气节。

3 莲有敦颐之说：《爱莲说》是北宋理学家周敦颐的名篇。莲花的坚贞，象征着高洁的人格和洒落的胸襟。

4 梅隐和靖之乡：北宋诗人、隐士林逋（和靖先生）有"梅妻鹤子"之称。"疏影横斜水清浅，暗香浮动月黄昏"是他的咏梅名句。张潮在《幽梦影》中说："菊以渊明为知己，梅以和靖为知己。"是知己，也是化身。故陆游有"一树梅花一放翁"之句。

5 吐芳兰之秀洁，含润玉之莹柔：宜断句为："吐芳，兰之秀洁；含润，玉之莹柔。"兰芳玉润，相映生辉。古人有"如玉之莹"及"如玉加莹"之论。莹，有明亮及磨砺之意。汪荣宝说：屈原被谗、遭放逐，"犹玉加磨莹而成文采也”（汪荣宝．法言义疏．北京：中华书局，1987.）。

6 郑家之小草：郑氏画兰者，可追溯到南宋遗民郑思肖（字忆翁，号所南）。“一国之香，一国之殇；怀彼怀王，于楚有光。”以兰明志，露根无土，寄托对故国的思念和悲愤之情。郑思肖也画小草，肃杀的秋风里，兰蕙变节而化作萧茅，自甘沉沦于泥淖之中，直叫人痛心疾首。郑所南之忧，令人联想起孔子之叹。孔子最早赋予兰花人文精神。东汉蔡邕《琴操》有孔子作《猗兰操》的记载：“《猗兰操》者，孔子所作也。孔子历聘诸侯，诸侯莫能任。自卫反鲁，过隐谷之中，见芗兰独茂，喟然叹曰：‘夫兰当为王者香，今乃独茂，与众草为伍，譬犹贤者不逢时，与鄙夫为伦也。’乃止车援琴鼓之……”郑所南与孔子产生了共鸣。但郑所南心忧的是故国，孔子喟叹的是自己。元代倪瓒深知所南之心，《题郑所南兰》曰：“秋风兰蕙化为茅，南国凄凉气已消。只有所南心不改，泪泉和墨写离骚。”采用屈原《离骚》的意象：“兰芷变而不芳兮，荃蕙化而为茅。何昔日之芳草兮，今直为此萧艾也？”清代郑燮（字克柔，号板桥）画兰之后添上几笔荆棘杂草，寓意君子与小人，谓“满幅皆君子，其后以棘刺终之，何也？盖君子能容纳小人，无小人亦不能成君子。故棘中之兰，其花更硕茂矣。”又有诗曰：“不容荆棘不成兰，外道天魔冷眼看。门径有芳还有秽，始知佛法浩漫漫。”芳秽，与后文所引屈赋的“芳泽”一词同意。

7 书带：书带草又叫沿阶草、秀墩草，是细叶麦门冬的叶子，叶如细韭，凌冬不死，细长而扁，质地坚韧，俗称野韭菜、长生草。东汉末年经学大师郑玄（字康成），在书院讲学著述时，经常到附近的野地采集这种四季常青的草叶，编作草绳用来捆绑书籍，这就是“康成书带”的由来，也称作郑草、郑家书带草、萦带草。郑板桥有一方“书带草”印。唐代皎然和尚有诗云：“书带变芳草，履痕移绿钱。”

8 昭质无亏、芳泽互糅：均出自屈原《离骚》：“芳与泽其杂糅兮，唯昭质其犹未亏。”大意是：芳香和污垢纵使会被人混淆，只有清白的品格丝毫无损。

9 兰赋箧留：历代为兰作赋者甚多，仅仅唐代就有杨炯、韩伯庸、仲子陵、颜师古等人，写下“同题作文”《幽兰赋》，千载以来，珍藏箧笥，传诵至今。

10 麝烟：焚麝香发出的烟。《红楼梦》第五回《警幻仙子赋》有“仙袂乍飘兮，闻麝兰之馥郁”，麝兰之香并列、互喻。

11 甫爇：甫，才，刚刚。爇（ruò），焚烧，引燃。

12 花开佛指：兰花的花瓣就像佛的手指，指点迷津，释解沧桑。兰花指（掌）是中国舞蹈以及戏曲中的手型，梅兰芳传承并发扬创新，总结了五十三种兰花指样式，如“雨润”“吐蕊”“承露”“挥芬”“并蒂”等。现代培育有一种莲瓣兰，花形更加酷似佛指，称为“佛指奇花”。

13 陆离之羽珮：与后文杂错花钿，均出自南北朝沈约《丽人赋》。

14 蕙芷同馨：白芷和蕙兰，合称为“王者之香”，西汉东方朔《七谏·沉江》有“联蕙芷以为佩兮，过鲍肆而失香”之句。

15 蕙炉兰炷：蕙炉是香炉，兰炷与后文中的香篆都是指的香。出自宋代欧阳修《洛阳春》：“红纱未晓黄鹂语，蕙炉销兰炷。”

16 兰缸：燃兰膏的灯，亦作兰釭。古代用泽兰子炼制油脂，用来点灯。王国维有词《采桑子·高城鼓动兰釭灺》。再如唐代施肩吾《夜宴曲》：“兰缸如昼晓不眠，玉堂夜起沈香烟。”据明代蒋一葵《尧山堂外纪》第十五章记载，沈右率座谢朓、王融辈三物为咏，朓赋幔云：“但愿置樽酒，兰釭当夜明……”

17 兰荪：即菖蒲。比喻具有美德的贤士。《旧唐书·卷一七七·崔慎由传》：“挺松筠之贞姿，服兰荪之懿行。”

18 余怀之信芳：化自屈原《离骚》“不吾知其亦已兮，苟余情其信芳”句，大意是：没有人了解我也就罢了，只要内心真正馥郁芬芳。

19 影移竹柏：出自唐代李商隐《子初郊墅》：“阴移竹柏浓还淡，歌杂渔樵断更闻。”

20 兰言气馥：心意相投、一拍即合，便觉吐气如兰、息息相通。如

《易·系辞上》:“同心之言，其臭如兰。”义近前文“兰薰桂馥”，见唐代骆宾王《上齐州张司马启》:“常山王之玉润金声，博望侯之兰薰桂馥。”

21 玉壶买春：出自唐代司空图《诗品二十四则·典雅》。玉壶指珍美的酒器，如唐代李白《待酒不至》云:“玉壶系青丝，沽酒来何迟。”古人称酒为春，如《诗经·豳风·七月》:“为此春酒，以介眉寿。”

22 共金炉之夕香，同琼珮之晨照：出自南北朝江淹《别赋》。

23 称喜姞之征兰：喜，疑为“燕”之笔误。“燕梦征兰”意为妇人怀孕喜得贵子。相传春秋时郑国的国君郑文公小妾名燕姞，一天她梦见天使送兰花给她做儿子。随后她陪寝怀孕生了个儿子，取名叫兰，这就是后来名震诸侯国的郑穆公。见《左传·宣公三年》:“初，郑文公有贱妾曰燕姞，梦天使与己兰，曰:‘余为伯鯈。余，而祖也。以是为而子，以兰有国香，人服媚之如是。’既而文公见之，与之兰而御之。辞曰:‘妾不才，幸而有子。将不信，敢征兰乎？’公曰:‘诺。’生穆公，名之曰兰。”郑板桥为“书带草堂”郑氏后裔，书画用印“敢征兰乎”即出此典。

24 鄙子兰之廊庙：子兰为楚怀王幼子、楚顷襄王之弟，官至令尹，权倾朝野，是诬害屈原的奸佞小人。

25 应物写形：南北朝谢赫提出“六法论”，即气韵生动、骨法用笔、应物象形、随类赋彩、经营位置和传移摹写。应物写形，如能应物中之道，写心中之形，就能达到以形传神的境界。

26 诗赋小道，壮夫不为：唐代孙过庭《书谱》记载:“杨雄谓：诗赋小道，壮夫不为。”汉代杨雄《法官·吾子》:“或问：君子少而好赋？曰：然。童子雕虫篆刻。俄而曰：壮夫不为也。”意思是：这些“雕虫小技”，是大丈夫所不屑为之事。

意译

桃花绚烂而热烈，浪漫而多情，盛开在河阳全县，绽放在潘郎的心房；菊花迎风吐蕊，婀娜多姿，倾倒了陶渊明，惊艳了时光；莲花仪态万千，亭亭玉立，浓浓的爱意洋溢在濂溪先生的脸庞；梅花占尽风情，暗香疏影，摇曳在林和靖的梦乡。

至于兰蕙，更兼清、馥、逸、幽、秀、洁、莹、柔。兰蕙如玉，如翩翩君子，绝非画兰高手郑思肖所鄙夷的蒿草，兰芷萧艾不啻天壤之别。康成书带倒有几分可比，细看书带草束书打结时，就像兰蕙抽出的花苞。或许是浸染书香，书带草也有了兰蕙的灵性。兰生幽谷，无人自芳。不为俗尘所染，不与桃李争妍。花苞含羞，好似美人蹙眉；馨香馥郁，恍若置身仙境。天生丽质，典雅高洁，引来无数文人骚客，留下脍炙人口的诗篇，至今读来，仍给人以美的熏陶，唇齿留香，余味绵长。

兰花如佛指，蕙与芷同馨。兰蕙清香淡远，简洁素雅，不似那些用翠鸟羽毛制成的五颜六色的佩带，看上去繁复陆离；也不似用金银珠宝制成的参差错综的头饰，令人眼花缭乱。

云霞开锦绣，草木弄新姿。兰蕙在寂静的山谷中自然地生长，山涧淙淙的流水是她的知音。摆上香炉，焚一炷香，青烟袅袅升起，香气蔓延开来。轻纱罗帐，朦胧烛光，东方未晓，静谧安详。好人好事，恪守孝友之道；德泽流芳，谆谆家风绵长。当年陶渊明采菊的东篱小径，早已荒草萋萋，杳无人迹；武陵郡的桃源渡口，曾经的良田、美池、桑竹、桃花林都无影无踪。尽管世事沧桑，无论人心薄凉，兰蕙是我心中永恒而坚定的信仰。

阳光下，竹柏阴影，忽浓忽淡，流云中，异苔同岑，或燥或润。兰蕙叶薄，伸展有序，喜阴恶燥，花苞娇羞，性情和润，香气悠长。挚友促膝谈心，气义相投；同饮玉壶春酒，肝胆相照。雨如白珠，乘雨寻梅，雨中的梅花自有一种别样的美；惠风和畅，吹面不寒，正是访兰的最佳时机。兰为花中之君子，君子之交淡如水。香草美人品质高洁，美人之态气清而忠贞。无意于攀附依靠、求取名利，也不伸出枝干藤条、偎栏倚石。宁静致远，情寄山水间；与世无争，淡泊乐逍遥。移栽盆中，香生堂坳，芳气袭人，义结同心。淡资素质，情真意切，朝夕相处，形影不离。燕梦征兰预示妇人怀孕喜得贵子，子兰廊庙代指卑劣行径永受唾弃。千百年来，人们崇尚兰蕙，传诵《离骚》，赞扬屈原：耿耿忠心，名垂青史；浩浩正气，永矗丰碑。

花虽无言能解语，人惟弄笔写精神。屈赋之兰，徐渭之竹，坚贞伴我，与世无争。我在宣纸上尽情地挥洒笔墨，那是灵魂深处的引吭高歌，或低吟浅唱。

虽说诗赋微不足道，丹青亦聊以寄情，然诗为心声，画为心语，文字与绘事的交响，那是生命的华彩乐章。

胸中春满，宜留心迹，逸笔草草，莫道情闲。流年生暖，岁月凝香，帘外风来，我心岿然。寓意百卉，依仁游艺，乘物游心，超然世外。墨痕淬处，心随花开，兰蕙相伴，芳菲永在。

咏兰

余同麓（元代）

手培兰蕙两三栽，
日暖风微次第开。
坐久不知香在室，
推窗时有蝶飞来。

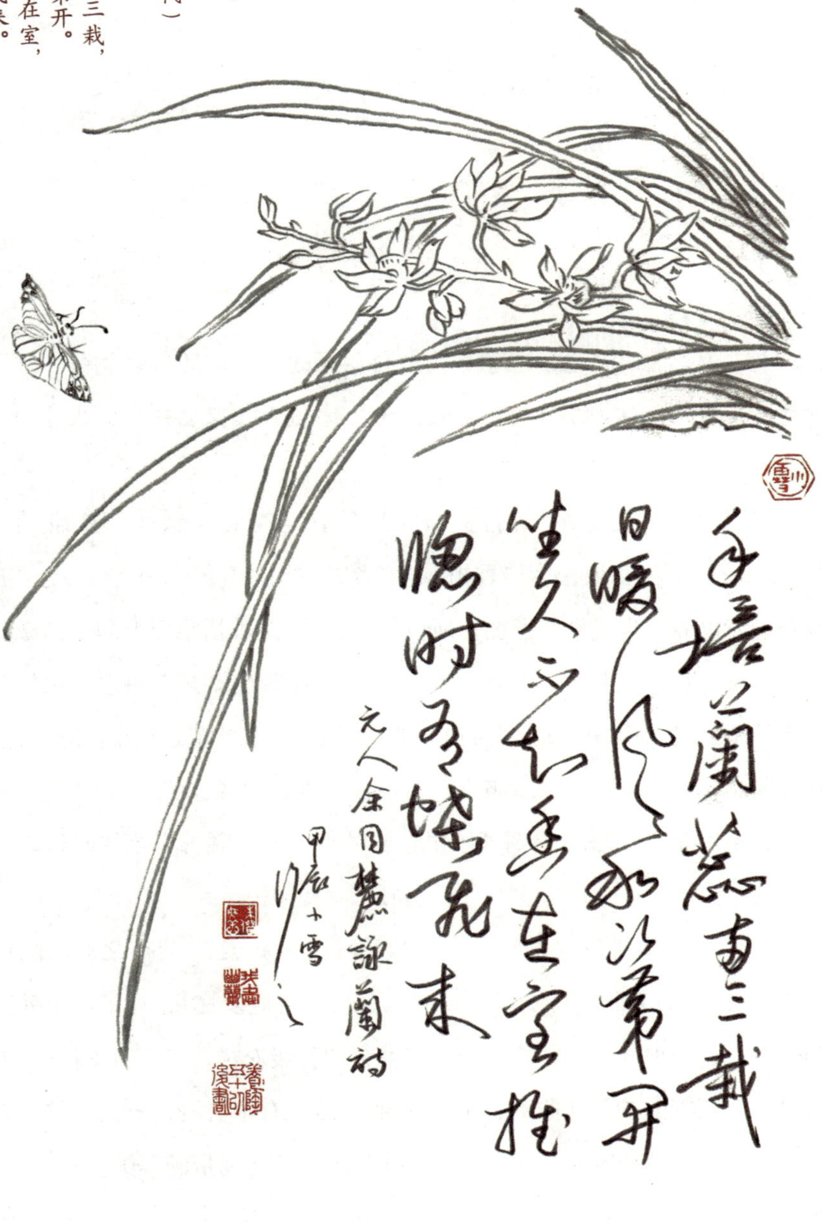

赏析

兰花又名幽兰、蕙、兰蕙，为兰科兰属的春兰（又名朵朵香、山兰）、蕙兰（又名兰花草、九节兰、夏蕙、夏兰）、建兰（又名秋兰、八月兰、官兰花）、寒兰、多花兰或台兰的花。

兰与“梅、竹、菊”合称“四君子”，与菊花、水仙、菖蒲，并为“花草四雅”。兰花被誉为“香祖”“王者之香”，《荀子·礼论》云：“五味调香，所以养口也；椒兰芬苾，所以养鼻也。”兰香恬雅而温润，孤傲而冰洁，不仅养鼻，而且养心，所以孔子作琴曲《猗兰操》以明志。宋代黄庭坚在《书幽芳亭》中写道：“兰虽含香体洁，平居与萧艾不殊。清风过之，其香蔼然，在室满室，在堂满堂，所谓含章以时发者也。”一盆兰花，满屋飘香，黄庭坚在兰香中得到了妙悟：要懂得谦逊、藏善，等待时机以施展才华。

汉代人喜欢用鲜花酿酒。西汉枚乘《七发》云：“兰英之酒，酌以涤口。”兰花做的美酒，特别好喝。明末张岱《陶庵梦忆》，写了一个爱兰如痴的人，家中种满兰花，客人来坐，就会“香袭衣裙，三五日不散”。花谢的时候，把零落的兰花收集起来：“有面可煎，有蜜可浸，有火可焙，奈何不食之也？”用来做成兰花粥、兰花拌肚丝、兰花鸡蛋汤等美食。

兰还可以入药治疾。

兰花——味辛，性平，归肺、脾、肝经，具有养阴润肺、利水渗湿、调气和中、明目的功效，治胸闷、腹泻、久咳、青盲内障。《本草纲目》谓："其气清香，生津止渴，润肌肉，治消渴胆瘅。"《本草纲目拾遗》载："素心建兰花，干之可催生、除宿气、解郁。蜜渍青兰花点茶饮，调和气血、宽中醒酒。""黄花者名蜜兰，可以止泻。花色黑者名墨兰，干之可治瞽目，生瞳神，治青盲最效。"

兰叶——味辛，性微寒，归心、脾、肺经，能清肺止咳、凉血止血、利湿解毒，用于治疗肺痈、肺痨、咳嗽、咯血、吐血、尿血、白浊、白带、疮毒疔肿。《本草正义》说能"清利湿热，快脾醒胃，宣通肺气而调水道"。

兰根——味辛，性微寒，归肺、脾、肝、小肠经，具有润肺止咳、清热利湿、活血止血、解毒杀虫的功效，可用于肺结核咯血、百日咳、急性胃肠炎、热淋、带下、白浊、月经不调、崩漏、便血、跌打损伤、疮疖肿毒、痔疮、蛔虫腹痛、狂犬咬伤。

兰实——兰的果实，味辛，性平，具有明目、补中的功效。

古代诗词中的兰，范围不限于兰科兰属，比如：

石韦——又名石兰，是清利膀胱而通淋的常用中药，也是清肺化痰、凉血止血的佳品；

吊兰——有"空气卫士"的美称，摆在茶几上，自然垂挂，别有风味，新鲜的吊兰捣烂外敷可治疗疔疮肿毒；

佩兰——《本草纲目》说它"叶似马兰，故名兰草"。能芳香化浊、开窍提神，又称"醒头草"或"省头草"。《黄帝内经》十三方之一的兰草饮或佩兰汤，就是佩兰，所谓"治之以兰，除陈气也"。《诗经·郑风·溱洧》云："溱与洧，方涣涣兮。士与女，方秉蕑兮。"帅哥美女河边约会，手里拿的"蕑（jiān）"，就是佩兰。你看兰的繁体字"蘭"和"蕑"，是不是长得像是一对双胞胎?

石斛兰——能益胃生津、滋阴清热。古时候，十斛米才能换得一点石斛兰，所以有了“十斛”的名字，后来被中医开药方的时候写成了避免与剂量混淆的文绉绉的“石斛”。

泽兰——生于泽畔的香兰，属菊科，茎叶入药，能活血化瘀、行水消肿、解毒消痈。《证治准绳》载有泽兰汤：泽兰叶、当归、芍药、甘草。治血虚有火、月经耗损、渐至不通及室女经闭。

“沅有芷兮澧有兰，”（屈原《九歌·湘夫人》）“岸芷汀兰，郁郁青青。”（范仲淹《岳阳楼记》）兰，常常与芷相提并论。这个“芷”，是伞形科当归属植物白芷，生于林下、溪旁和山谷草地，根入药。白芷祛风燥湿、消肿止痛，治疗外感风寒头身疼痛、风湿痹痛、寒湿带下、鼻窦炎、乳腺炎，《神农本草经》列为上品，说它还能“长肌肤，润泽，可作面脂”，是美容佳品、美白高手，也可以用来制作天然香料。明代李梴《医学入门》载白芷：“《离骚》谓之药，言以芳洁自约而为止极。”

白芷和蕙兰又合称为“芝兰”。《孔子家语·在厄》中说：“且芝兰生于深林，不以无人而不芳；君子修道立德，不为穷困而改节。”“芝兰”比喻具有美德的君子。

兰蕙是彦公写生、作画常用的题材。他写了很多题画诗：“晴窗研露谱潇湘，写出清流漫逸香。劲叶几根花数朵，一丛已足胜群芳。”写其风骨；“深山久住避尘埃，月朗风清只自开。偏是园翁多甚事，移根拥土出山来。”写其隐逸；“画里诗情画外神，美人君子托微吟。深山杜隐原初志，俯仰乾坤看古今。”写其高志；“画兰何必竞赛华，墨洒花笲自一家。疏叶几丛传妙影，幽香犹自冠群花。”写其淡泊；“几簇灵根任笔栽，毫端倾刻墨花开。底事含情偏不语，清芬犹惹世人猜。”写其蕴藉；“诗中有画画中诗，写出芳兰出俗姿。纵使多情能解语，也难猜破默然诗。”写其脱俗；“远志在山原小草，兰生幽谷亦蓬蓬。何劳郑子移将去，为画真容也假容。”写其率真；“落墨破篱写素心，花花叶叶浥清芬。芳兰度出饶诗料，宋艳班香不染尘。”写其典雅；“蓬蓬小草在山深，避却红尘只自芬。我愧笔底难抚态，知君可否结同心。”写其坚贞。

彦公《兰蕙赋》由桃、菊、莲、梅起兴，“兴者，先言他物以引起所咏之辞也。”（朱熹《诗集传》）桃有潘岳，菊有渊明，莲有敦颐，梅有和靖，那么，兰呢？转而切入正题，兰蕙的知音大概首推屈原，屈原爱兰、种兰、咏兰，寄蕙以情，托兰以讽，为兰文化之滥觞。

兰花的内涵丰富，外延宽泛，在诗人的笔下，并不等同于植物学家的概念。兰是美好事物的象征，为中华文化的重要符号之一。

不写群芳写竹兰
更觉幽香出世尘
只有青山涧中洋
味清人骨比丽琴

兰馆渐经眉春乔泽辰画

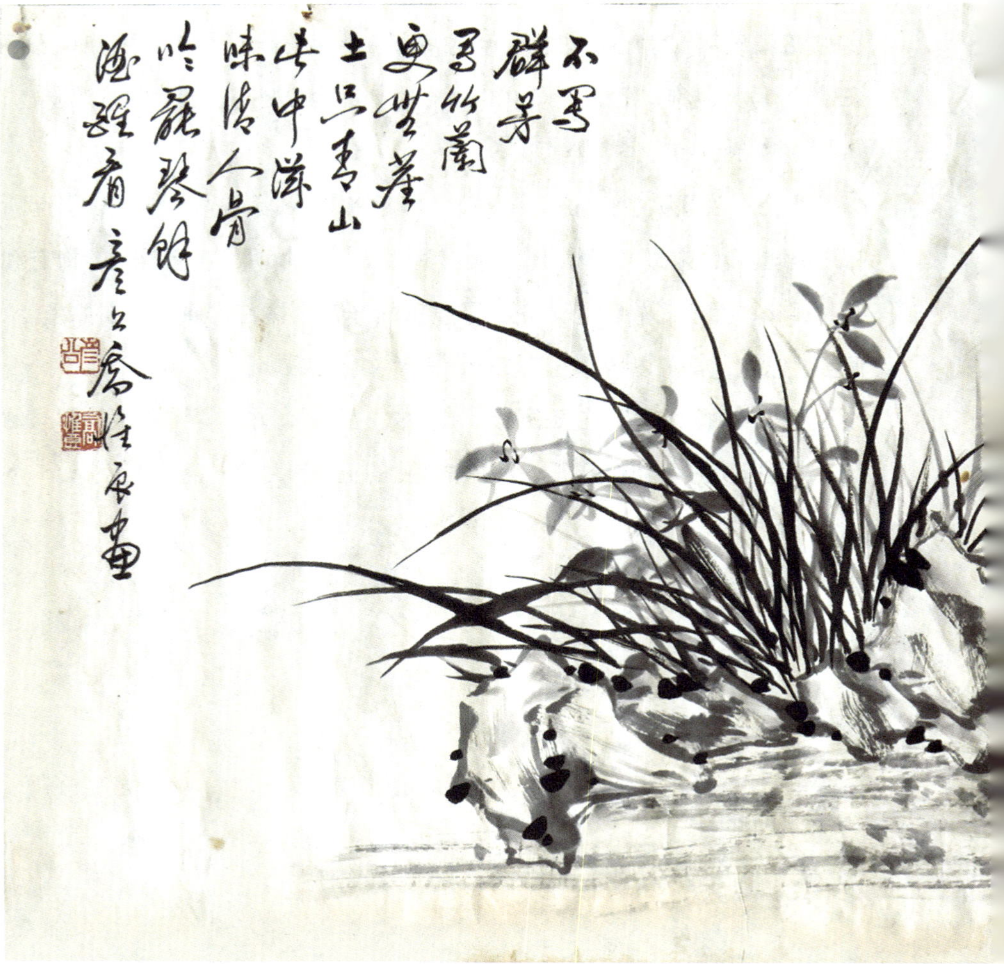

乔惟良《兰蕙图》，上题：
不写群芳写竹兰，更无尘土只青山。此中滋味清人骨，吟罢琴余酒醒看。

第三篇

花放琼瑶竞葳蕤

玉兰花赋

商木牧治天無與龍華並與以
分四序惟風雪之無私淑寒梅
之後起奪玉李之先聲早序於永
和之跡無見於江左之文一片冰心遲
發青蘂之蘂千朵瓊芳先飄玉界
之紫效玉版而談禅機蓮社之飄薰
繁華為粉開無冬二月韶光美不
禁紫芝當上蓬萊曾見瓊蕊集
中闕苑猶開向仙人之玉足度君象
少乃禮儀之肅藝堪比將軍娃形
賦色疑幻疑真修瓊詞之遍述
兩樂韻事而深深乃為之詩曰：
二月群芳吐卉遲綻風高樹展新
枝綠珠待發青娥蘂弄玉芝開
映雪姿傳粉何郎羞比白偷青赫
壽杜勞恩晶瑩盛溢春光滿玉

花放瓊瑤

競盛毅

玉蘭女娃

一九八〇、庚申正月杪寫此

蘭臺宮裡玉堂春宋玉無才未
娃成佳有仙人持玉尺玉花量出
在春分韓方升之羨日放海樹之
瓊瑤倚遍欄干只是者般寂寞
詩成玉樹但見朵朵玲瓏艷艷雪粉
寫長
露柔香未起綠塵上堦紅不凝地
採蜜無蜂語花少蝶芳叢靜定
而無喧鬧艷羞寒而尚蔽風日無
私花朝序替正可印景延華乘
風激勵柔諧曉而溫晶美轉風輪
而舒玉蕊銀枝綻粉膛雲團酥氣
馥為蘭神清照玉花裝俛首之姿
態勝修容之俗冰肌玉類羞争桃
杏之紅縞袂邊裳嫡遵梨花之白
揆墨藻芳難描付丹青而難屬去
胸中之齊鬱摘句尋章來物外

玉兰花赋

兰台宫[1]里玉堂春[2]，宋玉多才[3]未赋成。惟有仙人持玉尺[4]，玉花量出在春分。耀方升之丽日，放满树之瑶琼。倚遍栏杆，只是者般寂寞；诗成玉树，惟见朵朵玲珑[5]。

艳雪[6]初融，飞尘未起[7]；绿迟上阶[8]，红不凝地[9]。采蜜无蜂，寻花少蝶。芳丛静定而无喧，弱艳羞寒而尚蔽。风日无私，花期序替，正宜即景延华，乘风激励。飞皓魄[10]而启晶英，转风轮[11]而舒玉蕊。

银花绽粉，皑雪团酥，气馥如兰，神清照玉。花无俯首之姿，态胜修容之俗。冰肌玉颊，羞争桃杏之红；缟袂琼裳，犹导梨花之白。拟墨藻兮难摛，付丹青而难属。去胸中之芥郁[12]，摛句寻章；来物外之清虚，谐音度曲。

蕉雪[13]王维之画，梨云[14]苏轼之诗。芳菲竞爽，清逸自持。物尚天然，与竦华[15]而并乐；时分四序，惟风雪之无私。

承寒梅之后起，夺玉李[16]之先声。未序于永和[17]之迹，无见于江左之文[18]。一片冰心，迟发青蓁之叶；千朵瑶花，先飘玉界之馨。效玉版[19]而谈禅，拟莲社[20]之飘薰。繁华满树开无尽，二月韶光美不禁。紫芝[21]图上，蓬莱曾见；琼蕊集中，阆苑[22]犹闻。问仙人之玉尺，度君多少？乃礼仪之肃整，堪比将军[23]。赋形赋色，疑幻疑真。惟瑰词之递述，乐韵事而弥深。

乃为之诗曰：二月群芳吐卉迟，临风高树展新枝。绿珠[24]待发青娥[25]叶，弄玉[26]先开映雪[27]姿。傅粉何郎[28]羞比白，偷香韩寿[29]枉劳思。晶盘[30]盛得春光满，花放琼瑶竞葳蕤[31]。

注释

1 兰台宫：指战国时期楚国兰台之宫。楚人好尚芝兰，故楚王宫又称为兰台宫。梁朝人刘勰在《文心雕龙·时序》中说："唯齐、楚两国，颇有文学。齐开庄衢之第，楚广兰台之宫……屈平联藻于日月，宋玉交彩于风云。"宋玉《风赋》记载"楚襄王游于兰台之宫"。

2 玉堂春：本篇的玉兰花指的是白玉兰。白玉兰别名玉堂春，至于紫玉兰即辛夷或称木笔花。玉兰花芳香馥郁，洁白素雅，若与海棠、迎春、牡丹、桂花等配植在一起，即为"玉堂春富贵"之寓意。

3 宋玉多才：出自宋代柳永的词《击梧桐·香靥深深》："见说兰台宋玉，多才多艺善词赋。"宋玉为战国时楚人，辞赋家，才高貌美，或称为屈原弟子，曾为楚顷襄王大夫。

4 仙人持玉尺：出自唐代李白《上清宝鼎》："仙人持玉尺，度君多少才。"《辞海》释为："玉制的尺。比喻选拔人才及评价诗文的标准。"

5 玲珑：参见清代朱廷钟《满庭芳·玉兰》："刻玉玲珑，吹兰芬馥，搓酥滴粉丰姿。缟衣霜袂，赛过紫辛夷。"

6 艳雪：艳阳照着残雪。唐代李商隐《蝶三首》："远恐芳尘断，轻忧艳雪融。"用"艳雪"比喻蝶翅上的白粉。

7 飞尘未起：一尘不染。宋代吴文英《丑奴儿慢·麓翁飞翼楼观雪》：

"东风未起，花上纤尘无影。"

8 绿迟上阶：唐代刘禹锡的《陋室铭》有"苔痕上阶绿，草色入帘青"句。苔痕蔓延，不知不觉绿了台阶。飞尘未起言其净，绿迟上阶言其静，写出了闲雅、清幽之美。

9 红不凝地：一抹鲜红从寒凝大地之中挣脱开来，怒放在枝头。《晋书·张协传》："天凝地闭，风厉霜飞。"

10 皓魄：指明月、月光。

11 风轮：天体运行。唐代方干《除夜》诗："玉漏斯须即达晨，四时吹转任风轮。"皓魄、风轮二句大意：玉兰花开惊艳了时光。

12 芥郁：心存芥蒂，郁郁寡欢。

13 蕉雪：唐代王维《袁安卧雪图》，把芭蕉画在雪中，喻高士节操。

14 梨云：梨花如云的绮丽梦境。

15 竦华：直立，壮美也。竦，肃，恭敬貌，又通"耸"，高高耸立。形容玉兰花花朵挺直的样子。三国时期曹操写的《观沧海》有"山岛竦峙"句，南朝齐时期张融的《海赋》有"珊瑚开缋，琉璃竦华"句。

16 玉李：李花色白如玉。

17 永和：指《兰亭序》。

18 江左之文：泛指汉魏六朝文。

19 玉版：刻字的玉片，泛指珍贵的典籍。

20 莲社：晋代庐山虎溪东林寺高僧慧远，结社修净土之法，凿池植白莲，称莲社或白莲社。玉兰花有些像白莲花，玉兰花约有9片花瓣，而莲花倍之。郭沫若《玉兰》诗写道："亭亭挺立的枝头开出朵朵白莲，有香类似兰蕙被人们称为玉兰。"

21 紫芝：灵芝。参见李绅《海棠诗》："海边佳树生奇彩，知是仙山取得栽。琼蕊籍中闻阆苑，紫芝图上见蓬莱。"

22 阆苑：神仙住处，天有瑶池，地有阆苑。阆，高也，旷也。代指人间仙境。

23 将军：指的是西晋羊祜，礼仪玉立，肃整军纪，正直忠贞，以德感人。

24 绿珠：晋朝石崇有妾名绿珠，是以明珠十斛换得。石崇遇害，绿珠跳楼殉情，一跃而下如桂花散落凄美留芳。清代李汝珍《镜花缘》中尊为桂花花神。

25 青娥：美少女。如唐代韩愈《晚秋郾城夜会联句》："青娥翳长袖，红颊吹鸣籥。"

26 弄玉：春秋秦穆公女，又称秦娥，嫁萧史，在凤楼上吹箫引来凤凰，夫妇乘凤飞天仙去。

27 映雪：此处形容天生丽质。出自《汉宫春色》（东晋时人编著的艳情小说）中的《汉孝惠张皇后外传（其一）》："不傅脂粉，而颜色若朝霞映雪，又如梨花带雨。"

28 傅粉何郎：何郎面白如搽了粉一般，后泛指美男子。出自南朝·宋·刘义庆《世说新语·容止》："何平叔美姿仪，面至白，魏明帝疑其傅粉。正夏月，与热汤饼。既啖，大汗出，以朱衣自拭，色转皎然。"

29 偷香韩寿：典出《世说新语·惑溺》：帅哥韩寿与上司贾充的女儿好上了，经常跳墙进入内院幽会。贾充"闻寿有奇香之气，是外国所贡，一着人，则历月不歇"。这种香只能来自贾家，始"疑寿与女通"。

30 晶盘：通常指月亮。月亮像圆盘，月色如水晶，也作"玉盘"。此处当是指水晶般的圆盘，喻玉兰花托。

31 葳蕤：枝叶繁密、花草茂盛的样子。唐代张九龄的《感遇十二首·其一》有"兰叶春葳蕤，桂华秋皎洁"句。

题玉兰

沈周（明代）

翠条多力引风长，点破银花玉雪香。
韵友自知人意好，隔帘轻解白霓裳。

意译

遥想当年，楚王广开兰台之宫，堪比齐国稷下学宫，文人学士纷至沓来，一时兴盛，大放异彩。宋玉继屈原之后，发扬楚辞文学传统，开启了赋体创作的新风尚。如果说屈原的华章可与日月争光，那么，宋玉的彩笔则可与风云辉映。后世以“屈宋”并举，欧阳修评价更高，他说：“宋玉比屈原，时有出蓝之色。”兰台遍植玉兰花。多才多艺、玉树临风的宋玉，写下多少脍炙人口、洋洋洒洒的赋体作品，却没有能够写出一篇玉兰赋，只因屈原的千古绝唱“拦”在了前头。“朝饮木兰之坠露兮，夕餐秋菊之落英。”《离骚》中的“木兰”指的正是玉兰，这句最早赞美玉兰的句子，一经屈原吟出，再难超越，这正是：“眼前有景道不得，‘屈原’题诗在上头”啊！何况，阳春白雪、曲高和寡，多愁善感的宋玉心中不免悸动不安。只有仙人，手持玉尺，为玉兰花“量”出了开花的秘密：春分时节，玉兰花定将吐露芳华。当我倚遍栏杆，抬首遥望，心情如此寂寞和惆怅，倏然玉兰花开，望见红日升腾，云蒸霞蔚，满树琼瑶，朵朵玲珑，顿时诗兴勃发，所有的烦恼消失得无影无踪！

艳阳映照着残雪，茫茫大地一片洁净，绿意悄悄爬上台阶，嫩红刹那缀满枝头。蜜蜂还没有从睡梦中醒来，蝴蝶也没有听见春天的脚步声。静静地，嫩芽破土而出，轻轻地，花蕾含羞待放。冬去春来，次第花开，迎风吐蕊，争奇斗艳，日月光华，姹紫嫣红。

花色银白，如玉如雪，花香馥郁，如兰如芝。冰肌玉骨，仪态端庄，桃羞杏惭，描摹不尽。文思泉涌，胸襟豁然，乐雅情浓，乘物游心。

王维钟情雪中芭蕉，苏轼慨叹梨云梦远。玉兰花朵朵芳菲，树树清逸，她不是诗佛营造的画意，也不是坡仙编织的梦境，她明媚鲜妍，天生丽质，令人徜徉其间，而又肃然起敬，不禁为大自然的鬼斧神工怦然心动。

韶光二月，玉兰花开。优雅从容，接梅花怒放之后；繁花满树，领李花吐蕊之先。一片冰心，似玉之白；千朵瑶花，同兰之馨。飘然若仙葩阆苑，凛然如羊祜将军。言语无法形容，赏之可效玉版参禅；欣喜不可名状，品之可仿莲社修心。

这正是：

早春二月料峭寒，迟迟未见群芳妍。

是谁临风新姿展，青枝绿叶白玉兰！

何郎傅粉自取辱，韩寿偷香徒难堪。

玉兰托起水晶盘，盛满春光照人间！

赏析

玉兰花，指的是白玉兰，为木兰科落叶乔木，高达15～20米，先花后叶，花朵硕大，一干一花，单生于枝顶，朵朵向上，芳香洁白，基部常带粉红色，花期2～3月（亦常于7～9月再开一次花）。花可泡茶，或制成玉兰饼食用。花蕾同辛夷，为鼻病良药。长沙马王堆一号汉墓中发现保存完好的药物辛夷，经鉴定即是玉兰的花蕾。明代王象晋《群芳谱》载："玉兰花九瓣，色白微碧，香味似兰，故名。"玉兰如玉之洁、兰之香，是上海市的市花。

玉兰花亦药亦食。其性辛温，能温中解肌、消痰益肺、利九窍、去头风、治鼻病、明目，可用于鼻炎、血管性头痛，消除紧张不安，抑制真菌。将待开的玉兰花，每日清晨空心水煎服，可治痛经不孕。玉兰花水煎蜂蜜调服，可治咳嗽。玉兰花与紫苏叶开水冲泡代茶饮，可治感冒头痛、中暑胸闷。

玉兰花瓣肥厚脆嫩，清代陈淏子《花镜》记载："其瓣择洗清洁，拖面麻油煎食极佳，或蜜浸亦可。"乾嘉两朝帝师翁同龢即用玉兰花和面，油炸食之，认为可以通气理肺，是养生佳品。据《清稗类钞》记载，当时江南一些寺院的素食中，也有用玉兰花入馔的。

《世说新语》中有一段故事，谢安问子侄们：你们出身豪门，不一定要有多大出息，为什么还想成为优秀子弟呢？谢玄答道："譬如芝兰玉树，欲使其生于庭阶耳。"遂有成语"芝兰玉树"，喻德才兼备。"芝兰"好理解，是灵芝和兰草，也作"芷兰"。那么，"玉树"是指的什么呢？就是玉兰。明代王世懋在《学圃杂疏》写玉兰："千干万蕊，不叶而花，当其盛时，可称玉树。"清代李渔《闲情偶寄》亦云："世无玉树，请以此花当之"。

由玉兰花的洁白如玉，《玉兰花赋》用了"蕉雪""梨云""玉版"等意象。

先说"蕉雪"。《后汉书》卷四十五《袁张韩周列传·袁安》："袁安字邵公，汝南汝阳人也……为人严重有威，见敬于州里……所在吏人畏而爱之。"唐代李贤注引晋·周斐《汝南先贤传》曰："时大雪积地丈余，洛阳令身出案行，见人家皆除雪出，有乞食者。至袁安门，无有行路。谓安已死，令人除雪入户，见安僵卧。问何以不出。安曰：'大雪人皆饿，不宜干人。'"说的是后汉袁安为人清操自守。洛阳大雪成灾，家家扫雪出门乞食，洛阳令发现袁安家大雪封门，以为袁安已死，却见袁安在室内僵卧。袁安说："雪灾之时，人人又饿又冻，我不适宜扰了别人、给人负担。"唐代王维《袁安卧雪图》，把芭蕉画在雪中，意在以芭蕉的"身冷性热"隐喻袁安卧雪的"身冷心热"。众所周知，芭蕉是南方热带植物，冬雪里怎么可能有芭蕉树呢？这显然违背了生活常识。然而，艺术的真实，并不是机械地照搬生活的真实。所谓境由心造，得意忘象，雪蕉同景恰恰是传神之笔。沈括的《梦溪笔谈》说得好："书画之妙，当以神会，难可以形求也。"雪中芭蕉，不做媚世之态，如同袁安在大雪中仍坚守的高士节操，画出了难以言说的动人之处。与西方美学所谓第一自然和第二自然之说暗合。

再说“梨云”。南宋胡仔编撰的中国诗话集《苕溪渔隐丛话》前集卷四十一引《高斋诗话》，唐代王昌龄（698—757）曾在梦中做梅诗：“落落寞寞路不分，梦中唤作梨花云。”有人说《高斋诗话》引错了，实际上唐代王建（765—830）已经写过《梦看梨花云歌》：“薄薄落落雾不分，梦中唤作梨花云。”梨云的专利归谁，姑且不论。到了宋代苏轼，梨云有了不一样的感受，他多么希望，在梨花如云的绮丽梦境中，会出现他朝思暮想的朝云。苏轼《西江月·梅花》词倾诉着苦闷：相濡以沫的侍妾朝云永远离去，“高情已逐晓云空，不与梨花同梦。”多情的苏东坡，在梨云梦里苦苦追寻，空叹息佳人再难得。

至于“玉版”，是隐喻玉兰花有禅意，典出北宋僧人惠洪《冷斋夜话·东坡戏作偈语》：“又尝要刘器之同参玉版和尚。器之每倦山行，闻见玉版，欣然从之。至廉泉寺，烧笋而食，器之觉笋味胜，问此笋何名，东坡曰：‘即玉版也，此老师善说法，要令人得禅悦之味。’于是器之乃悟其戏，为大笑，东坡亦悦。”说的是苏东坡在江西偶遇昔日政见不和的刘器之，刘不喜游山，惟爱好论禅，于是东坡邀请他结伴上山拜访一位名叫“玉版”的禅师。到了廉泉寺，烧笋而食，味极鲜美，刘器之问这是什么笋，东坡正色答道：这就是“玉版”禅师。刘器之一愣，随即恍然大悟。“度尽劫波兄弟在，相逢一笑泯恩仇”，两人的旧怨，瞬时化解。此后，刘器之心里永驻着这个有笋香的春天，一辈子回味不尽。

彦公画玉兰，常作题画诗。“亭亭玉树临春风，日耀晴辉万里同。朵朵花开齐向上，丝丝吐蕊绽新红。”这首诗准确地勾勒出玉兰花的形象特征。“不傅铅华不染脂，含苞吐蕊早春时。峥嵘劲扶临风立，花放琼瑶万朵枝。”活脱脱写出了玉兰花朴实无华的性格。“疑是霓裳月下看，谁家红袖倚栏杆。瑶花吐艳无妖媚，素质娇姿总不凡。”直呼“瑶花”“不凡”，不遗余力地表达了仰慕之情。

玉兰花的花语是纯洁的爱，象征着高贵出尘、忠贞坚毅、芬芳宁静。

乔惟良《玉兰花图》，上题：
亭亭玉树临春风，日耀晴辉万里同。
朵朵花开齐向上，丝丝吐蕊绽新红。

第四篇

朵朵含姿笔上花

木笔花赋

木筆花賦

深院蒼苔、藥欄錦綺、紫鶯轉初囀、
翠柳垂綠、值候桃之花放、枝之繁錦、
比書蓮之紀異、柔之含姿、厥是辛
夷、兼稱木筆、文筆非秋而承雲露、
花先葉發以迎陽、晨風吹而修枝茂、
夜雨滋而秀穎長、祺然肆然、纖枝

頌之文錦、雕之繆之、溢文思以散芳、
致色尚眇、肖像取徵、因題定色、印
韻敷華、織文錦於柚(枝)杼(縠)、浥文思於
美矣、筆趣傳神、探毫端之綺麗、
詞林競艷、生腕下之雲霞、具瑰瑋
之浩氣、具瑰瑋句浩氣豈文苑之
清芬、蘊醇美之丰姿、標藝林之

寄賞縹緗於枝頭，六辭平夷處
北斗之魁，天六星兩兩，出紫宮之肅
肅，集太微之宮宮，導六法於丹青，調
六律於音響，風高雅頌，織六義而
文成，體以比興，飛六莖而氣朗，則墨
（駕六轡以同馳，正之六合於八荒）
無痕，筆域無譜，瀟洒磅礴之風，豁
達雍容之度，兼許文宏而來韻，

39

筆妙而芳辭、筆上之花、染崔徐花中之筆、花生於筆、從江李筆上之姿、至乃大筆淋漓、縱（超）爾青風桃李、詔光騰（旖旎）、他秋水芙蓉、李翰聆音樂而文思湧、張旭聞鼓吹而筆法通、傾倒詞源、繼齊梁之綺靡、爭挑筆陣、紹漢魏之沉雄、釀醇美於（篇）筆墨、浮宕相於

诗筒、遂乃广射墨腾波、锦笺横擘、
著手却成、攒眉不费、笔洒丹霞、
敷藻彩以摛词、花灿文林、吉梦成
而慧业、绍艺林之光彩、绿绽素心、
缔文字之因缘、红舒兰蕊、令名佳色、
口诵心唯、因花弄笔、馥郁芳菲、宏图
竞展、春露芳华、宏图竞展春露芳

垂雲平風暖水媚山輝、彩毫覓句、
彤管聯題、澈芳潤之菁英、向毫端
而致為耀（倚思煥發）光輝於若木、慕藻繽紛飛貫
珠璣於奎筆、乃為之詩曰、丹青着意
描容態、詩賦文章興倍賦花市者畫
春意旺買調紅紫、富貴花、五為之頌
曰、願九百六十春宮圖、常留春住、教三
萬六千萬歲月、競展榮華、

木笔花赋

深院苍苔，药栏余绮，莺声初啭，檐柳垂丝。值侯桃[1]之花放，枝枝灿锦；比青莲之纪异，朵朵含姿；厥号辛夷，兼称木笔。

木笔非秋而承露[2]，花先首夏以迎阳。晨风吹而修枝茂，夜雨滋而秀颖长。祺然肆然，织枝头之文锦；雍雍穆穆[3]，溢文思以散芳。

致色尚腴，肖像取致，因题定色，即韵敷华。织文锦于枝头，浥文思于万花。笔趣传神，灿毫端之绮丽；词林竞艳[4]，生腕下之云霞[5]。

具瑰玮之浩气，发文苑之清芬；蕴醇茂之丰姿，标艺林之奇赏。绽绯紫于枝头，六瓣平夷[6]；应北斗之魁天，六星两两[7]。出紫宫之肃肃[8]，集太微之阆阆；导六法[9]于丹青，调六律[10]于音响。风高雅颂，织六义[11]而文成；赋以比兴，飞六尘[12]而气朗。驾六辔[13]以同驰，正六合[14]于八荒。

即墨[15]无痕，管城[16]无谱。潇洒磅礴之风，豁达雍容之度。燕许[17]文宏而未韵，渊云[18]笔妙而无辞。笔上之花，染崔徐[19]花中之笔；花生于笔，绽江李[20]笔上之姿。

至乃大笔淋漓，超尔春风桃李；韶光旖旎，胜他秋水芙蓉。李翰聆音乐[21]而文思涌，张旭闻鼓吹[22]而笔法通。倾倒词源，继齐梁之绮丽；争排笔阵，绍汉魏之沉雄。酿群英于篇幅，浮宝相[23]于诗筒。

遂乃麝墨腾波，锦笺横擘[24]，着手都成，攒眉不费。笔沾丹露[25]，敷藻彩以摛词；花灿文林，吉梦成而慧业。绍艺林之光彩，绿绽枣心[26]；缔文字之因缘，红舒兰蕊[27]。

令名佳色，口诵心唯；因花弄笔，馥郁芳菲。宏图竞展，青露芳垂；云平风暖，水媚山辉。彩毫觅句，彤管[28]寻题。漱芳润之菁英，向毫端而致力。绮思焕发，耀光辉于若木[29]；丽藻纷飞，贯珠玑于奎笔。乃为之诗曰：丹青着意描容态，诗赋文章兴倍赊。花市者番春意旺，宜调红紫写丛花。又为之颂曰：愿九百六十万宏图[30]，长留春住；教三万六千万岁月[31]，竞展荣华。

注释

1 侯桃：辛夷之别名。辛夷花未发时，紫苞红焰，状如毛桃，故名侯桃。

2 木笔非秋而承露：原手稿是“文笔非秋而承露”，当是笔误，径改之。承露：北周庾信《谢赵王示新诗启》：“落落词高，飘飘意远。文异水而涌泉，笔非秋而垂露。”改垂露而为承露，因木笔花朵朵皆向上。承露，承接甘露。《汉武故事》（作者佚名）：“筑通天台于甘泉……上有承露盘仙人掌擎玉杯，以承云表之露。”汉武帝刘彻为了求仙，在长安建章宫前造神明台，上铸铜仙人，手托承露玉盘，以储露水，和玉屑服之。此言木笔花吸收雨露阳光、天地精华。

3 雍雍穆穆：庄严肃穆，恢宏之象。初唐卢照邻《中和乐九章·歌明堂第二》有“穆穆圣皇，雍雍明堂”句。唐代佚名诗人的《郊庙歌辞·梁太庙乐舞辞·帝盥》写道：“庄肃莅事，周旋礼容。裸鬯严洁，穆穆雍雍。”明代王阳明《传习录》云：“夜气清明时，无视无听，无思无作，淡然平怀，就是羲皇世界；平旦时，神清气朗，雍雍穆穆，就是尧舜世界……”

4 词林竞艳：木兰花早已成为唐教坊曲名，又是词牌名，《木兰花》是令词，也称《木兰花令》。宋词有添声减字之说，故有《减字木兰花》《偷声木兰花》《木兰花慢》诸调。试举数例，清代邹天嘉的《减字木兰花·木笔花》:“藐姑仙远，紫玉潜偷妆满面。笑口争开，疑是江郎梦里来。药翻阶外，不共杏花街上卖。咄咄书空，映入云笺锦字红。”清代陈祥裔的《偷声木兰花·咏木笔花》:“花姨做出倾城韵，紫玉衣裳白玉衬。笑口争开，道自江郎梦里来。娇姿惹得蜂须动，乍可芳心春色重。窗外轻盈，偷写东风一段情。”

5 云霞：出自唐代李商隐的《井泥四十韵》:“四面多好树，旦暮云霞姿。”

6 六瓣平夷：玉兰、木兰、辛夷同中有异，如果细分，玉兰花白，木兰花内白而外紫，辛夷又分紫、白。白花辛夷与玉兰易于混淆。玉兰花九瓣而长、大，辛夷花六瓣而短、小。也有学者研究认为，现代有关工具书、植物学专著、药学专著及高等院校教材等广为认同的“辛夷即木兰、木兰即紫玉兰”的观点是错误的，并提出更正意见：辛夷不是紫玉兰；辛夷药材泛指玉兰属树种的干燥花蕾，玉兰属植物可统称为辛夷植物；木兰是木莲或黄心夜合等，不为玉兰属树种 [傅大立 . 辛夷与木兰名实新考 . 武汉植物学研究，2002，(6):471–476.]。

7 六星两两：见西汉司马迁《史记 · 天官书》:“魁下六星，两两相比者，名曰三能 [三能 (tái)，又名天柱]。三能色齐，君臣和；不齐，为乖戾。”

8 出紫宫之肃肃，集太微之阆阆：出自汉代张衡《思玄赋》，描写紫微、太微星的清幽和明亮。在张衡的笔下，天空任由纵横奔驰，星如猎物任由张网围猎，正是“可上九天揽月”，充满浪漫情怀。

9 六法：“画有六法……六法者何？一气韵生动是也；二骨法用笔是也；三应物象形是也；四随类赋彩是也；五经营位置是也；六传移摹写是也。”这是南北朝时期南齐画家谢赫《画品》中所引的一段话，成为艺术品评标准和美学原则，六法精论，万古不移。

10 六律：十二律中奇数 (阳) 称六律 (黄钟、太簇、姑洗、蕤宾、夷则、无射)，偶数 (阴) 称六吕 (大吕、夹钟、仲吕、林钟、南吕、应钟)，合称律吕。

11 六义：《诗经》六义，是指《诗经》中的三种主要表现手法，即赋、比、兴，与《诗经》的三大组成部分风、雅、颂合称“六义”。

12 六尘：尘，接触的对象。佛教将心和感官接触的对象分成色、声、香、味、触、法（指心所对的境）六尘。若任由眼、耳、鼻、舌、身、意（六根）追逐六尘，心就会充满烦恼。宋代范仲淹《和章岷从事斗茶歌》：“黄金碾畔绿尘飞，紫玉瓯心雪涛起。斗余味兮轻醍醐，斗余香兮薄兰芷。”绿尘，与六尘音近。紫玉瓯心雪涛起，亦作“碧玉瓯心翠涛起”。蔡襄（字君谟）又为之改为：“黄金碾畔玉尘飞，紫玉瓯心素涛起。”

13 六辔（pèi）：出自《诗经·秦风·小戎》，“四牡孔阜，六辔在手。”辔，缰绳。古一车四马，马各二辔，其两边骖马之内辔系于轼前，谓之軜，御者只执六辔。泛指车马，亦喻多才多艺，才能出众。

14 六合：上下和四方，即上、下、左、右、前、后，泛指天地宇宙。八荒：也叫八方，天地八个方向，即东、南、西、北、东南、东北、西北、西南，泛指周围、各地。

15 即墨：砚的别称。据宋代苏易简《文房四谱·砚谱》记载，唐人文嵩曾以砚拟人作《即墨侯石虚中传》：“上利其器用，嘉其谨默，诏命常侍御案之右，以备濡染，因累勋绩，封之即墨侯。”宋代王迈《除夜洗砚》诗：“多谢吾家即墨侯，朝濡暮染富春秋。”《幼学琼林》：“石虚中、即墨侯，皆为砚称。”

16 管城：笔的别称。唐代韩愈《毛颖传》：“秦始皇使恬赐之汤沐，而封诸管城，号曰管城子。”

17 燕许：指唐玄宗时名臣燕国公张说与许国公苏颋。两人均以文章显于世。

18 渊云：汉代王褒（字子渊）和扬雄（字子云）的并称。皆以赋著称。

19 崔徐：指的是崔州平和徐庶，三国时期著名的高士。唐代诗人孟浩然《和于判官登万山亭因赠洪府都督韩公》云：“耆旧眇不接，崔徐无处寻。”

20 江李：江淹和李白。都有梦笔生花的传说。《太平广记·梦二》载：江淹少时，梦人授以五色笔，故文彩俊发。《南史·江淹传》载：江淹五色笔为郭璞索还，尔后江郎才尽，为诗绝无美句。

21 李翰聆音乐：《旧唐书·文苑传下·李翰》说李翰借音乐而助文心，“为文精密，用思苦涩。常从阳翟令皇甫曾求音乐，每思涸则奏乐，神逸则著文”。唐代大诗人李白也善于从音乐中汲取艺术养分，获得灵感，丰富了诗歌的表现力，李白在《听蜀僧濬弹琴》中写道：“蜀僧抱绿绮，西下峨眉峰。为我一挥手，如听万壑松。客心洗流水，余响入霜钟。不觉碧山暮，秋云暗几重。”

22 闻鼓吹：据《新唐书》载，张旭从“担夫争道”悟出章法布白的构思，“闻鼓吹”得到了笔法的启示，观“公孙大娘舞剑器”找到了狂草的神韵。

23 宝相：宝相花，蔷薇花的一种。又，佛相庄严。

24 锦笺横擘：宋代孙光宪《北梦琐言》：“邺王罗绍威喜文学，好儒士，每命幕客作四方书檄，小不称旨，坏裂抵弃，自劈笺起草，下笔成文。”

25 丹露：南朝宋何法盛《晋中兴书》曰：“甘露降，耆老得敬，则松柏受之；尊贤容众，则竹苇受之。甘露者，仁泽也，其凝如脂，其美如饴。甘露一名天酒。露之异者，有朱露、丹露、玄露、青露、黄露。”

26 枣心：枣心笔，以竹管为套、石墨作心，笔心有物如枣中之核，故称。宋代的紫毫“枣心笔”，就因“含墨圆健”受到大书家黄庭坚的赞誉。赵孟頫也曾用之作行书。此外，还有一种枣心砚，宋代洪适《歙砚说》：“枣心，青润可爱，中有小斑纹，中广，上下皆锐，形若枣核然。”

27 兰蕊：兰蕊笔，元代湖州名笔，笔头形似含苞待放的兰花花蕊。

28 彤管：指笔管漆以赤色。此处泛指用笔。出自《诗经·邶风·静女》：“静女其娈，贻我彤管。”又《后汉书·皇后纪序》：“女史彤管，记功书过。”明代唐寅《题牡丹画》有“戏拈彤管画成图”之句。

29 若木：神话传说中大树名，日落的地方。“绮思焕发，耀光辉于若木；丽藻纷飞，贯珠玑于魁笔。”是分别嵌了木、笔二字。《山海经·大荒北经》记载：“大荒之中，有衡石山、九阴山、泂野之山，上有赤树，青叶，赤华，名曰若木。”郭璞注：“生昆仑西极，其华光赤下照地。”《楚辞·天问》：“羲和之未扬，若华何光？”意思是羲和的神车尚未出行，若木之花为何便大放光芒。南朝宋辞赋家谢庄《月赋》有“嗣若英于西冥”句，若英，即若木之英。

30 九百六十万宏图：指中国版图九百六十多万平方千米。

31 三万六千万岁月：宋代苏轼《满庭芳·蜗角虚名》：“百年里，浑教是醉，三万六千场。”概言永恒岁月。

辛夷

欧阳炯（唐代）

含锋新吐嫩红芽，势欲书空映早霞。
应是玉皇曾掷笔，落来地上长成花。

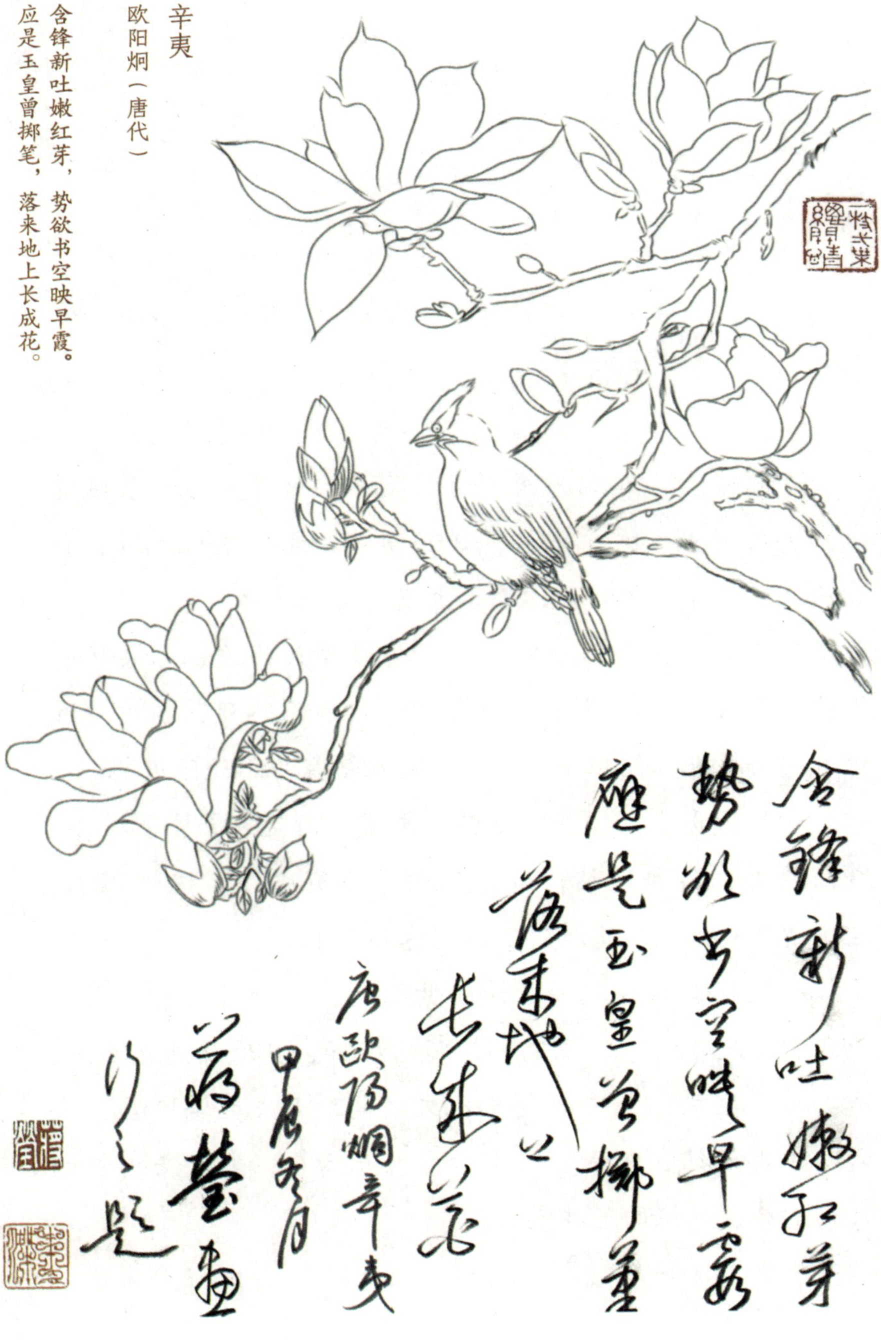

意译

苍藓盈阶，庭院深深。药栏花榭，落英缤纷。晨曦莺语，百啭千声。檐前垂柳，妩媚动人。正值侯桃花开，枝头吐艳；仿佛青莲睡乡，梦笔生花。其号辛夷，也称木笔。

木笔花非秋天而承露，花开先于夏天而迎阳。晨风吹拂枝叶繁茂，夜雨滋润花绒匀密，寂静而热烈，在枝头编织着锦绣春光，优雅而端庄，引文人墨客平添无限遐想。

木笔清香浓郁，色泽丰腴，画家因题定色，水墨芳华。道法自然，传神阿堵，外师造化，中得心源。纵情讴歌，笔底情真意切，翰逸神飞，腕下意境悠长。

木笔花有六枚花瓣，外面紫红色，内面近白色。木笔花经常出现在诗人、画家和乐师的视野，具瑰伟浩然之气，质朴醇厚之风，花卉之美与人文之美、天文之美呼应，导六法、调六律、织六义、飞六尘、正六合，散发着迷人的文苑清芬、永恒的艺林魅力。

笔墨表现含蕴藉，惟见精神风度，虽是大手笔、大文豪，空自叹书不尽言、言不尽意。笔上之花，点染了高人的花中之笔；花生于笔，绽放出名士的笔上之姿。

笔酣墨畅，淋漓尽致，风光无限，惹人陶醉，胜于春风桃李、秋水芙蓉。昔李翰借音乐而助文心，张旭闻鼓吹而通笔法。灵感忽至，思如泉涌，齐梁绮丽之摇曳流风，汉魏沉雄之博大气象，一一聚于腕底，笔笔惊艳，字字珠玑。

于是笔沾丹露，花灿文林，文情并茂，神采飞扬。或如笔挟风雷，神融笔畅，得心应手，焕然成章。

词中有花，花中有笔，笔下奇思，胸中奇趣，挥毫染翰，满纸云烟。愿木笔花开，芳华永驻，丹青不老，岁月长青。

赏析

《神农本草经》云：辛夷“主五脏身体寒热，风头脑痛面皯”。辛夷性辛温，能助胃中清阳上行，通于头脑，起到温中解肌、止头痛、通九窍、利关节的作用，主治鼻渊、鼻鼽、鼻窒、鼻疮，为鼻病克星。可入煎剂，也可单味茶饮，加入少许冰糖泡茶尤有风味。过敏性鼻炎是临床常见病，我几乎每天都会用到辛夷这味良药。

《本草纲目》认为：“夷者，荑也。其苞初生如荑而味辛也。”夷比喻初生之幼芽，辛指其味。《诗经·卫风·硕人》中所描述的“手如柔荑”，就是用辛夷的花蕾来形容女子洁白柔嫩的纤纤玉手。

辛夷的花蕾又酷似饱满的毛笔头，故亦称木笔花。辛夷的别称还有辛雉、侯桃、房木、迎春，在文人的笔下雅称更多，如：木兰、桂兰、杜兰、木莲、黄心、望春花、应春花、玉堂春、女郎花，等等。吟咏木兰花，可以上溯到屈原的《离骚》:“朝饮木兰之坠露兮，夕餐秋菊之落英。”及《九歌》:“桂栋兮兰橑，辛夷楣兮药房。”“花木兰替父从军”的传说家喻户晓，女扮男装的花木兰将军，英姿飒爽、婀娜而兼阳刚，木兰花也就被赋予了坚强不屈的寓意。比如，唐代白居易《题令狐家木兰花》:“腻如玉指涂朱粉，光似金刀剪紫霞。从此时时春梦里，应添一树女郎花。”白居易还有一首《题灵隐寺红辛夷花戏酬光上人》:“紫粉笔含尖火焰，红胭脂染小莲花。芳情香思知多少，恼得山僧悔出家。”自此，芳情香思成了木笔花的花语。

相传唐代李白（字太白，号青莲居士）少时，梦见自己的笔尖开出了美丽的花朵，从此文思大开，成了“诗仙”。这就是乔惟良《木笔花赋》中所吟咏的:“比青莲之纪异，朵朵含姿。”当然，史载梦笔生花者还有纪少瑜、江淹等名士。清代弘历《偶作风候写生二十四册各题以诗其十八·木兰》就提到江淹:“江郎才思谢家娇，几许春光著意描。含韵斋中三月半，翠罂银管不相饶。”妙笔生花不只是出现在文人雅士的绮丽的梦境之中，大自然居然真有这样的奇观，这就是诗人们讴歌的木笔花了。晚唐五代花间词派词人欧阳炯写《辛夷》:“含锋新吐嫩红芽，势欲书空映早霞。应是玉皇曾掷笔，落来地上长成花。”诗中将辛夷花比作毛笔，还说这支笔应是从玉皇大帝手中落到人间的，让人拍案叫绝。明代张新也吟咏《辛夷》:“梦中曾见笔生花，锦字还将气象夸。谁信花中原有笔，毫端方欲吐春霞。”用韵一致，或是受到欧阳炯的启发。明代徐渭的《木笔花》写得新奇而豪壮:“束如笔颖放如莲，画笔临时两斗妍。料得将开园内日，霞笺雨墨写青天。”这支承载着文人梦想的如椽巨笔，竟是以霞为笺，以雨为墨，以青天为书案!

清代恽寿平的《玉兰》诗写道:“花期恐落辛夷后，不耐春风待叶稠。何似汉宫明月夜，玉盘擎露树梢头。”玉盘擎露，即用此典。恽寿平诗中描绘出玉兰与辛夷争相开放的情景。玉兰本来是个统称，有红、黄、白、紫、二乔之分。但我们通常所说的玉兰是指白玉兰，辛夷是紫玉兰，即木笔，所谓“白曰玉兰，紫曰辛夷”。《本草纲目》云:“辛夷花，初出枝头，苞长半寸，而尖锐俨如笔头，重重有青黄茸毛顺铺，长半分许，及开则似莲花而小如盏，紫苞红焰，作莲及兰花香。亦有白色者，人呼为玉兰。”《广群芳谱》卷三八记载:“玉兰早于辛夷。”木笔花花香浓烈，含苞待放时，仿佛排排直立、直刺苍穹的毛笔；盛开时的花瓣犹如紫红色的荷花；远远看去，一簇簇、一片片，又像是美丽的云霞。

木笔花是春分三候的花，开在仲春深处，走向暮春尽处。

春融　乔亦清 画

第五篇

梦里芬芳杏林暖

杏花赋

色出隣墙乃春來酒店賞心而楽事惜春華之
緑叢〻小楼帘捲深巷花聲天艳之
桃腮灼〻清芳酒之杏臉温存乃有名
媛淑女詞客詩人新雨舊雨三群五群
訪芳覔艷踏草訪春香車絡繹
寶馬縱横洛水衣冠之盛蘭亭絲竹
之情花與年〻共艳情因花而相生
咏女紅欲翠嫩娃以雅頌比興〻艷楚〻宜
人春懷難狀依〻共我春色平分雨
陽春之艳景娃綺詠而哦吟觥筆
墨之板暖揮翰墨以盛文乃爲之詩曰：
淺着胭脂染絳绡春風獨诩冠芳
曾鷓鴣聲裡催英落花雨繽紛
总寂寥〻又曰：芳草清明節春
陰細雨霏杏花村有路宜飲兩
三杯

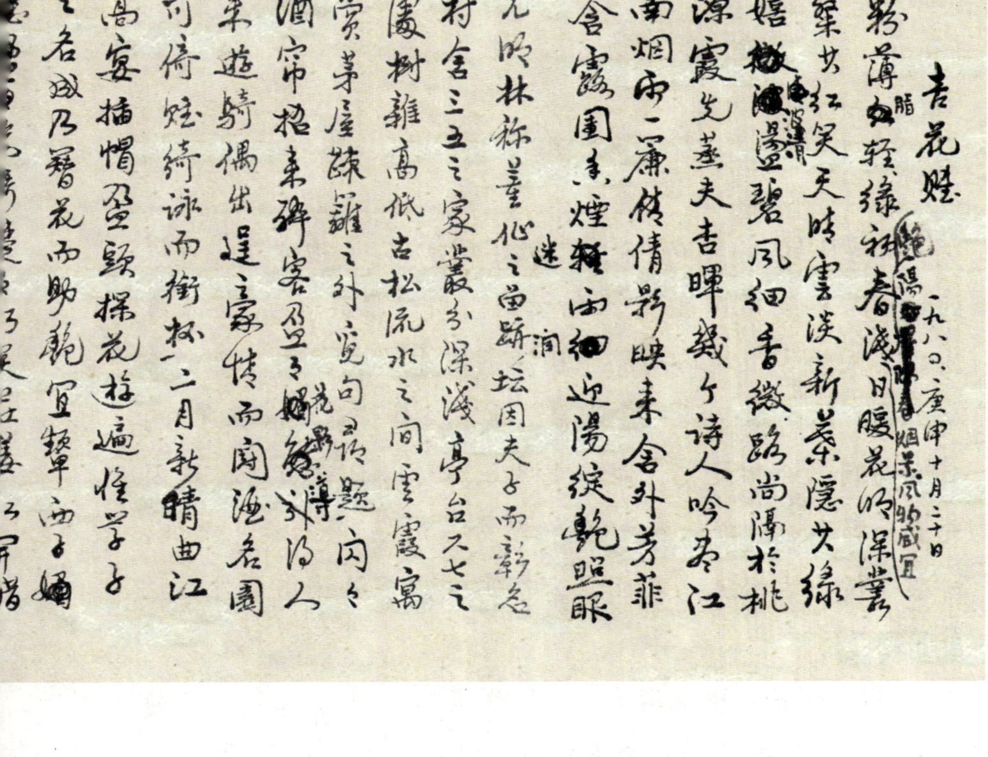
杏花赋
一九八〇、庚申十月二十日
粉薄脂轻，绿衬春浅，日暖花明，深丛
叶出红笑，天晴云淡，新叶隐出绿
嬉[illegible]碧，风细香微，路尚隔於桃
源；霞先盖夫杏畔，几个诗人吟咏江
南烟雨，一帘倩影映来，舍外芳菲
含露，园园烟锁，雨细迎阳绽艳照眼
尤明林祢，是似之留踪，坛因夫子而彰名
村舍三五之家，丛丛深浅亭台不七之
处，树杂高低，古松流水之间，云霞寓
赏茅屋疏篱之外，觅句题咏，闪闪
酒帘招来骚客，及至[illegible]，[illegible]人
来游骑，偶出途家，情而陶渔名园
可倚，短续诵而衔杯；二月新晴，曲江
高宴，插帽及头，探花游遍，佳学子
之名，成乃著花而助艳，宜[illegible]而子嫡

杏花赋

粉薄脂轻[1]，绿初春浅[2]。艳阳烟景[3]，风物咸宜。日暖花明，深丛粲其红笑[4]；天晴云淡，新叶隐其绿嬉[4]。波清荡碧，风细香微。路尚隔于桃源，霞先蒸夫杏晖。几个诗人，吟尽江南烟雨；一帘倩影，映来舍外芳菲。含露团香，烟迷雨润，迎阳绽艳，照眼尤明。林称董仙之留迹，坛因夫子而彰名。村舍三五之家[5]，丛分深浅[6]；亭台六七之处，树杂高低。古松流水之间，云霞寓赏；茅屋疏篱之外，觅句寻题。

闪闪酒帘，招来醉客[7]；盈盈花影，导得人来。游骑偶出，逞豪情而斗酒；名园可倚，赋绮咏而衔杯[8]。二月新晴，曲江高宴[9]；插帽盈头，探花游遍[10]。惟学子之名成，乃簪花而助艳。

宜颦西子[11]，姿娇楚楚；巧笑庄姜[12]，红开醋醋[13]。尚书闹春意于枝头[14]，郎中写花影于云破。

花里啼莺，柳林飞燕。色出邻墙[15]，香来酒店。乃赏心而乐事，惜春华之绿鬓。小楼帘卷[16]，深巷花声。夭艳之桃腮灼灼，芳润之杏脸温存。乃有名媛淑女，词客诗人，新雨旧雨，三群五群；寻芳觅艳，踏草寻春，香车络绎，宝马纵横。洛水衣冠之盛[17]，兰亭丝竹之情。花与年华共艳，情因花市相生。咏其红欣翠嫩[18]，赋以雅颂比兴。

楚楚宜人，春怀难状；依依共我，春色平分。写阳春之艳景，赋绮咏而哦吟；听箫声之报暖[19]，挥翰墨以成文。乃为之诗曰：浅着胭脂染绛绡[20]，春风独诩冠芳曹。鹧鸪声里催英落，花雨缤纷总寂寥。又曰：芳草清明节，春阴细雨霏。杏花村有路，宜饮两三杯。

注释

1 粉薄脂轻：杏花绽放之色，花蕊淡粉，花瓣雪白，如美人清淡妆束，微微涂点脂粉。如南朝梁萧纲《东飞伯劳歌》："谁家妖丽邻中止，轻妆薄粉光闾里。"唐代吴融《杏花》："粉薄红轻掩敛羞，花中占断得风流。"唐代崔亘《春怨》："晓妆脂粉薄，春服绮罗轻。"清代顾太清《南乡子·咏瑞香》："细蕊缀纷纷，淡粉轻脂最可人。"

2 春浅：古人称二月是浅春，也叫作"杏月"。

3 艳阳烟景：春光和煦，大地锦绣，春色如烟，云雾缭绕。出自唐代李白《春夜宴从弟桃李园序》："况阳春召我以烟景，大块假我以文章。"

4 红笑、绿嬉：拟人化手法，形容花叶闹春。花就是生命，生命就是诗。彦公笔下，诗人、花、历代诗人咏花诗，时时会融化在一起，不分彼此。

5 村舍三五之家："三五"与后文"亭台六七之处"中的"六七"，均系约计的少数。北宋邵雍《山村咏怀》："一去二三里，烟村四五家。亭台六七座，八九十枝花。"明代童琥《缺题》："三家五家村舍出，一花两花香意回。"

6 丛分深浅；唐代司空曙《云阳寺石竹花》有"深浅不分丛"句，意思是同株花上有不同颜色的花朵，此处反其意而用之。

7 闪闪酒帘，招徕醉客：出自唐代李中《江边吟》：“闪闪酒帘招醉客，深深绿树隐啼莺。”酒帘又称“酒幌”“酒旗”“酒望”“招子”“望子”，用布缀于竿顶，悬在店门前，以招徕客人。宋代洪迈《容斋随笔》：“今都城与郡县酒务，及凡鬻酒之肆，皆揭大帘于外，以青白布数幅为之。”说到杏花，就容易联想到酒。杏花时节，正是寒食、清明，饮酒必不可少，正如宋代魏野《清明》所云：“无花无酒过清明，兴味萧然似野僧。”唐代科举的“杏园宴”“杏林宴”，杏花与酒更是结下不解之缘。

8 游骑偶出，逞豪情而斗酒；名园可倚，赋绮韵而衔杯：游园，骑马，交友，赏花，斗酒，赋诗，真是春意漫漫，其乐融融。出自唐代杜牧《街西长句》：“游骑偶同人斗酒，名园相倚杏交花。”王孙公子们在春游时骑着骏马，结伴而行，酒楼上，人们正在比酒量，脸红脖子粗，互不相让地较着劲。长安街西私家花园林立，相邻的两座花园，时时会有杏树翻墙过来，相互探望，相互依偎，枝叶交错，花儿争艳。“人斗酒”“杏交花”相映成趣。宋代柳永的笔下也描绘过同样的场景：“市列珠玑，户盈罗绮，竞豪奢……千骑拥高牙，乘醉听箫鼓，吟赏烟霞。”（《望海潮·东南形胜》）

9 二月新晴，曲江高宴：有一励志旧联曰：“何物动人？二月杏花八月桂；有谁益我？三更灯火五更鸡。”“二月杏花”暗指春闱（又称“春试”“春榜”“杏榜”等），“八月桂”暗指秋闱（“秋试”）。进士及第，要宴于曲江之畔的杏园，亦谓之探花宴，蟾宫折桂是人生极得意之事。五代王定保《唐摭言·述进士下篇》曰：“大燕于曲江亭子，谓之‘曲江会’。曲江大会在关试后，亦谓之‘关宴’。”此时正值杏花初开，杏花也被称为及第花。

10 插帽盈头，探花游遍：唐代科举发榜后，朝廷在曲江头的杏园赐宴，令新科进士中最年轻的二人为“探花使”，骑马在京城内采摘新开的杏花，分发其他进士。之后，殿试第三名即称“探花”。头上插杏遂成为时尚，清代赵翼在《陔馀丛考·簪花》中说：“今俗唯妇女簪花，古人则无有不簪花者。”唐代杜牧《杏园》：“莫怪杏园憔悴去，满城多少插花人。”宋朝王禹偁的《杏花·其五》“争戴满头红烂熳，至今犹杂桂枝香。”宋代邵雍《瀍河上观杏花回》:“更把杏花头上插，图人知道看花来。”

11 宜颦西子：与下文“巧笑庄姜”相对，一颦一笑，举手投足，都风情万种，摄人心魄。颦：皱眉。此处是褒义，与“东施效颦”无关。宋代辛弃疾《浣溪沙 · 赠子文侍人名笑笑》:“歌欲颦时还浅笑，醉逢笑处却轻颦。宜颦宜笑越精神。”颦笑皆美，倾国倾城。欧阳修《诉衷情 · 眉意》:“拟歌先敛，欲笑还颦，最断人肠。”真是悲欣交集、一往情深。

12 巧笑庄姜:《诗经 · 卫风 · 硕人》赞美卫庄公夫人庄姜:“巧笑倩兮，美目盼兮。”

13 红开醋醋：红杏花开，如石榴花一样火红。清代陈衍《浣溪沙 · 杜宇千山不可闻》有“石家醋醋又含颦”句。唐人郑还古的《博异志》载有传奇故事《崔玄微》：天宝年间，崔玄微遇到美人绿衣杨氏、白衣李氏、绛衣陶氏、绯衣小女石醋醋和封家十八姨。崔命酒共饮。十八姨打翻酒脏了醋醋衣裳，醋醋怒了离席。第二夜众人想去十八姨那里，醋醋认为不必求十八姨保佑，该去找崔处士，崔玄微答应她们有东风时在苑东立起朱幡，那天果然东风肆虐，而苑中繁花不动。崔玄微才知道美人是众花之精，封十八姨是风神。石醋醋者，乃石榴也。

14 尚书闹春意于枝头，郎中写花影于云破：宋代宋祁《玉楼春》词有“红杏枝头春意闹”之句，时人张先称之为“红杏枝头春意闹尚书”，简作“红杏尚书”。王国维《人间词话》赞道:“着一‘弄’字而境界全出。”张先《天仙子》有“云破月来花弄影”之句，宋祁戏称他为“云破月来花弄影郎中”。

15 色出邻墙：出自宋代叶绍翁《游园不值》:“应怜屐齿印苍苔，小扣柴扉久不开。春色满园关不住，一枝红杏出墙来。”怀抱人不知，心窗未打开；柴扉关不住，红杏出墙来。既是实景，又另有所指，盖坚信：是金子总会发光，日久必有知音。后世用来代指风流外遇，是真不解风情者，焚琴煮鹤，可气复可叹也。

16 小楼帘卷，深巷花声：化自宋代陆游的《临安春雨初霁》中的“小楼一夜听春雨，深巷明朝卖杏花”。

17 洛水衣冠之盛：衣冠，衣与冠，古代士以上戴冠，因用以指士以上的服装，代称缙绅、士大夫，引申为文明教化。宋代徐度《却扫篇》记载："北宋时衣冠人物盛于洛阳。"《司马光集》也说："西都缙绅之渊薮，贤而有文着，肩随踵接。"

18 红欣翠嫩：花盛开，叶嫩绿。宋代柳永《长寿乐》作"繁红嫩翠"，吴泳《洞仙歌（惜春和李元膺）》作"翠柔香嫩"，卢炳《满江红（贺赵县丞）》作"嫩红轻翠"，皆不及彦公一个"欣"字。东晋田园诗人陶渊明的《归去来兮辞》云："木欣欣以向荣，泉涓涓而始流。"少时读《唐诗三百首》，第一篇就读到张九龄的《感遇·其一》："欣欣此生意，自尔为佳节。"欣之于人，为欢欣喜悦；欣之于花，为欣欣向荣。彦公的"红欣翠嫩"可能是从宋代曹勋《峭寒轻（赏残梅）》中的"觉欣欣桃李，嫩色依微"句化来，而自出新意。

19 听箫声之报暖：宋代宋祁《寒食假中作》有"箫声催暖卖饧天"句。金末元初元好问《食榆荚》改"催"为"吹"，清代朱晓琴《赋得箫声吹暖卖饧天》："卖饧天气暖，到处尽闻箫。"《诗经·周颂·有瞽》："既备乃奏，箫管备举。"唐代孔颖达："其时卖饧之人，吹箫以自表也。"饧（xíng）：用麦芽或谷芽熬成的饴糖。卖饧天，代指春日艳阳天，此时小贩开始吹箫卖糖。余忆儿时，兴化农村卖糖人多为敲锣打鼓，比吹箫更为热闹。

20 浅着胭脂染绛绡：杏花浅抹着一层胭脂，如红色丝绢似的。化自宋代女诗人朱淑贞《杏花》："浅注胭脂剪绛绡，独将妖艳冠花曹。春心自得东君意，远胜玄都观里桃。"

屋上春鸠鸣
村边杏花白
持斧伐远扬
荷锄觇泉脉
归燕识故巢
旧人看新历
临觞忽不御
惆怅远行客
王维春中田园作
甲辰冬

春中田园作

王维〔唐代〕

屋上春鸠鸣，村边杏花白。
持斧伐远扬，荷锄觇泉脉。
归燕识故巢，旧人看新历。
临觞忽不御，惆怅远行客。

意译

早春二月，浅浅的绿。万物复苏，暖暖的风。水色苍茫，绵绵的雨。杨柳拂堤，袅袅的烟。雨过天晴，嫩嫩的芽。阳光明媚，艳艳的花。红杏闹春，盈盈的笑。略施脂粉，淡淡的妆。碧波荡漾，风送清香，桃源邈邈，隔路相望。杏苑清晖，云蒸霞蔚，陌上芳菲，照眼尤明。春满杏林，董仙留迹，杏坛绛帐，孔圣彰名。村舍亭台，古松流水，茅屋疏篱，情发幽思。

酒旗飘飘，酒客纷来，花影盈盈，游人如织。春意漫漫，游园骑马，其乐融融，斗酒赋诗。二月春闱，学子荟萃，脱颖而出，一举成名。进士及第，曲江新晴，头上插花，春风得意。

颦似西子，曼妙身姿，娇柔妩媚，楚楚可人；笑如庄姜，美目盼兮，灿若榴花，红艳欲燃。“红杏枝头春意闹”，千古绝唱尚书笔；“云破月来花弄影”，精彩绝伦郎中诗。

花里娇莺，百啭千啼，紫燕穿柳，上下翻飞。花开无声，色染春水，多情入梦，酒香满天。良辰美景，韶光须惜，刹那芳华，红颜绿鬓。小楼帘卷，卖花声远，春愁散尽，深巷悠然。桃腮杏脸，佳丽名媛，宝马香车，寻芳觅艳。洛水之滨，衣冠之盛，兰亭雅集，流韵千年。枝叶关情，花比人妍，年华灼灼，人比花艳。

楚楚动人，春心难羁。诗与远方，花香满径。与杏共舞，与春共情。风日晴和，听箫哦吟，如写阳春，如觅花影。

有诗为证：浅着胭脂染绛绡，春风独许冠芳曹。鹧鸪声里催英落，花雨缤纷总寂寥。

又曰：芳草清明节，春阴细雨霏。杏花村有路，宜饮两三杯。

赏析

彦公《杏花赋》饶有古风而不失清丽。你看这样的句子:“几个诗人,吟尽江南烟雨;一帘倩影,映来舍外芳菲。”质朴无华,平白如话,轻盈似一阵微风;清新隽永,回味悠长,甘冽似一泓清泉。

是的,江南烟雨之美,尽在诗人们的笔下,细数有哪几个诗人呢?——杜牧的“多少楼台烟雨中”;韦庄的“春水碧于天,画船听雨眠”;晏几道的“梦入江南烟水路”;张养浩的“一江烟水照晴岚”。赞美江南烟雨中的杏花,有陈与义的“客子光阴诗卷里,杏花消息雨声中”;南宋僧人志南的名句“沾衣欲湿杏花雨,吹面不寒杨柳风”;元代虞集在《风入松》和《腊日偶题》中的反复咏叹:“为报先生归也,杏花春雨江南。”“为报道人归去也,杏花春雨在江南。”

杏,原产于中国。《山海经》记载:“灵山之下,其木多杏。”“又东北三百里,曰灵山,其上多金、玉,其下多青雘,其木多桃、李、梅、杏。”

杏仁为蔷薇科落叶乔木植物山杏、西伯利亚杏、东北杏或杏的干燥成熟种仁,是常用的润肺止咳、化痰平喘中药,清代医家黄宫绣《本草求真》说:“杏仁,既有发散风寒之能,复有下气除喘之力,缘辛则散邪,苦则下气,润则通秘,温则宣滞行痰。杏仁气味俱备,故凡肺经感受风寒,而见喘嗽咳逆、胸满便秘、烦热头痛，与夫蛊毒、疮疡、狗毒、面毒、锡毒、金疮，无不可以调治。”杏仁长于降泄上逆之肺气，又兼宣发壅闭之肺气，凡咳嗽喘满，无论新久、寒热，皆可用之。肺与大肠相表里，杏仁质润，兼能润肠通便，与松子仁、柏子仁、郁李仁、桃仁等配伍即为五仁丸，可治疗津枯肠燥便秘。《红楼梦》第五十三回“宁国府除夕祭宗祠，荣国府元宵开夜宴”中描写，贾母和众人在元宵节赏玩到深夜，凤姐儿准备了鸭子肉粥、枣儿粳米粥，贾母笑道：“不是油腻腻的，就是甜的。”单单选了药食两用、肺肠双欢的杏仁茶。杏仁能美容，《本草纲目》称其能“去头面诸风气鼓疱”。明代《鲁府禁方》所载“杨太真红玉膏”，为杨贵妃所用驻颜秘方，就是以杏仁为主药，敷之能“令面红润悦泽，旬日后色如红玉”。杏仁还能治疗手足皲裂，以杏仁与瓜蒌瓤同研，蜜糖调和，制成“手膏”，坚持擦手，能“令手光润，冬不粗皱”。《太平圣惠方》中的“揩齿方”，用杏仁与盐同研成膏揩齿，既使牙齿白净，又能防治龋齿。

杏仁有苦杏仁、甜杏仁之分。《神农本草经》列为下品：“味甘温。主咳逆上气，雷鸣，喉痹，下气，产乳，金创，寒心，奔豚。”甘温者当是甜杏仁，至清代才普遍以味苦温的苦杏仁入药。一般认为，苦杏仁适用于壮人实证；甜杏仁适用于虚劳咳喘年老体虚者。处方中只写杏仁，药房默认配给苦杏仁，要用甜杏仁时必须写明。苦杏仁有小毒，去皮、尖，水煎之后，毒性明显减轻。

除杏仁外，杏树的叶（杏叶）、花（杏花）、果实（杏果）、枝条（杏枝）、树皮（杏树皮）、树根（杏树根）也均可入药。杏叶祛风利湿、明目，可用于皮肤瘙痒、目疾多泪、痈疮瘰疬，新鲜杏叶煎水洗澡，可缓解急性肾炎水肿；杏花补中行气、活血补虚，可用于治疗不孕、肢体痹痛、手足逆冷、痤疮、黄褐斑；杏果润肺定喘、生津止渴，用于肺燥咳嗽、津伤口渴；杏枝活血散瘀，煎汤湿敷可疗跌打损伤、皮肤青紫疼痛；杏树皮可解苦杏仁中毒。

杏花薄粉轻红，象征着春意盎然。杏与“幸”谐音，表示“有幸”，象征着爱情和幸福。俗话说“柳叶眉，杏仁眼”，用杏仁来比喻美丽的眼睛。杏花传递着春天的信息和欢乐，可以当作礼物馈赠。南北朝庾信的《杏花诗》写道：“春色方盈野，枝枝绽翠英。依稀映村坞，烂熳开山城。好折待宾客，金盘衬红琼。”杏花又有了“待宾客”的象征意义。

彦公《杏花赋》写道：“林称董仙之留迹，坛因夫子而彰名。”说的是“杏林”和“杏坛”两个著名的典故。

“杏林”故事说的是三国时期，吴国有一位名医董奉，住在庐山南麓，与当时谯郡的华佗、南阳的张仲景齐名，号称“建安三神医”。相传董奉为人治病不取钱物，仅以栽杏作为医酬，十年后，十万余株，郁然成林。杏子熟后，随人拿粮食调换，再以谷物赈济贫民，岁二万余斛。董奉去世后，“杏林”的故事一直流传了下来。明代名医郭东模仿董奉，居山下，种杏千余株；苏州吴门医派的名医郑钦谕，庭院也设杏圃。元代的赵孟頫病笃，经严子成治疗转危为安，于是画了一幅《杏林图》相赠。“杏林”已成为中医学的代名词。人们常以“誉满杏林”“杏林春暖”“妙手回春”来称颂德艺双馨的医生。

教师的讲台称为“杏坛”，是源于孔子杏坛讲学的传说。《庄子·渔父》篇记载：“孔子游乎缁帷之林，休坐乎杏坛之上。弟子读书，孔子弦歌鼓琴。”孔子杏坛设教，收弟子三千，授六艺之学。山东曲阜孔庙的大成殿前的“杏坛”，相传就是孔子讲学之处。杏坛是教育的象征。《论语》有一段杏花春雨般美丽的文字：“莫（暮）春者，春服既成，冠者五六人，童子六七人，浴乎沂，风乎舞雩，咏而归。”孔子的教育实践，对后世产生了深远的影响。唐代钱起《幽居春暮书怀》记之：“更怜童子宜春服，花里寻师指杏坛。”

兴化有尚医、重教的传统。医生与教师，兴化人都恭恭敬敬地叫作“先生”。“杏”同时横跨了教育界和中医界，为“杏先生”作《杏花赋》，彦公自然会有不一样的情愫。结尾的一首诗：“芳草清明节，春阴细雨霏。杏花村有路，宜饮两三杯。”化用唐代杜牧的《清明》诗意：“清明时节雨纷纷，路上行人欲断魂。借问酒家何处有？牧童遥指杏花村。”但换为五言，节奏明快，迸发激情，一扫伤春、惜春、寂寥、消极之愁绪，转为兴高采烈，乐观自信，在举杯饮酒的旷达豪迈之中，戛然而止，余音绕梁，令人回味无穷。

粉薄红轻羞掩敛　花中犹自占风流
乔亦清 画

第六篇

桃雾濛濛花灼灼

桃花赋

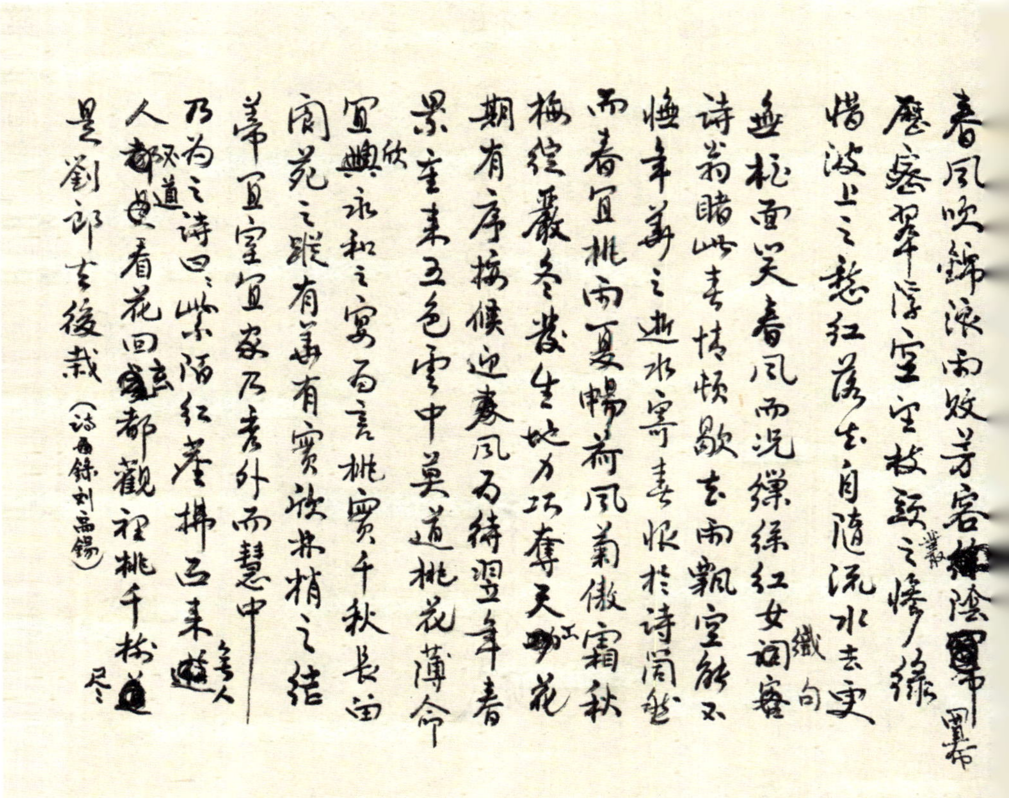

春風吹錦浪雨妒芳容陰霾布
歷盡翠浮空空枝頭之叢慘綠
惜波上之愁紅落去自隨流水去矣
無憾而哭春風雨況纖絲紅女詞客
詩翁睹此春情頓歇去雨飄空能不
悔年華之逝水寄春恨於詩簡懸
而春宜桃雨夏暢荷風菊傲霜秋
梅綻嚴冬發生地力巧奪天工花
期有序按候迎春風而待翌年春
果至來五色雲中莫道桃花薄命
宜欣與永和之宴而言桃實千秋長留
閬苑之蹤有華無實欲探精之結
蒂宜室宜家乃表外而慧中
乃為之詩曰紫陌紅塵拂面來無人
不道看花回玄都觀裡桃千樹盡
是劉郎去後栽（詩為錄劉禹錫）

桃花赋

一九八〇年、庚申二月二十九日戏作篇

画里寻芳别具风，千枝万朵竞
艳荣。花光笔底留春住，诗向灵机
句自工。粉瓣春容，玄成纂组；渔父迷
舟，源头向渡。姿娇楚楚，河阳一县之妩媚；
态盈盈，金谷满园之树。灼灼其华，启唇
的而情生；蓁蓁其叶，展蛾眉而态嫣。
击凌波芳脉脉，秦淮桃叶之津；芳馨
袂以盈盈，武陵缘溪之路。任公有女如真
知机（真）献之小别，团扇成诗；惟三月之春
光芳草，倚陌望曲江之烟；景风片雨
绿日醉，抱暖柔蓝，匆匆韶光明媚，织
锦织袜剩，云朦朦之桃，雾濛濛之柳
卷细浪草绿，青葱半写，嵩春水满崖
绯红半放，桃林之野。香飘竹外之风
逸寄肖之才名，着思长者向刘阮

桃花赋

画里寻芳别具风，千枝万朵竞敷荣[1]。花光[2]笔底留春住，诗得灵机句自工。

妆点春容，花呈纂组[3]；渔父迷舟，源头问渡。娇姿楚楚，河阳一县之花[4]；媚态盈盈，金谷满园之树。灼灼其华，启唇的[5]而情深；蓁蓁其叶[6]，展蛾眉而态抚。翠临波兮脉脉，秦淮桃叶之津[7]；芳袭袂以盈盈，武陵缘溪之路[8]。

任公有女[9]，知机卜算；献之小别，团扇成诗[10]。惟三月之春光，芳薰绮陌；望曲江之烟景，风片雨丝。

日晖抱暖，飞燕匆匆；韶光明媚，织锦纤秾；梨云皑皑，桃雾蒙蒙；柳摇细浪，草绿青葱；半篙春水[11]，满岸绯红；牛放桃林[12]之野，香飘竹外之风。道骑省之才名[13]，犹思曩昔；笑刘阮之天台[14]，底事壶中。

春色浓深，转韶华于一瞬；流光逝水，息红紫于三春。风吹锦浪，雨败芳容。丛阴幂历[15]，密翠浮空。望枝头之惨绿，惜波上之愁红。飞花自随流水去，更无桃面笑春风[16]。

而况缫丝红女，织句诗翁，睹此春情顿歇，花雨飘空，能不忾年华之逝水、寄春恨于诗筒？

然而春宜桃雨，夏畅荷风；菊傲霜秋，梅绽严冬；发生地力[17]，巧夺天工；花期有序，按候迎风；为待翌年春景，重来五色云中。莫道桃花薄命，宜欣永和之宴；为言桃实千秋，长留阆苑之踪。有华有实，欣林梢之结蒂；宜室宜家[18]，乃秀外而慧中。乃为之诗曰：紫陌红尘拂面来，无人不道看花回。玄都观里桃千树，尽是刘郎去后栽（诗录刘禹锡）。

注释

1 敷荣：开花。三国·魏·嵇康《琴赋》有“众葩敷荣曜春风”句。

2 花光：花的色彩。南朝陈后主《梅花落》有“映日花光动，迎风香气来”之句。金代杨邦基《墨梅》有“花光笔底春风老，寂莫岭南烟雨痕”之句。

3 纂（zuǎn）组：赤色绶带，泛指精美的织锦。

4 河阳一县之花：北周庾信《枯树赋》云：“若非金谷满园树，即是河阳一县花。”唐代白居易《白氏六帖》云：“潘岳为河阳令，满植桃李花，人号曰‘河阳一县花’。”说的是西晋潘岳任河阳县令，于一县遍种桃李，成语栽花潘令即由此而来。美人如花，如花的美人不仅指美女，也指美男，潘岳（亦称潘安、潘安仁）即是，屈原的“香草美人”甚至升华到了精神层面。清代孙枝蔚的诗句“颇胜长江簿，即看潘岳花”（《赠钱塘县丞季孚公》）写的是“推敲苦吟”的贾岛（曾任遂州长江县主簿，留有《长江集》）和“潘江陆海”的潘安，这句诗容易让人联想到小品演员潘长江，表面上自嘲又矮又丑，或许骨子里自诩才貌双全，姓名本身就有喜剧色彩呢。

5 唇的：出自战国末期楚国辞赋家宋玉的《神女赋》：“眉联娟以蛾扬兮，朱唇的其若丹。”联娟也作连娟，汉代司马相如的《上林赋》有“长眉连娟”句，连是连续、延伸；娟是小巧、弯曲而纤细，用以形容女子长长的美眉。的，灼也，明显，鲜亮。本来作“旳”，也作名词，汉代刘熙《释名·释首饰》记载：“以丹注面曰旳。”把颊上点赤点叫“旳”，如汉代繁钦《弭愁赋》：“点圜的之荧荧，映双辅而相望。”晋代傅咸《镜赋》：“点双的以发姿。”这种面饰“灼然为识”，起初是告知天子诸侯该女子来了例假不能行房，后来成为日常化妆，推为时尚，犹今之谓“烈焰红唇”。

6 蓁蓁其叶：见《诗·周南·桃夭》：“桃之夭夭，其叶蓁蓁。”蓁蓁，叶之盛也。

7 秦淮桃叶之津：典出东晋王献之于南京桃叶渡为爱妾桃叶作《桃叶歌》三首的传说，其一拟桃叶自抒云：“桃叶映红花，无风自婀娜。春花映何限，感郎独采我。”清人张通之在《金陵四十八景题咏》中写道：“桃根桃叶皆王妾，此渡名惟桃叶留。”

8 武陵缘溪之路：出自东晋陶渊明《桃花源记》：“晋太元中，武陵人捕鱼为业。缘溪行，忘路之远近。忽逢桃花林，夹岸数百步，中无杂树，芳草鲜美，落英缤纷。”

9 任公有女：元代王晔杂剧《桃花女》中任二公的女儿桃花女，是掌管爱情、婚姻和生育的女神，精通占卜，神机妙算。

10 团扇成诗：王献之临渡赠诗《桃叶歌》，桃叶亦作《团扇歌》以答，其一云：“七宝画团扇，灿烂明月光。与郎却暄暑，相忆莫相忘。”

11 半篙春水：春天雨水充沛，需要半篙撑起船只。宋代晁补之《临江仙·绿暗汀洲三月暮》：“半篙春水滑，一段夕阳愁。”溪水涨满，行船流利，情景交融，春愁似水。又宋代黄春伯《绝句》：“半篙春水一蓑烟，抱月怀中枕斗眠。”一蓑烟雨，满船清梦，水天相接，惝恍迷离。

12 牛放桃林：犹“马放南山”“刀枪入库”“铸剑为犁”，喻休兵止戈，不再有战争。《尚书·周书·武成》记载：武王伐纣取胜，“乃偃武修文。归马于华山之阳，放牛于桃林之野，示天下弗服”。牛：指为战争运输之牛。神话“夸父逐日”提到桃林，《山海经》载：“夸父与日逐走，入日；渴，欲得饮，饮于河、渭；河、渭不足，北饮大泽。未至，道渴而死。弃其杖，化为邓林。”邓林即桃林。《战国策》载：“自潼津以东，皆为函谷，古之桃林。”

13 道骑省之才名：称道潘岳的才名。语本晋代潘岳《秋兴赋序》：“寓直于散骑之省。”骑省代指潘安。

14 笑刘阮之天台：刘阮遇仙的故事，见南朝·宋·刘义庆《幽明录》：“汉明帝永平五年，剡县刘晨、阮肇共入天台山……有一桃树，大有子实……溪边有二女子，姿质妙绝。”

15 幂历：弥漫笼罩。

16 飞花自随流水去，更无桃面笑春风：化用唐代崔护《题都城南庄》中的诗句：“人面不知何处去，桃花依旧笑春风。”

17 发生地力：大地生长万物的力量。金代完颜璟的《云龙川泰和殿五月牡丹》：“地力发生虽有异，天公造物本无私。”

18 宜室宜家：夫妻和睦，家庭和顺。室为夫妇所居，家为一门之内。出自《诗经·周南·桃夭》：“之子于归，宜其室家。”

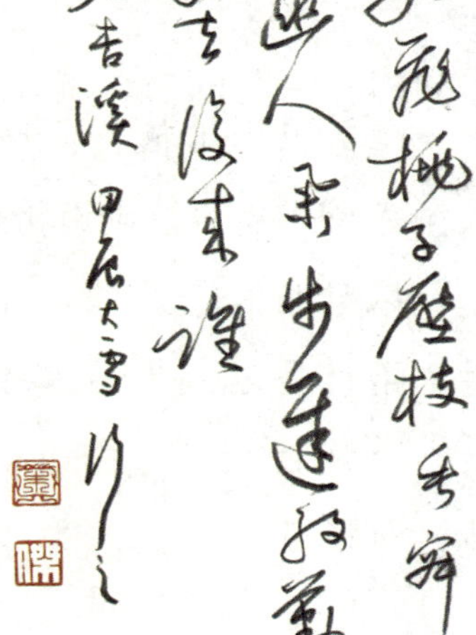

杏溪

姚合〔唐代〕

桃花四散飞，桃子压枝垂。
寂寂青阴里，幽人举步迟。
殷勤念此径，我去复来谁。

意译

铺毫展纸，千枝万朵桃花放；画里寻芳，风过桃林香正浓。光鲜水艳，笔底春景心头驻；诗兴勃发，灵机一点夺天工。

繁花锦绣，妆点明媚春色；落英缤纷，问渡桃源迷舟。娇姿媚态，情深灼灼其华；香气袭人，意浓蓁蓁其叶。河阳金谷，芳菲不知何处去；秦淮武陵，缘溪犹闻《桃叶歌》。

任公有女名桃花，神机妙算无毫差。献之临渡别桃叶，团扇成诗思无涯。曲江春景香满径，东风袅袅雨丝斜。

风日晴和，莺歌燕舞，桃红李白，花团锦簇。垂柳蹁跹，草色青葱，半篙水绿，两岸绯红。牛放桃林，自得其乐，香飘竹外，自在如风。酒后畅想，潘安奇人，茶余闲话，刘阮遇仙。

时光如水，青春易老，春色已暮，惨绿愁红。风吹雨打，桃花飘零，阴云密布，积翠浮空。缫丝少女，芳华倏逝，织句诗翁，寄恨诗筒。

然而春桃夏荷，秋菊冬梅，四季轮回，天地无私。兰亭雅集，桃李春宴，春风有信，花开有期。桃实千秋，桃花仙葩，有花有实，宜室宜家。唐人刘禹锡诗云："紫陌红尘拂面来，无人不道看花回。玄都观里桃千树，尽是刘郎去后栽。"

赏析

桃，属于蔷薇科，原生于中国。早在《礼记》中，桃就是祭祀用的五果之一，有“寿桃”“仙桃”和“天下第一果”的美誉，象征着长寿、健康、生育。桃味甘而酸，养胃阴而生津液，质多液而润肠燥，可鲜用、蒸食或做脯食用，黄桃含胡萝卜素，防辐射，适用于“屏幕族”。

“桃之夭夭，灼灼其华。之子于归，宜其室家。”《诗经·国风·桃夭》把貌美的新妇比作鲜艳的桃花。闵宜是彦公最疼爱的内侄女，彦公一边给她讲《诗经》，一边慈祥地说：“宜室宜家，说的就是长大以后的你呢，你的学名就叫作闵宜吧！”

桃花入药，其性味苦、平，归心、肝、大肠经，利痰饮，散滞血，治狂症。《本草纲目》引唐代笔记小说中的一则医案：“范纯佑女丧夫发狂，闭之室中，夜断窗棂，登桃树上食桃花几尽。及旦家人接下，自是遂愈也。”说的是一位癫狂的女子被关在屋里，入夜破窗而出，攀上桃树，将一树桃花尽数吃光。到了早晨，家人惊奇地发现，疯女不疯了！可见桃花具活血荡浊、镇静安神之功，一味桃花就相当于一张《伤寒论》治蓄血发狂的桃核承气汤，唯桃花相对和缓，兼能补益。

《伤寒论》里有一张名方“桃花汤”，不仅温中固脱，且能推陈致新，治痢疾便脓血不止者，也用于溃疡性结肠炎。有意思的是，“桃花汤”方子里并没有桃花，只有赤石脂和干姜、粳米。之所以叫桃花汤，是因为煎煮出来的汤药灿若桃花，是当之无愧的“最美经方”。

桃花能美容养颜，用桃花煮粥、酿酒、泡茶，能美白祛斑，防电脑辐射，据传太平公主制“桃花红肤膏”，涂面及身，光白如素。

不光是桃花，桃仁、桃叶、桃枝也都入药，桃未成熟的幼果为碧桃干（别名瘪桃干、桃奴），桃树皮琥珀样的树脂为桃胶，都有治病和保健的作用。

桃仁，性味苦、甘、平。归心、肝、大肠经。活血祛瘀、润肠通便、止咳平喘。用于经闭痛经、癥瘕痞块、肺痈肠痈、跌扑损伤、肠燥便秘、咳嗽气喘。《本经逢原》记载：“桃仁为血瘀血闭之专药，苦以泄滞血，甘以生新血，毕竟破血之功居多。”

桃叶，性味苦、辛、平。归脾、肾经。祛风清热、燥湿解毒、杀虫，治疗外感风邪、头风、头痛、风痹、湿疹、痈肿疮疡、癣疮、疟疾、阴道滴虫等。

桃枝，性味苦、平。归心、肝经。活血通络、解毒杀虫，治疗心腹刺痛、风湿痹痛、跌打损伤、疮癣。

碧桃干，性味酸、苦，平。归肺、肝经。敛汗涩精、活血止血、止痛。用于盗汗、遗精、心腹痛、吐血、妊娠下血。

桃胶，性味苦、平。归大肠、膀胱经。和血、通淋、止痢，用于血瘕、石淋、痢疾、腹痛、糖尿病、乳糜尿。

桃，融入了中国人的精神生活。桃花象征着春天和爱情；桃木用于驱邪求吉；女子天生丽质，谓柳夭桃艳、杏脸桃腮；品德高尚之人称之“桃李不言，下自成蹊”；人民教师以“桃李满天下”为最大的幸福；友谊深厚，可比“桃花潭水”；君子之交，“投我以桃，报之以李”；情如手足，要学“桃园结义”；追逐理想，要如“夸父逐日”，死后也要为人间留下一片桃林。

春节家家贴春联，春联是从桃符演变而来，王安石诗云：“爆竹声中一岁除，春风送暖入屠苏。千门万户曈曈日，总把新桃换旧符。”所谓桃符，就是在桃木板写上神荼、郁垒两位神灵的名字，悬挂在门旁，用来压邪。民间普遍相信桃符避邪、桃剑斩妖，桃木有一种神秘的力量。

桃，不总是菩萨低眉，有时，也会暗藏杀机。《晏子春秋》有“二桃杀三士”的故事，晏婴不动声色、兵不血刃，只靠着两颗桃子，就除掉了三员不幸“内卷”的武将。

陶渊明描绘的世外桃源，表达了对理想的憧憬，于是文人们纷纷自称“桃源人”“桃源客”。

书法家王献之的爱妾名叫桃叶，桃叶往来于秦淮两岸，王献之在渡口迎送，并深情唱起《桃叶歌》：“桃叶复桃叶，渡江不用楫；但渡无所苦，我自迎接汝。”桃叶渡为金陵四十八景之一，至今“古桃叶渡”碑坊犹在，两面有“细柳夹岸生，桃花渡口红”“楫摇秦代水，枝带晋时风”的坊联。

元代王晔的杂剧《桃花女》中，描写了一位精通占卜的女神，这位女神温暖了乔惟良先生的童年。先生回忆：

“余髫龄常游于兴化东岳庙，其庭间小商各集，郎中治病，小吃设摊，两廊下卜算星相者三四处，余入庙闲游，常闻星相者叨叨自语曰：‘周公文王孔子鬼谷子先生桃花女圣人，拿字测字，测字测机测理，问流年问运气，先说后验日后知神。’其所言桃花女圣人概即桃花女也。”

兴化东岳庙是著名的道教丛林，东岳庙首任住持姜可常，为全真教刘长春嫡传。明代住持陆西星，创立了中国道教内丹东派。元末至正年间始建，正殿建于明代永乐年间，民间传说状元宰相李春芳为向父母表孝心而按照京城金銮殿的格局修建了此殿，以慰二老不能目睹紫禁皇城之憾。东岳庙汇集三教九流，小贩云集，还有摊头小吃，是孩子们喜欢玩耍的地方。

乔惟良精于画猴，有“乔猴”之誉，猴子爱桃，他也喜欢画桃。

兴化多桃树。孔尚任曾在兴化拱极台创作《桃花扇》，状元宰相李春芳不仅是《西游记》校订者，也是隐身作者，我读《西游记》，惊喜地发现许多“兴化元素”，兴化方言，兴化民俗，仿佛还有兴化的十里桃花。

乔惟良《桃花图》

第七篇

风华畅茂赋新章

海棠花赋

海棠花娃

貼梗海棠又名西府海棠、春海棠、大海棠、垂絲海棠

其八州櫻亦皆同屬也（三尺公注）

葳蕤互繞，蓓蕾分呈，新枝翠縷，晝夢紅欣，豔豔之多姿，心垂絲絲之緒，依依衆許，腮含脈脈之情，盤髻垂髻，玲瓏相引，眉黛輕糚，唇脂薄染，費詠而臉霞羞添，低眉而雲鬢細攏，伴桃李以花

春海棠

以重瓣丹砂品最高

初、嘗玫瑰之笑淺、勝召棠之留芳、称西
府之珍品、一番雨過、一番春暖、日照逾
明、鶯啼不断、婉為越艷、杭娥、嬌比吳娃
装、換、叠之卿卿酒人儒、繹之誓釵横
亂、称蜀地之名花、氣壓千樹、勝摩
摩訶之春景、錦裏宫城、花之紛簇、
律拍相生而無妒、叠之宜人、國風好色而不淫、

碧蔦花陰、曲涼州輕梅、綸團鐃枕、
依稀帳裏紅雲、幕質尤欣於風日、
緣章徒之春夫春陰、畫裡君儀、
至詩錦江城郭樽前酌我、何敵紅
豆詞人、刈有璐難繁橋、或探芳華
而獨步、東阡南陌、或趁花市而揮鞭。
愛花狂何抵死、走馬嬉着瘋癲、風

騷而跡、寄閑情於詩照、歡情愁緒、
遣離索於放翁、春到蜀山、蔚尤勝昔、
詞域之宅、底物我相融、若夫德昭武侯
之葉、樹標鴻異之功、孔林留跡、迷離夫
子之檜、泰山封禪、何煩大夫之松、菊則
寄名於五柳、桃乃盛始於河陽、蘭芷之精
三閭而並列、玉李因學士而分光、蓮比敦頤、

昔因魯室、竹号湘妃、梅点寿陽、物因人
而始重、品以潔而名彰、是花也、垂召南
之民愛、盛歴代之宮風、樹高而廣、固材
大而用宏、豈亦徒以盈盈姿態媚夭之顏
色工、争比群芳、纏綿風月、招徠人賞、競
逞春容者乎、追夫園霈紅而飛花遜
玉史之風、城映朝霞、綠竹蝶淡、秋之友、

亦复敲瞎赪楠，怡神翠榭，丹青奇骈
玄之咏初成，当云书雨之篇写罢，乃
而之词只高桥屈宋，艳浓盖班马焉，
崔徐发采宜为迹，李杜文词自激芳，
潇湘凄寒，郊岛瘦，风萧畅茂娃
新章，

海棠花赋

葳蕤互绕，蓓蕾分呈，新枝翠缓，重萼红欣。楚楚多姿，心垂丝丝之绪；依依若诉，腮含脉脉之情。盘髻垂髫，玲珑相引。眉黛轻妆，唇脂薄染。发咏而脸霞羞添，低眉而云鬓细捻。伴桃李以花初，发玫瑰之笑浅。惟召棠[1]之留芳，称西府之珍品。

一番雨过，一番春暖；日照逾明[2]，莺衔不断。婉如越艳[3]梳成，娇比吴娃[3]装换。盈盈卯酒[4]人慵，绰绰鬟钗横乱[5]。

称蜀地之名花，气压千树[6]；惟摩诃[7]之春景，锦裹宫城[8]。花花纷簇，律拍相生而无舛；朵朵宜人，国风好色而不淫。碧荐花阴，一曲凉州轻按[9]；轮囷倦枕，依稀帐里红云[10]。丽质尤欣于风日，绿章徒乞夫春阴[11]。画里寻侬，重访锦江城郭；樽前酌我，何效红豆词人[12]？则有碧鸡笮桥[13]，或探芳华而独步；东阡南陌[14]，或趁花市而挥鞭。爱花狂何抵死[14]，走马嘻若疯癫[14]。

风骤雨疏，寄闲情于清照；欢情愁绪，遣离索于放翁[15]。春到蜀山，花尤胜昔；词成毫底，物我相融。

若夫德昭武侯之菜[16]，树标冯异[17]之功。孔林留迹，迷离夫子之桧；泰山封禅，何颂大夫之松[18]。

菊则寄名五柳，桃乃盛始河阳。兰芷藉三闾而并列，玉李因学士而分光。莲比敦颐，苔因鲁望；竹号湘妃，梅点寿阳。物因人而始重，品以洁而名彰。

是花也，垂召南之民爱，箴历代之官风。树高而质固，材大而用宏。岂亦以盈盈姿态媚，夭夭颜色工，争比群芳，缠绵风月，招徕人赏，竞逞春容者乎？

迨夫园霏红雨，飞花逐五更之风[19]；城映朝霞，丝竹畅清和之夏。亦复敞瞩頳栏，怡神翠榭，丽卉骄花之咏初成，留云喜雨[20]之篇写罢。乃为之词曰：高摘屈宋艳，浓薰班马香。崔徐[21]花朵宜留迹，李杜文词自漱芳[22]。蒲柳[23]凄寒郊岛瘦，风华畅茂赋新章。

注释

1 召棠：亦作召伯棠、召公棠。《诗序》评曰：“《甘棠》，美召伯也。召伯之教，明于南国。”

2 日照逾明：艳阳高照，天气越发晴朗。化用自清代朱彝尊《殢人娇·垂丝海棠》中的“日炙逾明”。

3 越艳、吴娃：泛指江南美女。

4 卯酒：早晨喝的酒。

5 鬓钗横乱：北宋僧人惠洪《冷斋夜话》卷一引《太真外传》曰：“上皇登沈香亭，诏太真妃子。妃于时卯醉未醒，命力士从侍儿扶掖而至。妃子醉颜残妆，鬓乱钗横，不能再拜。上皇笑曰：‘是岂妃子醉，真海棠睡未足耳。’”

6 气压千树：宋代陆游《海棠》：“蜀地名花擅古今，一枝气可压千林。讥弹更到无香处，常恨人言太刻深。”

7 摩诃：成都摩诃池，古蜀中名胜地。陆游《水龙吟·春日游摩诃池》：“摩诃池上追游路，红绿参差春晚。韶光妍媚，海棠如醺，桃花欲暖。”陆游《花时遍游诸家园十首（其五）》：“宣华无树著啼莺，惟有摩诃春水生。故老能言当日事，直将宫锦裹宫城。”

8 锦裹宫城：成都称锦官城，自古有“锦城花郭”的美誉，宋代陆游

《驿舍见故屏风画海棠有感》:“成都二月海棠开，锦绣裹城迷巷陌。”蜀江水也称濯锦江，俗云：以此水濯锦鲜明。

9 凉州轻按：出自陆游《花时遍游诸家园十首（其八）》:“常恐夜寒花索寞，锦茵银烛按凉州。”

10 轮囷倦枕，依稀帐里红云：宋代陆游《花时遍游诸家园十首·其四》:“欲睡未成欹倦枕，轮囷帐底见红云。”轮囷：盘曲貌，指圆顶帐幕。倦枕：失眠。

11 绿章徒乞夫春阴：宋代陆游《花时遍游诸家园十首·其二》:“绿章夜奏通明殿，乞借春阴护海棠。”意思是：连夜写一道绿章，要求天帝多安排一些阴凉天气，以保护海棠花的娇媚之色。但乔惟良先生认为，海棠本来更喜欢风和日丽，无需乞借春阴。

12 红豆词人：清代词人吴绮《醉花阴·春闺》:“把酒祝东风，种出双红豆。”由此，有“红豆词人”之称。

13 碧鸡笮桥：宋代陆游《海棠歌》有“碧鸡海棠天下绝，枝枝似染猩猩血”句。陆游《夜闻浣花声甚壮》有“浣花之东当笮桥，奔流啮桥桥为摇”句。碧鸡坊、笮桥皆成都胜迹。

14 东阡南陌、抵死、疯癫：宋代陆游《花时遍游诸家园》:“看花南陌复东阡，晓露初干日正妍。走马碧鸡坊里去，市人唤作海棠颠。”及“为爱名花抵死狂”之句。

15 风骤雨疏，寄闲情于清照；欢情愁绪，遣离索于放翁：前指宋代李清照的《如梦令·昨夜雨疏风骤》,“知否？知否？应是绿肥红瘦”是警句，委曲精工，含蓄无穷。后指陆游的《钗头凤·红酥手》,“一怀愁绪，几年离索。错，错，错。”一唱三叹，“山盟虽在，锦书难托。莫，莫，莫。”万箭簇心。词中并无海棠，但“棠”与“唐”谐音，相传陆游被迫与唐琬（又名婉）分手时，唐婉赠陆游一盆海棠。彦公此句甚美，窃以为直呼“清照”其名不妥，大概是受到现代人的影响，少了古雅之意，若以“易安”对“放翁”，似更宜。

16 武侯之菜：即大头菜。传说是诸葛亮发现的，曾令兵士栽种，谓有六利，至今三蜀江陵，称之为诸葛菜。

17 冯异：东汉名将，成语"披荆斩棘"说的就是他。冯异谦恭退让、不争功、不炫耀。《后汉书·冯异传》记载："每舍止所，诸将并坐论功，异常独屏树下，军中号曰'大树将军'。"

18 大夫之松：《史记·秦始皇本纪》："（始皇上泰山）风雨暴至，休于树下，因封其树为五大夫。"唐代鲍溶《闻国家将行封禅聊抒臣情》："清跸间过素王庙，翠华高映大夫松。"

19 飞花逐五更之风：出自陆游《花时遍游诸家园十首（其九）》："飞花尽逐五更风，不照先生社酒中。"

20 留云喜雨：留云，出自宋代朱敦儒《鹧鸪天·西都作》："曾批给雨支风券，累上留云借月章。"曾经批过支配风雨的手令，也多次上奏留住彩云，借走月亮。喜雨：苏轼有《喜雨亭记》。

21 崔徐：指徐熙、崔白。南唐徐熙独创了工笔没骨画法，誉为江南花鸟画派之祖；北宋崔白继承了徐熙画风中的写意精神，创造出工写结合的笔墨形式，也是中国画题款文化的前驱。此外，诸葛亮好友崔州平、徐庶也并称崔徐，如唐代孟浩然《寻梅道士》有"崔徐迹未朽，千载揖清波"句。显然，本文指的是前者。

22 漱芳：洁净身心，洗涤灵魂。

23 蒲柳：体质衰弱。出自《世说新语·言语》："蒲柳之姿，望秋而落；松柏之质，经霜弥茂。"

如梦令·昨夜雨疏风骤

李清照〔宋代〕

昨夜雨疏风骤，浓睡不消残酒。
试问卷帘人，却道海棠依旧。
知否，知否？应是绿肥红瘦。

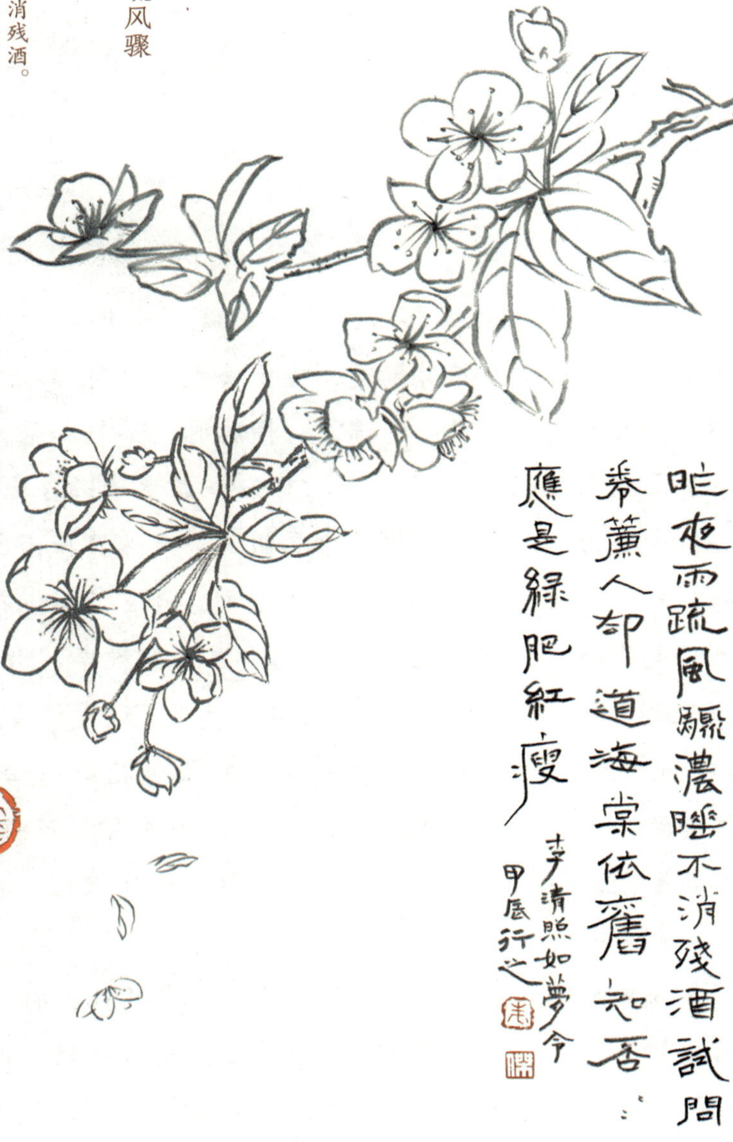

意译

海棠花开，满树蓓蕾，枝叶缠绕，郁郁青青。新枝吐翠，欣欣向荣，花萼繁复，重重叠叠。楚楚动人，仪态万千，心垂丝丝，思绪绵绵。含情脉脉，如怨如慕，此情谁诉，顾影依依。烂漫天真，有如垂髫童子；玲珑剔透，恰似少女盘髻。眉黛轻描，绯唇微启，天然淡妆，薄染胭脂。半掩青丝，云鬓雾鬟，风情万种，颔首低眉。花堪解语，也能悟心，霞飞双颊，羞色平添。伴桃李花放之初，发玫瑰浅笑嫣然，赏西府海棠极品，续甘棠遗爱传奇。

大地春回，艳阳高照，黄莺不断衔来花瓣精心梳妆，将垂丝海棠打扮成越艳、吴娃一般。春雨蒙蒙，花朵低垂，慵慵懒懒，仿佛晨酒微醺；微风习习，枝叶飘起，影影绰绰，好似钗横鬓乱。

海棠无愧为蜀地名花，她的美丽无与伦比。特别是摩诃池的春色，宫殿和城墙都被花朵装点得如锦绣一般。花儿纷繁簇拥，静听花开的声音，律拍相生，那么和谐，那么动听。每朵花都如此自然天成，如此恰到好处，赏心悦目而无搔首弄姿，落落大方而不卖弄风情。在碧绿的树荫下，轻轻地弹奏起《凉州曲》。疲倦地躺下，却不能入眠，帐篷里飘过阵阵红云，那是海棠花的身影在眼前盘旋不去。天生丽质的花儿，当风日晴和之时，更加光彩照人，不必徒劳地上奏天神祈求春阴。多少回，我在如画的梦幻中寻你，故地重游，重访锦江城郭。且酌海棠花间一壶酒，何必要效仿那些写红豆词的悲情诗人呢？你看那些看花人，漫步在碧鸡笮桥，留连忘返，恨不得生死相随；或策马在田间小路，难舍难分，几乎要神魂颠倒，疯疯癫癫。

“昨夜雨疏风骤”“应是绿肥红瘦”，李清照闲情偶寄，浓睡之后依旧醉眼蒙眬。“海棠明处看，滴滴万点血”，陆游一往情深，他在深情的凝望中，一定会回忆起他与唐婉的往事，更忘不了分手时相赠的秋海棠。秋海棠的花期在秋天，在陆游的眼里，与海棠并无分别，或许秋海棠只是

“穿越”了一把，错把秋色当成了春光。“一怀愁绪，几年离索”“泪痕红浥鲛绡透”，或许海棠就是唐婉，就是陆游藏在内心深处的相思、欢情和愁绪。春到蜀山，花开年年今犹盛；染翰挥毫，物我相融诗更多。

张潮在《幽梦影》中说:“天下有一人知己，可以不恨。不独人也，物亦有之。”万物都有知己。诸葛亮发现大头菜，六利于民，德昭日月，至今三蜀江陵百姓悉称之为诸葛菜。冯异不争功、不炫耀，总是默默地躲到大树下面，因此被誉为“大树将军”。曲阜孔林古木参天，孔庙大成门内，有一棵古桧是孔子亲手栽植，仰之弥高，是孔子思想的象征。秦始皇泰山封禅，遇暴风雨，避于树下，因树护驾有功，遂封为“五大夫松”。至于菊与陶渊明，桃与河阳县，兰芷与屈原，桃李与李白，莲与周敦颐，苔与陆龟蒙，斑竹与湘妃，“落梅妆”与寿阳公主，本来寻常物，一经“拟人化”，即成为情感的寄托和升华，这就是所谓“一与之订，千秋不移”。

相传召伯南巡，曾在甘棠树下断狱、劝农教稼，民享其利。“召棠”是百姓对为官者勤政爱民的赞扬，对历代施政观念起到了极大的影响。海棠树高大结实，是有用之材，绝非虚有其表、以色事人、哗众取宠、恃宠生娇、巧取豪夺、妖媚惑众之类可比。

待到园中花雨在晨风中纷纷飘落，轻舞飞扬，演绎着生命的轮回，清新悦耳的丝竹雅韵，散入满城云霞，春光渐远，云淡风轻，立夏时节即将来临。穿过小径，登上亭台，诵丽卉骄花之诗，歌留云喜雨之章，凭栏远望，游目骋怀，不禁心旷神怡，宠辱皆忘。这正是：

扬葩振藻，赋得屈原、宋玉之奇；摛艳熏香，文追班固、史迁之妙；写意花鸟，画传徐熙、崔白之神；藻雪精神，诗宗太白、子美之风。不学郊寒岛瘦，凄凄惨惨；不要蒲柳之姿，黯然神伤。且喜风华正茂，神融笔畅；还看浮云散尽，再赋新章。

赏析

海棠花品种繁多，有木本、草本之分。垂丝海棠总是温柔地低头、欲迎还羞，西府海棠则是华贵地昂首、亭亭玉立。彦公画海棠，构图精致，笔墨灵动，点花勾蕊晶莹剔透，涂叶画筋光鲜照人，题画诗信手拈来、浑然得趣，传画外之意、味外之旨，比如："垂鬏髻，小无猜，药圃芳丛笑语谐。绰约风姿娟娟态，疑是仙姝化蝶来。"诗情画意交融，生机、神采活脱脱跃然纸上。

"周初四杰""三公"之一的召伯南巡，于甘棠树下听讼断狱，劝教农桑，爱民而有政绩，赢得了百姓的爱戴，这就是《诗经》里唱颂的千古流传的召棠故事。故事中的甘棠树是杜梨，又名棠梨，所谓开白花者为棠，开红花者为杜。尽管史料及植物学显示，棠梨并非海棠，但在普通人眼里不必分别，在诗人笔下并无二致，或者更情愿相信，召棠就是海棠呢。周恩来总理住过的中南海西花厅，院中栽植有十多株西府海棠。周总理说："海棠花好，温暖，古朴大方，不张扬，海棠花之间都很团结。"有一年周总理参加日内瓦会议，不能看到当年的海棠盛开，邓大姐特意剪了一枝，托信使送到了异国他乡。

宋人释惠洪《冷斋夜话》记载有"海棠春睡"的故事：唐玄宗登香

亭，侍儿扶着酒醉未醒、鬓乱钗横的贵妃姗姗来迟，明皇大笑：“岂妃子醉，真海棠睡未足耳！”梅兰芳的京剧《贵妃醉酒》把杨贵妃海棠花般的美丽动人演绎得淋漓尽致。《冷斋夜话》还提到“五恨”：“第一恨鲥鱼多骨，第二恨金橘太酸，第三恨莼菜性冷，第四恨海棠无香，第五恨曾子固不能诗。”张爱玲的《红楼梦魇》在海棠无香、鲥鱼多刺之上，加了一恨：“恨《红楼梦》未完。”红楼女儿史湘云很像海棠花，曹雪芹写憨湘云醉眠芍药裀，那副神情与“卯酒人慵”（乔惟良语）的杨贵妃神似！史湘云真纯、美丽、端庄、热情、敢爱敢恨、笑靥如花，颇有豪情侠气，她的命运，又令人想起了秋海棠。

海棠并非全无香气。唐代贾耽的《百花谱》载：“海棠无香，惟蜀中嘉州者有香，其木合抱。”或许就是西府海棠，既艳又香。唐代贾岛咏《海棠》：“昔闻游客话芳菲，濯锦江头几万枝。”对成都锦江两岸的海棠花赞不绝口。四川有“海棠香国”之誉，乔惟良《海棠花赋》多处提到了四川名胜，又由蜀地，放眼全国。如今的山东临沂，有“中国海棠之都”之美誉，江苏盐城建起了最大的“中华海棠园”，乔惟良先生若是在天之灵有知，定会感到欣慰吧！

海棠是情感的寄托，是人格的象征，好比屈原与香草美人，陶渊明与菊，林和靖与梅，黄山谷与水仙，周敦颐与莲。苏东坡对海棠一片痴情：“东风袅袅泛崇光，香雾空蒙月转廊。只恐夜深花睡去，故烧高烛照红妆。”香雾空蒙，光影婆娑，氤氲成浪漫、迷幻的梦。陆游有“海棠癫”的雅号。他对海棠的爱，到了“抵死狂”的程度，真是“死了都要爱”“爱到沸腾才精采”啊。唐婉，一个宛如海棠美好一样的存在，才是放翁如癫如狂的密码呀！

海棠春天开花，也有开在初夏。落幕之时，不必伤感，还会有秋海棠在秋季登场、四季海棠在全年绽放。

海棠入药。垂丝海棠味淡苦，性平，调经和血，治血崩。秋海棠寒、涩、凉，散瘀凉血止痛，捣涂治癣、疮疡、跌打损伤。铁海棠苦、辛、凉，有小毒，化瘀消肿、排脓解毒、行气逐水。贴梗海棠又称木瓜海棠，木瓜酸温，平肝和胃，化温舒筋，治疗吐泻转筋、温痹、脚气、水肿、痢疾。知名的中成药昆明山海棠是风湿痹痛、红斑狼疮的常用良药。

海棠花的花语是美好、温和、快乐，象征着爱情、吉祥、坚贞。海棠花跟玉兰、牡丹、桂花相配寓意着玉棠富贵，与五个柿子相配寓意着五世同堂。秋海棠别称断肠花，又有了苦恋、离别、思乡之意。

乔惟良《海棠花图》，上题：
宿露乍消初映日，画栏宜作一时凭。

第八篇

宜对春风共粲然

梨花赋

脚朝日方升明月三分举头即是
春风吹面乃隔岁而重兴好景三春
宜因时而论事追夫鹧鸪声里落
花残英日暮碧云天外那堪百
啭黄莺啼莺乃为之诗曰、
梨花似玉颊梨叶长眉颦
娇花为解语宜作一时怜、又曰、
燕语莺声寒食天红颜不学
露桃鲜轻含素蕊飘香雨渐放
瑶琼拂素烟晓月凉晖侵冷艳
夕阳缥缈引得眉颦芳姿若
肯能长相伴宜对春风共欣赏
燦

梨花赋

一九八一庚申十二月初八日脱稿

春风倏起，春雪乍生，瑶花细剪，叠玉成蕊，弄碧笙而吹月，览玉钿之飘落，簇繁英之树々，迎阳吐艳，望梨雪之皑々，带雨尤妍，花乱玉颊，叶舞娉婷，几树轻盈，静观明月之夜，一枝潇洒，瞻望风静之天，云浮晴香之缀，素织春景之玲珑，叠雪成肩，雕冰作骨，迎来粉蝶，寻芳不两娇，去共色，玉蕊飘飞，西子妆羞傅粉，瑶花素艳，东风裁剪，缘纨，愧人妻，色盖春愁，寄情夜宴，欣金谷，莫赞灼々夭々，别有清々白々，两缘滴

梨花赋

春风倏起，春云乍生，瑶华细剪，叠玉成阴。弄碧笙而吹月，览玉钿之飘馨。

簇繁华之树树，迎阳吐艳；望梨云[1]之皑皑，带雨尤妍。花乱玉颊[2]，叶舞娉婷[3]。几树轻盈，静观明月之夜；一枝潇洒，瞻望风静之天。

浮暗香之雅素，织春景之玲珑。叠雪成肤[4]，雕冰作骨。迎来粉蝶寻芳，不与娇花共色。玉蕊飘香，西子妆羞傅粉；瑶花素艳，东风裁剪丝纨。恼人春色惹春愁[5]，寄情夜宴欣金谷。莫赞灼灼夭夭，别有清清白白[6]。

雨丝滴碎，树意萧条；英飘委地，粉褪香消；花残月缺，意悒眉梢。

然而阳春有脚，朝日方升。明月三分，举头即是。春风四面[7]，乃隔岸而重兴[8]；好景三春[9]，宜因时而论事[10]。迨夫鹧鸪声里，落尽残英，日暮碧云天外，哪堪百转啼莺？

乃为之诗曰：梨花似玉颊，梨叶展眉颦。娇花如解语，宜作一时怜。

又曰：燕语莺声寒食天，红妆不学露桃鲜。轻含素蕊飘香雨，浅放琼瑶拂素烟。晓月凉晖侵冷艳，夕阳缥缈引眉颦。芳姿若肯长相伴，宜对春风共粲然。

注释

1 梨云：明代许自昌《水浒记·冥感》："慕虹霓盟心，蹉跎杏雨梨云，致蜂蝶恋昏。"杏花如雨，梨花如云。

2 花乱玉颊：玉颊是指美丽的白花如美人的脸颊。金末元初的元好问(《梨花海棠二首》其一）把梨花比作"静女"，"春工"用风露洗出了梨花洁白的面颊："梨花如静女，寂寞出春暮。春工惜天真，玉颊洗风露。素月淡相映，萧然见风度……"带雨梨花，花乱玉颊，更让人心生爱怜，与唐代白居易《长恨歌》中的"玉容寂寞泪阑干，梨花一枝春带雨"意境相似。

3 叶舞娉婷：彦公亦作"叶展眉颦"，雨后的阳光下，花叶舒展，蹁跹起舞，顿时有了"回首向来萧瑟处，归去，也无风雨也无晴"的慨叹。

4 叠雪成肤：肌肤如冰雪一般。彦公把梨花比作了晶莹的雪花。宋代苏轼《东栏梨花》："梨花淡白柳深青，柳絮飞时花满城。惆怅东栏一株雪，人生看得几清明。"白居易《长恨歌》："中有一人字太真，雪肤花貌参差是。"

5 恼人春色惹春愁：恼人，犹撩人。唐代罗隐《春日叶秀才曲江》有"春色恼人遮不得"句，宋代王安石《夜直》改"遮"为"眠"，宋代秦观《风流子·东风吹碧草》也有"恼人春色，还上枝头，寸心乱"之句。明代高启《看梅漫成》吟道："江草初生江水流，便觉春色恼人愁。"

6 莫赞灼灼夭夭，别有清清白白："桃之夭夭，灼灼其华"，桃花固然艳丽，梨花的清白雅素自有一种别样的美。唐代钱起《梨花》厚此不惜薄彼："艳静如笼月，香寒未逐风。桃花徒照地，终被笑妖红。"明代杨基《北山梨花》更甚："不愁占断天下白，正恐压尽人间花。"

7 春风四面：春风吹拂四面八方，也吹绿了彼岸。北宋王安石："春风又绿江南岸，明月何时照我还。"

8 乃隔岸而重兴：隔岸，河的对岸，彼岸。元末明初王冕的《送钦上人》有"琼花隔岸是扬州"句。重兴，犹复兴，重整旗鼓，重振雄风。胸怀理想，必能达到"柳暗花明又一村"之境。

9 好景三春：三春指春季三个月，农历正月称孟春，二月称仲春，三月称季春（暮春）。有时也专指春季的第三个月。元末明初刘基《绝句漫兴七首（其一）》："一岁三春好景光，纷纷红紫竞芬芳。"《红楼梦》有"元春、迎春、惜春""三春去后诸芳尽"，但不必过于悲观，要相信：春去春来春还归。

10 宜因时而论事：要抓住时机，与时俱进。这就是汉代司马迁《报任少卿书》所说的"究天人之际"。要做到因时、因地、因人"三因"制宜，天地人和。《吕氏春秋》曰："君子谋时而动，顺势而为。""圣人不能为时，而能以事适时，事适于时者其功大。"

送林木文还嘉兴　其一

屈大均〔明代〕

鸳鸯湖水连长水，宝带还如锦带长。
玉乳秋梨应已熟，君归多摘带清霜。

意译

梨花谁剪？春风袅袅。笙箫谁吹？轻云飘飘。如闻天籁，空明澄净。如雪似玉，香气缭绕。

簇簇繁花，迎阳微笑；树树绚烂，带雨更娇。梨云皑皑，玉洁冰清；花叶舒展，沁人心脾。明月之夜，轻盈恬谧；风静之天，潇洒不羁。

淡雅宜人，风送幽香，玲珑剔透，编织春光。冰为骨骼，雪为肌肤，玉为精神，香为魂魄。从从容容，天生丽质，清清白白，漫舞东风。春色恼人，春愁暗生，寄情夜宴，金谷如梦。

天昏地暗，月缺花残，粉褪香消，凋落瞬间。枯树满园，愁眉不展，凄风苦雨，曲终人散。

阳春有脚，旭日东升，春风四面，柳暗花明，好景三春，与时俱进。举头望月，月色润朗，三分明月，二分故乡。草木萌发，春山可望，芳华易逝，莫负春光。待到秋来，落尽残英，鹧鸪声里，长亭短亭。碧云天外，北雁南飞，声声呖呖，愁肠百结。

这正是：梨花似玉颊，梨叶展眉颦。娇花如解语，宜作一时怜。

诗曰：燕语莺声寒食天，红妆不学露桃鲜。轻含素蕊飘香雨，浅放琼瑶拂素烟。晓月凉晖侵冷艳，夕阳缥缈引眉颦。芳姿若肯长相伴，宜对春风共粲然。

赏析

梨，落叶乔木或灌木，属于被子植物门双子叶植物纲蔷薇科苹果亚科。梨果酸甜可口、香脆多汁，而且营养丰富，有清肺养肺的作用，还可以加工制作成梨干、梨脯、梨膏、梨汁、梨罐头等，也用来酿酒、制醋。

据传唐朝宰相魏征发明了梨膏。魏征的母亲咳嗽，不肯服药，日渐严重，魏征想到母亲爱吃梨，于是他买来许多梨，将治咳草药研磨成粉，与梨、冰糖共煮成膏，其母吃后非常欢喜，膏未食尽，病已痊愈。现在有了榨汁机，只需要将梨洗净切块榨成梨汁，然后加入砂糖、蜂蜜，小火熬制成膏即可。

梨子好吃，号称“全方位的健康水果”，也能入药。梨果生津润燥、清热化痰，适用于热病伤津烦渴、消渴症、热咳、痰热惊狂、噎膈、口渴失音、眼赤肿痛、消化不良。梨果皮清心降火、润肺滋肾。根、枝、叶、花，都有润肺消痰、清热解毒之功。梨籽可降胆固醇，预防女性骨质疏松症。

梨的一身都是宝，我们还真是离不了。梨的文化价值也赋予文人无尽的灵感。

《梨花赋》开篇第一段，就惊艳了读者。我们一边读，一边逐句欣赏。

"春风倏起"，春风一下子就刮了起来，让人联想起唐代岑参《白雪歌送武判官归京》诗里的句子："忽如一夜春风来，千树万树梨花开。"岑参把积在树枝上的雪花，比作了梨花。梨花、白雪常常互喻。诗人包括读者会产生迷糊，弄不清谁是本体，谁是喻体，不知道是梨花衬托了白雪，还是白雪映照了梨花。这种迷糊大概就是所谓朦胧美吧。

"春云乍生"，春云突然就生了起来。倏起，乍生，一切发生得那样突然，那样疾速，让人措手不及。"春色遍空明，春云处处生。"（南北朝蔡凝《赋得处处春云生诗》）"千里年光静，四望春云生。"（唐代骆宾王《赋得春云处处生》）这些诗都写了春云，都不似"春云乍生"来得痛快。

"瑶华细剪"，春景是灵巧的春风剪出的，那白色的梨花就如美玉一般纯洁。人们不禁惊叹大自然的鬼斧神工，这哪里是梨花呀，分明是天上的瑶花。"不知细叶谁裁出，二月春风似剪刀。"自唐代贺知章《咏柳》之后，剪裁精致的春风，成了诗人的经典意象。元代王哲《抛球乐》写有："似玉英瑶萼，琼花璧屑，也知都被，风刀细剪。"明末清初沈宜修《浣溪沙》有"细剪瑶华屑作尘"的句子。瑶华也是词牌名，始见于吴文英《梦窗词》，"瑶华调"一名"瑶华慢"，也作"瑶花慢""瑶花"。

"叠玉成阴"，梨树枝叶茂密，遮天蔽日，如堆金积玉一般。彦公写梨花，不断呈现雪、玉的意象。明代文征明《雪景》有"谁识溪南千垒玉"句，是把雪比喻成玉。雪和玉，又是一对互喻。

"弄碧笙而吹月"，梨花又赋予笙箫、月光的意象，这就是所谓"通感"了。李商隐《送从翁从东川弘农尚书幕》："素女悲清瑟，秦娥弄碧箫。"宋代张继先《望江南》："吹月洞箫含碧玉，动人佳趣转黄钟。"月色如水，箫声幽咽，仿佛含着碧玉一般，正是：眼前有美景，耳畔有音乐，心中有深情。

“览玉钿之飘馨”，用玉做的花形首饰，代指洁白如玉的梨花。南宋周密《瑶华》词咏的是琼花：“朱钿宝玦。天上飞琼，比人间春别。江南江北，曾未见，谩拟梨云梅雪。”彦公化用周密的词句，莹洁的玉玦与如云的梨花、如雪的梅花都是同一个纯白的色调，朱钿是嵌上了金，梨花有浅红色或淡紫色的花蕊，朱钿也可以用于形容檀心点素、金镶玉般的梨花。彦公“玉钿”是不是有玉玦和朱钿双层含义呢？

再往下读，“几树轻盈，静观明月之夜；一枝潇洒，瞻望风静之天。”这句又让人眼前一亮。明月之夜，闲庭信步，或轻盈，或潇洒，随心所欲；或静观，或仰望，屈伸自如。梨花院落，从容自得，便拥有了古人的那份淡然和豁达：“宠辱不惊，闲看庭前花开花落；去留无意，漫随天外云卷云舒。”

“恼人春色惹春愁，寄情夜宴欣金谷。”彦公笔锋一转，悲从中来。他想起了晋代石崇的金谷园，那时的文人雅士经常聚会于此，谈玄吟诗，游玩夜宴。南北朝的庾信在《春赋》里描写过金谷园的繁华：“河阳一县并是花，金谷从来满园树。”后来石崇被杀，盛极一时的金谷园日渐荒废，但见断井颓垣，满目荒凉。曾经的荣华富贵，宾客盈门，原不过是过眼烟云。正如唐代杜牧《金谷园》诗：“繁华事散逐香尘，流水无情草自春。日暮东风怨啼鸟，落花犹似堕楼人。”由春愁，再联想到人生的坎坷，世事的沧桑，彦公不禁扼腕长叹。

彦公写《梨花赋》，为什么不提梨园，却提到金谷园？我想，当是为了借金谷园的盛衰，表达情感的跌宕。据陈麟德先生回忆：“新中国成立前后，兴化县中的师生曾排演传统京剧，乔惟良老师与刘祖恒老师合演《连环套·拜山》，刘饰黄天霸，乔饰窦尔墩……《打渔杀家》……乔惟良老师和他的内侄女闵宜分饰萧恩与桂英。”［陈麟德．京剧在兴化的朝花夕拾．江苏地方志，2017(5)：29–31］彦公多才多艺，不会没有“梨园情结”，或许是应了那句话：越是曾经深爱过，越是不愿提起。即使有诉说的冲动，“欲说还休，欲说还休，却道天凉好个秋！”（宋代辛弃疾《丑奴儿·书博山道中壁》）还有，彦公写《梨花赋》，何故不提孔融让梨？彦公一生都在谦让，似乎不愿提起，不必提起，不提也罢。梨为“百果之宗”，彦公写《梨花赋》，缘何只写春华，不写秋实？他为后世留下一座诗文书画的宝藏，奉献给世人甘甜的果实，最担心的是被无知、无德、无智、无耻的败类们无情地糟蹋。哀梨蒸食，不亦悲乎！

“雨丝滴碎，树意萧条；英飘委地，粉褪香消；花残月缺，意悒眉梢。”这一节，全是从反面写。正过来本来是：雨露滋润，枝繁叶茂，鲜花盛开，馥郁芬芳，花好月圆，喜上眉梢。一个“悒”字，把不安、忧愁、苦闷、抑郁，表达得淋漓尽致。诗人内心激荡起伏，变化突兀，带来巨大的冲击力量。宋代洪迈《容斋随笔·卷二·长歌之哀》指出：“嬉笑之怒，甚于裂眦；长歌之哀，过于恸哭。”彦公写景，实是写情。写花，实是写心。

“然而阳春有脚，朝日方升。”至此笔锋再转，顿时豪情满怀。阳春有脚，也作有脚阳春、春风有脚、春脚到。弄懂此典，须从《新唐书·姚崇宋璟列传》读起。宋璟是继姚崇之后推动“开元之治”的名相之一。史称：“崇善应变以成天下之务，璟善守文以持天下之正。二人道不同，同归于治。此天所以佐唐室中兴也。”五代王仁裕的《开元天宝遗事》卷下记载：“宋璟爱民恤物，朝野归美。时人咸谓璟为有脚阳春，言所至之处，如阳春煦物也。”称赞宋璟有德政，像长了脚的春天，到处带来温暖。宋代朱熹《铅山立春六言二首·其二》用此典：“行尽风林雪径，依然水馆山村。

却是春风有脚，今朝先到柴门。”受朱熹影响，宋代赵公豫《立春日作》吟道：“春风有脚到柴门，最爱朝曦气自温。”宋代张孝祥进一步发挥：“春风有脚家家到，定为粗官不见分。”当然，阳春有脚并不惟宋璟居官有惠政于民之典，也可以用其字面上的意义，即，春天的脚步。宋代邵雍《伊川击壤集·卷八·问春》诗之一：“三月春归留不住，春归春意难分付。凡言归者必归家，为问春家在何处。”明代张景岳《求正录·真阴论》阐释道：“夫阳春有脚，能来能去，识其所归，则可藏可留，而长春在我矣。”春来春去，似有腿脚，春光易逝，如果踏着春天的脚步，与春天同行，住在春天的家里，那就能够“到处皆春”“物我同春”“万病回春”而“长春在我”了。清代孟文瑞著有《春脚集》，即寓意用此书验方，病人易于康复而步入春天。当然也可以理解为：良医良相同功，悬壶济世，如同宋璟那样有脚阳春。当代著名中医学家冉雪峰（1877—1962）讲解“桑螵蛸丸”（附子半两，五味子半两，龙骨半两，桑螵蛸七个）方意时说：“本方注重下焦虚冷四字，故用附子之少火生气者，直暖下焦，俾维系真元，冀其氤氲鼓荡，阳春有脚，以为藏阴起亟之本。”（冉小峰 . 历代名医良方注释 . 北京：科学技术文献出版社，1983.534.）笔者的老师、国医大师干祖望（1912—2015）还有第三种解释：《春脚集》书名中的“春”是大地回春之意，“脚”，是所谓“下脚料”。春脚者，谦虚地自称本书乃回春术中的下脚料［干祖望 . 干祖望趣味医话 40：陆离光怪话书名 . 辽宁中医杂志，1995(7)：323-324］。当然也通。由此可见，解读不必过于拘泥。作者怎么写是作者的权利，读者怎么读也有读者的自由，读出新意，有何不可？

乔惟良先生在省兴化中学执教多年，发现课堂有学生开小差、不听讲，会用黑板擦子轻敲讲台发出清脆的响声，又怕惊吓了调皮鬼，于是会带着笑意风趣地说：“别紧张，同学们，呵呵，我在卖棒冰呢……”提起卖棒冰，可能现在的年轻人弄不明白，兴化人把冰棍称作棒冰。一根棒棒上的冰，倒也生动形象 20 世纪 70 年代，到了夏天，大街小巷有卖冰棍儿的，小木箱和小木块是标配，不需要吆喝，听到木块敲打木箱的声音，就知道卖冰棍儿的来了。

我解读彦公花赋，或不免有不符作者原意者，料彦公定会宽容。他或许会顺手拿起镇纸敲敲书桌，对我笑眯眯地说："不可望文生义哦……我敲桌子既不是怪你，也不是为你叫好……呵呵，我在卖棒冰呢……"

《梨花赋》写到后头，"迨夫鹧鸪声里，落尽残英"，再次掀起情感的波澜。鹧鸪的啼叫声悲切凄凉，听时好像在说"行不得也哥哥"。鹧鸪的意象，代表离愁、悲情、爱情、相思。唐朝张籍《湘江曲》："湘水无潮秋水阔，湘中月落行人发。送人发，送人归，白蘋茫茫鹧鸪飞。"鹧鸪声里，行人凄苦，前途渺茫，怎不惆怅？宋代杨万里《过真阳峡六首》："榕树阴中一苇横，鹧鸪声里数峰青。南人到此亦肠断，不是南人作么生。"彦公写梨花，生别情，因为"梨"音同"离"，民间忌讳把梨子分着吃，就是因为怕"分离"。李白有《送别》诗："斗酒渭城边，垆头醉不眠。梨花千树雪，杨叶万条烟。惜别倾壶醑，临分赠马鞭。看君颍上去，新月到应圆。"柳树下送别，因为"柳"音同"留"，折柳相送，不忍离别。梨花下相送，更多了一重伤感。宋代王雱（pāng）《眼儿媚・杨柳丝丝弄轻柔》写道："海棠未雨，梨花先雪，一半春休。"雨、雪都是名转动的用法，意思是海棠的花瓣还未像雨点般坠落，梨花已经如雪花般飘零。春天已经过去了一半，韶华易逝，不禁触景生情，难以排遣的惆怅和哀伤，连同离情别绪，一齐在心底蔓延开来。

彦公慨叹："日暮碧云天外，哪堪百转啼莺？"由此联想到明代孙蕡《幽居杂咏七十四首，自洪武十一年平原还家作也（其三十九）》中的诗句：

“空山日暮碧云合，天外美人来不来。”还有童冀的《移竹次以贞韵兼怀湘中士友》:“美人远隔潇湘浦，日暮碧云天外看。”最让人铭记不忘的还有元代王实甫《西厢记·长亭送别》:“碧云天，黄花地，西风紧，北雁南飞。晓来谁染霜林醉？总是离人泪。”王实甫应是受到宋代范仲淹《苏幕遮》的启发：“碧云天，黄叶地，秋色连波，波上寒烟翠……酒入愁肠，化作相思泪。”对照着读，都极具画面感和意境美。王实甫是“照着说”，也是“接着说”。彦公吟哦又出新意，只因坦率吐露真情。

一枝香雪送春风　乔亦清 画

第九篇

牡丹依旧笑春风

牡丹花赋

牡丹花銘　以開元遺事天寶興衰為韻

碧瑤織草、青滴無苔、柳依々兮紫落、

楝冉々而去節、燕尾餞春、值將離之初綻、

番終穀雨、當牡丹之盛開、花浮寶相、道協

重玄、時維惟上國、天府金埴、山河制固、崤函

通渭洛、宮室乃異、漢瓦勝秦磚、寄濃涼於

吳苑、消金陵之王氣、歛花月於陳宮、繼楊李

以君侍、天子苦愁、寄閒情於苑囿、佳人绝代、弄花影而盤桓、駐九十日天上之春、羡花飛舞、极十三於宮中之樂、一晌貪歡、上苑名花、原埒天姣、園林異卉盛始開元、初夫、太子得天心之獨厚、儲皇極意嚮之歲、宜寫賞春嬌、張興慶之宵宴、娛情於色、弄小郎而情怡、蠟炬為椽、蟬銅

磐以照樞、翠羽為紗、蔭~~羅~~藐姑而障曦、宣
宮嬪簇建行之曼舞、近侍紛嚴逕而
相嬉、芍藥之羞美、盈甌斜漉、牡丹之燴、分
遺。無遺、共叶心苗之軌跡方興、宮庭
之靡風小試、繼位君臨、猶耽宿志、天下
粉飾承平、朝堂欣崇盛世、委國政於姚
宋、幸賢臣之可依、寄狎暱於楊高、奉

君王而無之妣、極宮之庭遊之逸樂、餞事增華、寵妃子之柔情、丰神別緻、或羯鼓催春、激頃刻之花萼、或金刀剪綵侍千秋之盛事、花事闌珊、紅顏留指之痕之一總、韶光旖旎、清詞進學士之三篇、群玉山頭之艷、瑤台月下之仙、或乃肥馬憤朱、輕車油碧、沉香亭北、七寶欄邊、

澆卯酒以待放、賞晨露之未晞、人與春
容共色、情同草木相牽、陳紅何惜於
朽粟、嬌去悉尚於精妍、或縱（征）於府郡、
腊封置驛、或集於民間、競進時鮮、
一叢深色之花、十户中人之賦、一宴洗兒
之錫、終朝十萬之錢、豈神女之為雲
為雨、何君王之胡帝胡天、一花也忘百憂、

人也毋老、在地願為連理之枝、在天願
作比翼之鳥、緣之一夕之婆星、冀
不羨人間之二妙、不思社稷何寓安危、
莫向之人何以為寶、一溺先世武韋禍
連、幾類傾國、向向今朝環肥嬖寵、溺
志何香、丟乃胡兒廣羅、驕子麋騰、安
史亂興、起漁陽之鼙鼓、長安炬烈熄

芜灶而烟沉、已矣乎、苏台之鹿、隋苑无萤、既前车之可鉴、胡复辙之相循、萧瑟唐宫、花也、鹿卿逐去、淋铃蜀道、人也鸟蹴堪惊、帝子情伤、徒悲为翔双翼、佳人玉殒、凄其花月销痕、能不啼嘘一曲、云妾之奢靡、光沉乡音绝、慨几亡之国祚、情悔悲兴、然而武臣致

命、郭李軍來、帥朔方之勁旅、蕩安史之雲霾、爾之語靈武之中興、其何為義人之尊衰、乃為之詩曰：十二銅盤照夜遙、碧桃紗護洛城嬌、最憐興慶池邊影、一曲春風度鳳簫、

牡丹花赋

碧毵纤草[1]，青满莓苔[2]。柳依依兮絮落，楝冉冉而花筛。娄尾[3]余春[3]，值将离[3]之初绽；番终谷雨[4]，当牡丹之盛开。

花浮宝相[5]，道协虚玄[6]。时惟[7]上国，天府金垣[8]。山河则固崤函，通渭洛；宫室乃异汉瓦，胜秦砖。寄凄凉于吴苑[9]，消金陵之王气[10]；歇花月于陈宫[11]，继杨李以君传。

天子无愁[12]，寄闲情于苑囿[13]；佳人绝代[14]，弄花影而盘桓。驻九十日天上之春[15]，万花飞舞；极十三朝宫中之乐[16]，一晌贪欢[17]。上苑名花，原培天授[18]；园林异卉，盛始开元[19]。

初夫太子得天心之独厚，储皇极意向之咸宜。寓赏春娇，张兴庆之宵宴；娱情声色，弄小部[20]而情怡。蜡炬如椽，辉铜盘以照夜；翠羽[21]如纱，荫蕤姑[22]而障曦。宫嫔簇连行之曼舞，近侍纷屐齿而相嬉。芍药之羹，盈瓯解酒[23]；牡丹之烩，分遗无遗[24]。

其时心苗[25]之艳迹方兴，宫庭之靡风小试。继位君临，犹耽宿志。天下粉饰承平，朝堂欣崇盛世。委国政于姚宋，幸贤臣之可依；寄狎昵于杨高，奉君王而无疵。极宫廷之逸乐，踵事增华；宠妃子之柔情，丰神别致。或羯鼓催春[26]，漱顷刻之花芳；或金刀剪彩[27]，传千秋之盛事。

花市阑珊[28]，红颜留指痕之一捻[29]；韶光旖旎，清词进学士之三篇[30]。群玉山头之艳，瑶台月下之仙。或乃肥马幩朱[31]，轻车油壁[32]，沉香亭北，七宝栏边[33]，浇卯酒以待放，赏晨露之香凝。人与春容共色，情同草木相牵。陈红何惜于朽粟[34]，娇花悉尚于精妍。或征于府郡，腊封置驿；或集于民间，竞进时鲜[35]。一丛深色之花，十户中人之赋[36]；一霎洗儿之赐[37]，终朝十万之钱。岂神女之为云为雨，何君王之胡帝胡天。

花也忘忧[38]，人也毋老[39]。在地愿为连理之枝，在天愿作比翼之鸟[40]。缘乞一夕之双星[41]，不羡人间之二妙[42]。不思社稷何寓安危，莫问亡人何以为宝[43]。

溯先世武韦祸连[44]，几频倾国；问今朝环肥嬖宠，溺志何昏。至乃胡儿麠[45]跃，骄子麋腾。安史乱兴，起渔阳之鼙鼓；长安炬烈，熄万灶而烟沉。已矣乎！苏台走鹿[46]，隋苑无萤[47]。既前车之可鉴，胡复辙之相循？萧瑟唐宫，花也鹿衔径去；淋轮蜀道，人也马蹴堪惊。帝子情伤，徒悲雁翔只翼；佳人玉殒，凄其花月残痕。能不唏嘘一霎之奢靡，光沉响绝[48]。慨几亡之国祚，情悔悲兴。

然而武臣效命，郭李军来，帅朔方之劲旅，荡安史之云霾。为之话灵武之中兴[49]，其何如美人之导衰。

乃为之诗曰：十二铜盘照夜遥[50]，碧桃纱护洛城娇[51]。最怜兴庆池边影[52]，一曲春风度凤箫[53]。

注释

1 碧毵（sān）纤草：南宋谢懋《浪淘沙令》："东风杨柳碧毵毵。"毵：形容毛发、枝条等细长垂拂、纷披散乱的样子。

2 青满莓苔：清代沈善宝《虞美人·送春》："剩得青青满眼、是莓苔。"

3 婪尾、余春、将离：均是芍药别称，语义双关。

4 番终谷雨：谷雨为二十四番花信风之终，牡丹开于谷雨前后，也称谷雨花，谚云："谷雨三朝看牡丹。"

5 花浮宝相：宝相为佛教词汇，称佛、法、僧三宝的庄严相，宝相花纹样并非写实，而是经过艺术加工的具有符号意义的装饰纹样，一花"千面"，一般以牡丹、莲花等花卉图案为主体，融合荷花、菊花、石榴等多种花型，中间镶嵌形状不同、大小粗细有别的花叶。尤其是花蕊和花瓣的基部，用圆珠作规则地排列，恰似闪闪发光的宝珠，端庄大气、浪漫华贵。唐代宝相花的牡丹元素更加突出。

6 道协虚玄：在全真道中，牡丹别称玉花（或玉华），象征在虚空境界中达到的最高悟道状态，与全真道修炼的内丹有着密切关联。金代道士王重阳（1112—1170）为道教全真道的创始人，他在《沁园春》词中写道："结玉花琼蕊，光莹透顶，碧虚空外，捧出灵芝。"又在《三州五会化缘榜》中说："夫玉花者，乃气之宗；金莲者，乃神之祖。气神相结，谓之神仙。""玉华"

为气，“金莲”为神，“玉华”和“金莲”并修，符合道教“性命双修”之要求。

7 时惟：语气助词，当时，时令正当。如唐代王勃《滕王阁序》：“时维九月，序属三秋。”

8 天府金垣：垣者，城也。指形势险固、物产富饶的关中地区。《史记·留侯世家》载：“夫关中左崤函，右陇蜀，沃野千里……此所谓金城千里，天府之国也。”又诸葛亮《隆中对》：“益州险塞，沃野千里，天府之土，高祖因之，以成帝业。”四川也称天府。巧的是，四川也有金城。唐玄宗从“天府金城”的关中长安，逃向了另一个“天府金城”、丝绸之路西出长安的第一个驿站——四川金城西北处的马嵬驿。“马嵬驿兵变”平定之后，金城才取“兴唐平叛”之意改名为今天的兴平。

9 吴苑：苏州为春秋吴地，有宫阙苑囿之胜。南唐李煜被俘后，有一首诗《渡中江望石城泣下》写道：“江南江北旧家乡，四十年来梦一场；吴苑宫闱今冷落，广陵台殿已荒凉。云笼远岫愁千片，雨打归舟泪万行；兄弟四人三百口，不堪闲坐细思量。”

10 消金陵之王气：王气象征帝王运数的祥瑞之气，语出《江表传》所载“金陵地形有王者都邑之气”。刘禹锡《西塞山怀古》：“王濬楼船下益州，金陵王气黯然收。千寻铁锁沉江底，一片降幡出石头。人世几回伤往事，山形依旧枕寒流。今逢四海为家日，故垒萧萧芦荻秋。”李后主用“铁锁”之典，填《浪淘沙》词，写道：“金锁已沉埋，壮气蒿莱。晚凉天净月华开。想得玉楼瑶殿影，空照秦淮。”

11 歇花月于陈宫：说的是陈后主，南北朝时期陈朝最后一位皇帝。宋代吴龙翰的《秦淮（其二）》写道：“歌歇陈宫玉树春，可怜商女亦成尘。”商女之意象，如唐代杜牧的诗《泊秦淮》：“烟笼寒水月笼沙，夜泊秦淮近酒家。商女不知亡国恨，隔江犹唱后庭花。”陈寅恪《元白诗笺证稿》云：“夫金陵，陈之国都也。《玉树后庭花》，陈后主亡国之音也。”陈后主、李后主，同样沉溺后宫，同样英雄气短，可谓“牡丹花下死，做鬼也风流”。

12 天子无愁：据《隋书·乐志》，北齐后主（高纬）能自度曲，曾作《无愁曲》，自弹琵琶而唱之，被称为“无愁天子”，耽于安逸，政乱国亡。唐代李商隐有《无愁果有愁曲北齐歌》，以无愁寓有愁。清代洪亮吉写有一首讽刺诗《无愁曲》：“日短短，苦未足。夜游还秉烛，琵琶弦拨无愁曲。斗鸡开府鹰仪同，无愁天子欢无穷。欢无穷，起相和。杞人莫自忧天堕，女娲宫中捧石坐。”这位玩物丧志的北齐后主，还不及陈后主、李后主的儿女情长呢。

13 寄闲情于苑囿：李商隐诗《陈后宫》写道：“茂苑城如画，阊门瓦欲流……从臣皆半醉，天子正无愁。”苑囿丰茂，京城如画，鳞次栉比，流光溢彩，不念国事，骄奢淫逸，不知勤俭，空有闲情。可知醉生梦死之际，正是喜忧参半之时。

14 佳人绝代：唐代杜甫《听杨氏歌》：“佳人绝代歌，独立发皓齿。”悲歌一曲，响遏行云，而这位女歌者恰巧姓杨，暗讽杨玉环。《汉书》卷九十七上《外戚列传上·孝武李夫人》载李延年歌：“北方有佳人，绝世而独立。一顾倾人城，再顾倾人国。宁不知倾城与倾国，佳人难再得！”自此，“绝世佳人”为咏美女之典。唐人为避唐太宗李世民讳，将“绝世”改为“绝代”。“倾城倾国”今多褒义，原指因女色而亡国，参见唐代颜师古所注：“非不惜城与国也，但以佳人难得，爱悦之深，不觉倾覆。”

15 驻九十日天上之春：以为春光永驻，永远定格在九十日，忘了好景易散，转瞬即逝。参见元代方回《甲申元日》诗：“春光几度九十日，人寿都卢一百年。老圃地宽花富贵，醉乡天阔酒神仙。”

16 极十三朝宫中之乐：从西周到盛唐，西安经历了十三个朝代，享都市极乐，不知乐极悲来。

17 一晌贪欢：指贪恋梦境中的片刻欢愉。南唐后主李煜《浪淘沙令》：“梦里不知身是客，一晌贪欢……别时容易见时难。流水落花春去也，天上人间。”

18 上苑名花，原培天授：上苑又称上林苑，皇家园林。唐代舒元舆

《牡丹赋》序：“天后之乡，西河也，有众香精舍，下有牡丹，其花特异。天后叹上苑之有阙，因命移植焉。由此京国牡丹，日月寖盛。”到了天授元年（690），武则天改唐为周，自立为帝，定洛阳为都，称“神都”，建立武周王朝。

19 盛始开元：公元713年至741年这20多年被称为开元盛世，又称开元之治，是唐朝在唐玄宗治理下最鼎盛的时期，牡丹之名也是盛于此时。

20 小部：唐代宫廷中的少年歌舞乐队，或梨园、教坊演剧奏曲。元代张昱《唐天宝宫词》：“小部梨园出教坊，曲名新赐《荔枝香》。”

21 翠羽：唐代舒元舆《牡丹赋》有“叶如翠羽，拥抱栉比”句。

22 藐姑：原指得道真人，后泛指美貌女子。出自《庄子·逍遥游》：“藐姑射之山，有神人居焉，肌肤若冰雪，淖（绰）约若处子。”

23 芍药之羹，盈瓯解酒：西汉扬雄《蜀都赋》写道：“调夫五味，甘甜之和，勺药之羹……”芍药做羹，是美食，还可以解酒。《开元天宝遗事》（简称《开天遗事》，五代时王仁裕撰）记载：“明皇与贵妃幸华清宫，因宿酒初醒，凭妃子肩同看木芍药。上亲折一枝，与妃子递嗅其艳，帝曰：‘不惟萱草忘忧，此花香艳，尤能醒酒。’”唐人将牡丹称为木芍药，牡丹也称醒酒花。

24 牡丹之烩，分遗无遗：牡丹可做羹汤，也可炒食，都分赠给了众人，一点儿都没有剩下。两个“遗”读音不同，前一个读wèi，意思是赠与、送给。后一个读yí，意思是遗漏，留下。

25 心苗：内心；心意，心思。

26 羯鼓催春：唐明皇敲羯鼓而柳杏吐叶，见唐代南卓《羯鼓录》记载：唐明皇见柳杏将吐，高力士取来羯鼓，唐明皇靠着窗敲击《春光好》一曲，再看柳杏，皆已吐叶，“上指而笑，谓嫔御曰：‘此一事，不唤我作天公可乎？’”相传，“击鼓传花”的游戏即由此而来，也叫“催花鼓”。

27 金刀剪彩：相传隋炀帝极度奢靡，秋冬枝叶凋落时，剪彩绸为花和叶缀在枝条上，使常如阳春，《资治通鉴》有相关记载。杨国忠模仿隋炀帝

“以缯帛缠树”是极有可能的。杨国忠原名杨钊，“钊”字是由金和刀组成，恐对皇帝不利，求唐玄宗赐名，改为“国忠”。此外，唐代罗虬《花九锡》还提到了“金错刀”。

28 阑珊：衰落、凋零，将尽。出自唐代白居易《咏怀》：“白髮满头归得也，诗情酒兴渐阑珊。”

29 红颜留指痕之一捻：“一捻红”为牡丹名品之一，花瓣和叶子的末端有一点深红，传为杨贵妃手上胭脂的痕迹。宋代高承《事物纪原·草木花果·一捻红》记载：“今牡丹中有一捻红，其花叶红，每一花叶端有深红一点，如半指。明皇时，民有以此花上进者，值妃子正作妆，偶以妆指捻之，燕脂之痕染焉。植之明年，花开俱有其迹。”宋代贺铸有“纤指留痕红一捻”词句。一捻：一点点，可捻在手指间，形容小或纤细。《古今医鉴》载有一捻金，用于小儿停食停乳、腹胀便秘、痰盛喘咳。顾名思义，一点点药粉子，却像金子一样珍贵，因为孙思邈说过，人命至重，有贵千金，一方济之，德逾于此。

30 清词进学士之三篇：天宝初年，唐玄宗带着杨贵妃赏花，翰林供奉李白在金花笺上现场挥毫，作《清平调》词三首。

31 肥马幩朱：马壮车美。马嚼环两旁的红色扇汗用具，有装饰作用，叫作朱幩，代指美车。出自《诗·卫风·硕人》：“四牡有骄，朱幩镳镳。”

32 轻车油壁：车厢涂刷了油漆。轻车，犹步辇，人抬，类似轿子。北宋晏殊《无题》诗写道：“油壁香车不再逢，峡云无迹任西东。梨花院落溶溶月，柳絮池塘淡淡风。”

33 七宝栏边：明代胡应麟《赵相国斋中芍药盛开即席赋》写道：“琼林种就三珠树，玉砌妆成七宝栏。”

34 陈红何惜于朽粟：形容非常富有，不惜一掷千金。成语“贯朽粟红”，出自《史记·平准书》，意思是穿钱的绳子朽断，仓库里的粮食发霉变红。元末明初刘基的《感时述事十首（其十）》写道：“太仓积陈红，圜府朽贯线。”

35 竞进时鲜：据《新唐书》记载，杨贵妃“嗜荔枝，必欲生致之。乃置骑传送，走数千里，味未变已到京师。”唐代杜牧《过华清宫绝句》写道：“一骑红尘妃子笑，无人知是荔枝来。”

36 一丛深色之花，十户中人之赋：出自唐代白居易的《买花》：“一丛深色花，十户中人赋。”意思是：一丛深色的牡丹花价钱，相当于十户中等人家一年的赋税。

37 洗儿之赐：杨贵妃认了大她16岁的安禄山为儿子，依民间“三朝浴儿（洗三）”之说，宫女们把安禄山脱去衣服，用锦缎包裹得襁褓一般，为洗儿之戏，一时喧笑不止，唐玄宗大赏。

38 花也忘忧：李白在《清平调》中说牡丹能“解释春风无限恨”，可见牡丹令人消愁。

39 人也毋老：任地老天荒、海枯石烂，此情如长生之殿、万古不泯。

40 在地愿为连理之枝，在天愿作比翼之鸟：引自白居易《长恨歌》：“在天愿作比翼鸟，在地愿为连理枝。天长地久有时尽，此恨绵绵无绝期。”比翼鸟：传说中的鸟名，据说只有一目一翼，雌雄并在一起才能飞。连理枝：两株树木树干相抱。

41 缘乞一夕之双星：明皇与贵妃七夕乞巧盟誓。

42 不羡人间之二妙：宋代苏轼的《菩萨蛮·七夕》谓：“终不羡人间，人间日似年。”二妙：“色、艺”双绝，或如娥皇、女英，大乔、小乔，赵飞燕、赵合德那样的绝代双娇。

43 莫问亡人何以为宝：也不记住“仁亲以为宝”的古训。语出《大学》：“道善则得之，不善则失之矣。《楚书》曰：楚国无以为宝，惟善以为宝。舅犯曰：亡人无以为宝，仁亲以为宝。”意思是积德行善才能得到，反之就会失去。执政者要想使天下稳定、百姓安宁，就必须施行仁政。即使流亡，最重要的也是仁心和亲民。安史之乱让唐玄宗从威风凛凛的皇帝变成了一个流亡之君，这是多么沉痛的教训啊！

44 武韦祸连：指的是唐朝前期的武后、韦后先后专权、祸国殃民的事件。

45 麕（jūn）：獐子，体型比鹿小，无角。

46 苏台走鹿：吴王夫差筑姑苏台，上建春宵宫，与宠妃西施在宫中为长夜之饮。唐代李白《乌栖曲》写道："姑苏台上乌栖时，吴王宫里醉西施。"成语"鹿走苏台"出自《汉书·伍被传》："臣今见麋鹿游姑苏之台也。"预示国家败亡，宫殿荒废。唐代李白《对酒》诗："棘生石虎殿，鹿走姑苏台。"清代王士禛《双剑行》："太湖鱼炙事亦逆，苏台鹿走今谁怜？"

47 隋苑无萤：成语，出自《隋书·炀帝纪》："壬午，上于景华宫征求萤火，得数斛，夜出游山，放之，光遍岩谷。"唐代李商隐诗《隋宫》："于今腐草无萤火，终古垂杨有暮鸦。"

48 光沉响绝：黯然失色，悄无声息，喻繁华之后的沉寂，出自南北朝鲍照《芜城赋》。

49 灵武之中兴：安史之乱爆发，唐玄宗避祸四川，太子李亨在灵武即位，是为唐肃宗。国事危难，肃宗任命郭子仪为朔方节度使，担负收复洛阳、长安两京，抗击安史叛军的重任。

50 十二铜盘照夜遥：汉武帝在宫中设置十二个铜人，各手托一个承露的铜盘，以承接甘露。此处指铜盘烛台，烛光将茫茫长夜照得通明透亮。西汉司马迁《史记·秦始皇本纪》云："收天下兵，聚之咸阳，销以为钟鐻，金人十二，重各千石，置廷宫中。"《汉武故事》（作者佚名）："筑通天台于甘泉……上有承露盘仙人掌擎玉杯，以承云表之露。"另有一说，十二铜盘是唐代内库之盘名，盘周之物象可随十二时辰而变异（张秀章．中国历代牡丹诗词赏析．吉林：吉林人民出版社，2018：571-572.）。日本汉学家小南一郎的《唐代传奇小说论》（小南一郎．唐代传奇小说论．童岭，译．北京：北京大学出版社，2015.）介绍到《古镜记》时，对中国铜镜的论述较为详尽，开卷即有日本正仓院藏"四神八卦十二支铜镜"图，可见"十二"亦有"十二地支"之意。唐代舒元舆的《牡丹赋》曾把白牡丹比作月亮："赤者如日，白者如月。淡者如赭，殷者如血……"用"十二铜盘"来比喻白牡丹，像照亮遥夜的一轮明月，就有了唐代李白《苏台览古》诗里的意境："旧苑荒台杨柳新，菱歌清唱不胜春。只今惟有西江月，曾照吴王宫里人。"悠悠大唐已成遗迹，只有这"十二铜盘"照见过兴庆池边的欢乐与哀愁。

51 碧桃纱护洛城娇：洛城娇泛指洛阳牡丹。另一说是，红牡丹似"碧桃纱"遮盖的娇媚艳丽的美女芳容，红白牡丹，色彩迥异，一"照"一"娇"，相映成趣。盖取自宋代乐史《杨太真外传》所记唐明皇、杨玉环同赏牡丹的风流韵事："开元中，禁中重木芍药，即今牡丹，得数本红、紫、浅红、通白者，上因移植于兴庆池东沉香亭前。会花方繁开，上乘照夜白，妃以步辇从。"亦见于唐代李濬《松窗杂录》。照夜白是马名，白马照夜，白牡丹自然一样。所以，以白牡丹喻月亮也说得通。

52 最怜兴庆池边影：兴庆宫原名隆庆坊，是唐玄宗李隆基为皇太子时的府邸。李隆基登基后，于开元二年将兴庆坊扩建为兴庆宫。"池边影"即赏花人。

53 一曲春风度凤箫：李白作词、李龟年作曲并歌唱、杨玉环起舞、唐玄宗吹玉笛。春风，喻明皇，李白有"解释春风无限恨"词句。凤箫，古之云箫，其管参差如凤翼，此处代指乐曲。度：有些版本亦作"忆"或"惊"。恽寿平《二色牡丹》画上原题为"忆"，诗后附言："二种牡丹，用北宋徐崇嗣法。"并有乾隆补题："白如素练体胜弱，红似赪颜酒中微。设使嫏嬛觅相匹，赵飞燕瘦太真肥。"对照恽寿平《瓯香馆集》(恽寿平 . 瓯香馆集 . 杭州：西冷印社，2012：77.) 也是"忆"。

意译

碧草茵茵，莓苔青青。柳絮盈盈，楝树阴阴。春天渐远，芍药初放，谷雨匆至，牡丹盛开。

花开见佛，浮现宝相，玉花琼蕊，如见道心。天府上国，金城千里，崤函天堑，渭洛交汇。秦砖汉瓦，金碧辉煌，宫阙巍峨，领异标新。

遥想金陵王气，黯然失色，吴苑宫闱，凄凉迷离；回溯陈宫花月，后庭歌歇，杨李之恋，长恨绵延。怎奈君王重色，不知忧患，忘情苑囿，耽于享乐；尽是花间弄影，贪欢流连，金迷纸醉，歌舞升平。

上林苑中，名花荟萃，天授年间，连夜催放。开元盛世，国运昌隆，牡丹花王，国色天香。

太子非凡，得天独厚，立为储皇，不二意向。兴庆宫里，观舞听曲，纵情声色，欢饮达旦。烛影摇红，铜盘生辉，赏花盛会，夜如昼明。翠叶如纱，遮阴蔽日，美女如云，鼓乐齐鸣。宫嫔簇拥，轻歌曼舞，近侍纷走，游乐嬉戏。芍药之羹，满碗解酒，牡丹之烩，分赠无遗。

其时内心香艳之迹初现，宫廷奢靡之风伊始。继位之后，君临天下，犹铭夙愿，未忘初心。朝野欣然，推为盛世，四方颂歌，粉饰太平。幸得贤相，国政可依，姚崇宋璟，励精图治。继有李（林甫）杨（国忠），奸相专权，极尽能事，奉承狎昵。宫廷逸乐，无以复加，至爱宠妃，无与伦比。羯鼓催春，应声花放，金刀剪彩，风流千年。

花市散后，游人稀疏，花留嫩痕，纤指一捻。良辰美景，时光流逝，清平三调，犹在耳边。群玉山头，一笑嫣然，瑶台月下，飘飘欲仙。宝马香车，一路疾驰，沉香亭北，玉砌雕栏。重浇卯酒，静等花开，共赏晨景，清露香凝。人花相映，草木含情，娇花照水，贵于千金。四方征集，举国如狂，牡丹一丛，十户之税。蜡封保鲜，驿传荔枝，洗儿赏赐，十万之钱。翻手为云，覆手为雨，为所欲为，胡帝胡天。

此花忘忧，此情不泯，此心相爱，此志不渝。天上双星，团圆一夕，此生落寞，再无可恋——终究不思社稷之安危，不悟至宝为仁亲。

前观先世武韦之祸，国祚濒危；后看杨妃独宠，色令智昏。以致乱臣贼子，肆无忌惮，欺君罔上，罪恶滔天。安史之乱，渔阳鼓起，长安兵燹，生灵涂炭。俱往矣！叹苏台荒芜，难觅麋鹿，隋苑毁弃，不见飞萤。前事不忘，后事之师，重蹈覆辙，令人唏嘘。萧瑟唐宫，月缺花残，风雨蜀道，马蹄声碎。帝子情伤，徒悲孤寂，佳人玉殒，空叹凋零。能不扼腕奢靡一时，曲终人散，狂澜既倒，孽海无边。所幸武臣郭子仪、李光弼临危效命，终于骚乱荡平。灵武中兴备尝艰辛，何如美人葬送轻而易举！

安史之后，再无盛唐，风云散尽，牡丹依旧，感慨系之，不由想起明末清初“荷衣”画家恽寿平的一首题画诗《题二色牡丹》：“十二铜盘照夜遥，碧桃纱护洛城娇。最怜兴庆池边影，一曲春风度凤箫。”

西溪见牡丹

范仲淹〔宋代〕

阳和不择地，海角亦逢春。
忆得上林色，相看如故人。

陽和不擇地海角亦逢春
憶得上林色相看如故人

赏析

牡丹花为什么叫作“牡丹”?

《本草纲目》这样解释牡丹名字的含义:“牡丹虽结籽而根上生苗,故谓‘牡’,其花红谓‘丹’。”听来有理,总觉得想象力不及民间的说法:“凤之精谓之牡,凰之华谓之丹。”凤凰为鸟中之王,牡丹为花中之王,所以,地上的牡丹就是天上的凤凰。

牡丹的“国色天香”之称从何而来?

“国色朝酣酒,天香夜染衣。”答案就在这句唐诗里。

牡丹天生就是富贵花吗?

不是!实际上牡丹出自“寒门”,正如电影歌曲《牡丹之歌》唱的那样:“哪知道你曾历尽贫寒!”

很久很久以前,牡丹只是不知名的野花,有时混同芍药,如宋代郑樵《通志》所说:“牡丹初无名,依芍药得名,故其初曰木芍药。”有时当作柴火。欧阳修《洛阳牡丹记》记载:“牡丹初不载文字,唯以药载本草……与荆棘无异,土人皆取以为薪。”

牡丹被发现是从牡丹皮的药用价值和牡丹花的药食两用开始的。《武威汉代医简》已经有了牡丹治疗血瘀病的记载,《神农本草经》(清代莫枚士辑注本）列入中品：“味辛、寒。主寒热、中风、瘈疭、痉、惊痫、邪气，除癥坚、瘀血留舍肠胃，安五脏，疗痈疮。”《四川中药志》说牡丹花“治妇女月经不调，经行腹痛。”《红楼梦》里薛宝钗常吃的“冷香丸”就有一味“春天开的白牡丹花蕊”。

牡丹入宴，做法颇多。《寿亲养老新书》是北宋元丰年间兴化县令陈直著述、自号“敬直老人”的元代邹铉续写的一部养生学著作，该书第二卷《妇人小儿食治方·小儿诸病》记载，用牡丹叶、漏芦、决明子、雄猪肝、粳米熬制成牡丹粥“治小儿癖瘕病”。南宋林洪《山家清供》说宪圣皇后喜食牡丹生菜：“每令后苑进生菜，必采牡丹瓣和之。或用微面裹，炸之以酥。”当时的生菜其实是今天的莴苣。明代高濂《遵生八笺》称：“牡丹新落瓣也可煎食、蜜浸。”清代顾仲《养小录·餐芳谱》说，牡丹花瓣还可以汤焯，或者用肉汁烩。

牡丹皮为血中气药，有和血、生血、行血、破血、凉血之功。中医的很多经典名方都离不开牡丹皮，比如：六味地黄丸用之清泻相火；青蒿鳖甲汤用之退骨蒸潮热；犀角地黄汤用之治热扰心神；丹栀逍遥散用之疏肝清热；桂枝茯苓丸用之消癥祛瘀；大黄牡丹皮汤用之排脓消痈。

牡丹花的观赏价值，是经过了漫长的培育，有了硕大的花朵、沁人的花香、丰富的花色，才有了天下公认的倾国倾城、艳压群芳之美。

牡丹象征着高贵、典雅、美丽、幸福，佛教和道教都赋予了吉祥之义。画家们把牡丹与白头翁画在一起，叫作“富贵白头”；将牡丹和玉兰、海棠相配，叫作“玉堂富贵”。

唐代文学家舒元舆的《牡丹赋》是第一篇咏颂牡丹的辞赋，一经传开，誉为上品，“焕乎！美乎！”几乎无人能及。

唐大和九年，唐文宗于内殿前绕栏微吟，忽忆舒元舆《牡丹赋》中的句子：“向者如迎，背者如诀。坼者如语，含者如咽。俯者如愁，仰者如悦。”叹息良久，为之泣下。

明嘉靖三年，时年六十五岁的祝允明，赏花、饮酒之后，以炉火纯青、秀朗飘逸的行草书抄写舒元舆《牡丹赋》全文，为后世留下了书法经典。

牡丹虽好道不得，前人诗赋在上头。彦公写牡丹，将如何下笔，才能不落前人窠臼，而自出新意呢？

观彦公手稿，有一行小字：“以开元遗事、天宝兴衰为韵”。彦公的视角与众不同：是咏花，更是咏史。彦公的笔法独具匠心：不再局限于诗家对景物的铺陈渲染，而是用史家凝重的笔触，带着我们梦回大唐。

“自李唐来，世人甚爱牡丹。”（宋代周敦颐《爱莲说》）在浩如烟海的唐诗里，我们遇见了唐人的开阔胸襟和豪迈气概，嗅到了牡丹的雍容华贵和富丽堂皇，听到了李白的惊呼：“花开花落二十日，一城之人皆若狂。”触摸到了刘禹锡跳动的脉搏：“唯有牡丹真国色，花开时节动京城。”

唐朝第一个爱牡丹的人，恐怕要数武则天了。武则天把老家西河的牡丹移植到了长安的后苑，也把乡愁带在了身边。

武则天有一首催花诗，收入了《全唐诗》。宋代计有功编撰的《唐诗纪事》，记述了武则天写这首《腊日宣诏幸上苑》的来龙去脉：

“天授二年腊，卿相欲诈称花发，幸上苑，许可，寻复疑之。先遣使宣诏曰：‘明朝游上苑，火急报春知，花须连夜发，莫待晓风吹。’于是凌晨名花布苑，群臣咸服其异。后托术以移唐祚……”

武则天是中国历史上唯一正统的女皇帝。其称帝第二年的腊月，有大臣意图谋反，诈称百花盛开，请武则天驾临上苑赏花。武则天将计就计，以一首催花诗下诏号令花神。结果第二天早上，上苑果然百花盛开，群臣惊憾，在“真命天女”面前再也不敢图谋不轨。

武则天施的是什么“术”不得而知，但《汉书·召信臣传》写得清清楚楚："太官园种冬生葱韭菜茹，覆以屋庑，昼夜燃蕴火，待温气乃生。"明代刘侗、于奕正合著的《帝京景物略·卷三》叙述更为详尽："草桥惟冬花支（支：剪）尽三季之种，坏（坏：埋）土窖藏之，蕴火坑晅之。十月中旬，牡丹已进御矣……其法自汉已有之。"

古人的智慧常常颠覆了我们的想象，冬天，把花的种子放在土窖里，然后再用火炕慢慢烤，就可以让种子发芽开花了。温室栽培技术起源于汉代，在唐代已经较为完备。明清时期，称作"唐花"，"唐"与"煻"相通，是用火烘焙的意思，又叫"堂花"，指室内栽培的花卉。据周作人喜欢的晚清笔记《燕京岁时记·唐花》（清代富察敦崇著）记载，北京城里用新开的牡丹、金橘等"唐花"互相馈赠，作为新年的礼物。

野史未必真实，有时候却比正史好看。接下来的这段"演义"姑妄听之，不必较真：武则天一声令下，众芳不敢抗命，一夜尽开，只有牡丹不畏权势，枯枝傲立如故。于是，武则天大怒，下令铲除牡丹，将牡丹贬出长安。哪知牡丹在洛阳扎下了根，开得蓬蓬勃勃。武则天下令火烧牡丹、斩草除根，哪知牡丹火中涅槃，反而花色更艳了。

武则天对牡丹由爱生恨，爱恨交加。

唐玄宗对牡丹痴情不改，大喜大悲。明代王象晋《群芳谱》说："唐开元中，天下太平，牡丹始盛于长安。"唐玄宗的"开元盛世"是继李世民"贞观之治"之后，唐朝出现的鼎盛时期。唐代柳宗元《龙城录》提到，唐玄宗也知道一种秘"术"："洛人宋单父，善种牡丹，凡牡丹变易千种，红白斗色，人不能知其术，唐皇李隆基召至骊山，植牡丹万本，色样各不同。"唐玄宗引进了牡丹不同品种的栽培技术。

武则天催花夜发，唐玄宗羯鼓催春，于是，整个大唐都争着做牡丹的铁杆粉丝。

唐玄宗最痴迷的牡丹，是大唐开得最艳的一枝，让所有的花儿见了都会自惭形秽，羞得低下头来。她就是有“羞花”之称的杨贵妃，唐玄宗亲昵地称呼她“解语花”。天宝初年，唐玄宗带着杨贵妃在梨园弟子的侍奉下，在兴庆宫沉香亭举办了一场盛大的赏花会，大诗人李白趁着酒兴，现场挥毫：“云想衣裳花想容，春风拂槛露华浓。”《清平调》三章冠绝古今，李龟年尽情歌唱，杨贵妃反弹琵琶，唐玄宗吹起玉笛，将欢乐的气氛推向了高潮。

彦公的一首题画诗，情不自禁地拾起那段时光的碎片：“魏紫姚黄双媲美，露华分润两无歆。清平乐起花摇影，叶舞霓裳展羽衣。”

假如时光可以定格，假如流年可以静守，假如一切可以重来……可惜，没有假如，无论杨贵妃是否无辜，人们习惯于用“红颜祸水论”，把安史之乱的罪责统统扣在了杨贵妃的头上。

颜真卿的楷书杰作《大唐中兴颂》永远铭刻下这段波澜壮阔、克难中兴的血泪史：“天宝十四年，安禄山陷洛阳。明年，陷长安。天子幸蜀，太子即位于灵武。明年，皇帝移军凤翔。其年复两京，上皇还京师……”唐玄宗可能怎么也想不明白，一手好牌怎么会打得稀烂。公元755年，叛军攻破洛阳，直逼长安。唐玄宗避祸四川，路经马嵬，部将杀死杨国忠，并威逼玄宗赐死杨贵妃。《旧唐书》载：“初瘗时以紫褥裹之，肌肤已坏，而香囊仍在。”眼睁睁地看着心爱的女人玉殒香消，不知奇耻大辱的唐玄宗可曾肝肠寸断？可似万箭穿心？

安史之后，再无盛唐。

凤箫吹断霓裳曲，牡丹依旧笑春风。

开元、天宝的那些花，那些人，那些事，那些风云变幻、爱恨情仇、生离死别，至今拨动着我们的心弦。

彦公的《牡丹花赋》，引人深思，令人扼腕，发人深省，耐人寻味。

乔惟良《牡丹图》

第十篇

风姿绰约情依依

芍药花赋

芍藥去娃

紅稠綠密，風和雨潤，芳草引冪，羽蓋參差，百五之韶華初度，廿四之花信已馳，待清和之首夏，辛夷散錦，餞婪尾之餘春，芍藥含姿，綻丰茸之金縷，盈綽約之春情，暢英華之咀吐，集密叢之鋪陳，欖外困

風、紅欲楓●庭闌庭開帶雨來、濃
殘遺留痕、時幻乍暖乍涼、鶯、園蝴
蝶之夢、乍晴乍雨、雖戲鵜鶘之
頸、逢迴鶴首、二十四橋煙景、閑成叔帝、
三十一品壽景、煙治霧凝、狂來、群鶩、紅
怡翠滴、柔骨旋心、天朗氣清、何患夫
舊雨滿、蘭潤蕙、原有空手美人、至乃

哀霄寄短、別夕愁長、河干鄉躅陌
上彷徨、送君南浦、指鴛鴦之〻〻、折
柳灞橋、羨鷗鷺之波〻、鶴別緒共
何長、霧愁共遠、胃離懷之不足、幽思
難降、斂笑慢回頭、轉步慵移腳、豈
綺羅之班玠、眞覲鄰數之句削、身世籌
於龍穴、辭親同於河洛、連悁〻之棄懷

矣、哀有味而醲薄、尔其紅雲類單、
神愴判袂之駢、素向名參、無療時
離懷之苦、寧奉雙燕之翩躚、寧奉雲梭去
亂以歸、際春色之南歸矣、感春心其來
哀、繰素雨之一縷矣、羨欲往而徘徊、冀
聯車之追路矣、望行人其復來、至乃
離騷屈子、别恨江淹、離情萬縷、别理

千名情深似水，夢遠為烟嘯矣將離，
肇於鄭艷之贈藥，綜成劉娃，何珍悱
惻之連篇，若夫柔鳶有戾天之志，
老驥矣伏櫪之心，牛女別娟年一會，
征夫有美里之程，況復戍驛邊疆，為干
城之保障，寫身異國，探科技之精微，
豈依之於室家之安，兒女之情也哉。

蒔花寓賞、風物宜人、玩物其毋喪志、在
業源尚多勤、心隨則意懶、志息則情
昏、草木何知、名從人定、或湮沒而不彰、
或千古以傳言、豈復以贈萬葉稱兒女
之志、詠將離、滯壯夫之行者乎、際此天
時風露調、日暮籌明、寄吟思之繾綣、抒
別緒之纏綿、玉壺買春、彤管題箋、

蘭亭管弦之樂、韓歌芍藥之篇、取
汎幽嬌、暢春情於綠樹、寄懷恬澹、
釋春思以流連、於是春色濃深、春
光度於群芳譜、爰為之詩曰：詩中有畫
畫中詩、寫出嬌花味豔姿、子建文章
稱宓繡、何如設彩傳胭脂、

又為之詩曰：嫣紅醉粉
著春穠、弱草纖花別
豔羞、莫道此花還遜洛
二分明月在揚州

芍

芍药花赋

红稠绿密[1]，风和雨滋，芳草引开[2]，羽盖参差[3]。百五之韶华初度[4]，廿四之花信已驰[5]。待清和之首夏，辛夷散锦；饯婪尾[6]之余春，芍药含姿。

绽丰茸[7]之金缕[8]，盈绰约之春情；畅英华之咀吐[9]，集密丽之铺陈[10]。槛外因风，红欣芳丛曲榭；庭开带雨，香凝屐齿留痕。时则乍暖乍凉，惊一团蝴蝶之梦；乍晴乍雨，听几处鹧鸪之声。迟回鷁首[11]，二十四桥烟景；斗成花市，三十一品[12]奇芬。烟冶露凝[13]，狂香醉粉[14]；红怡翠满，柔骨旋心[15]。天朗气清，何思夫旧雨；滋兰润蕙，原有望乎美人。

至乃良宵梦短，别夕愁长，河干踯躅[16]，陌上彷徨。送君南浦[17]，指鸳鸯之六六[18]；折柳灞桥，羡鸥鹭[19]之双双。触别绪其何长，羁愁共远；罥[20]离怀之不已，幽思难降。

敛笑慢回头，转步慵移脚。岂绮丽之非珍[21]，觊郑魏之勿削[22]。身世等于龙门，辞亲同于河洛[23]。连悁悁之系怀兮，良有味而醲薄[24]。尔其红霞颊晕，神怆判袂[25]之骈；《素问》名参[26]，无疗离怀之药。

几番燕子翩跹，几处槐花乱筛[27]。际春色之甫归[28]兮，感春心其未衰[29]；缥青云之一缕兮，羌[30]欲往而徘徊。冀联车之返路兮，望行人其复来。

至乃离骚屈子，别恨江淹，离情万缕，别理千名[31]。情深似水，梦远如烟。嚆矢将离[32]，肇于郑艳之赠药；综成别赋，何珍悱恻之连篇。

若夫飞鸢有戾天之志[33]，老骥无伏枥之心[34]。牛女则期年一会，征夫有万里之程。况复戍驻边疆，为干城[35]之保障；寓身异国，探科技之精澄[36]；岂依依于室家之安、儿女之情也哉！

莳花寓赏，风物宜人。玩物其毋丧志，在业须尚多勤。心骛则意懒，志怠则情昏。草木何知，名从人定，或湮没而不彰，或千古以传言，岂复以赠芍药颓儿女之志，咏将离滞壮夫之行者乎？

际此天晴风霭，日丽华明，弃吟思之缱绻，舍别绪之缠绵。玉壶买春，彤管题笺。兰亭管弦之乐，韩魏芍药之筵[37]。取况幽妍，畅春情于绿树；寄怀恬淡，释春思以流连。于是春色浓深，春光度出群芳谱。

爰为之诗曰：诗中有画画中诗，写出娇花吐艳姿。子建文章称虎绣[38]，何如设彩傅胭脂。又为之诗曰：嫣红醉粉暮春绸，弱草靡花别艳羞。莫道此芳还逊洛，二分明月在扬州。

注释

1 红稠绿密：区别于“绿肥红瘦”“绿暗红稀”。芍药的红更浓，绿更密，是与牡丹鉴别。芍药与牡丹相似，不熟悉的人常常傻傻分不清。牡丹一般是一根枝条开独立一朵花，花很大，容易看到花心，花粉比较多。而芍药花一般是两三朵拥簇在一起并生在顶上的，显得色更艳。牡丹花的叶片比较肥厚，一个叶片上面可以再分出三个相连融合的小叶片，绿中带黄，背面带有白色粉状。而芍药叶片更加细长，叶片有蜡质光泽，显得更加翠绿更加茂密。牡丹和芍药同属于芍药科、芍药属观赏花卉，一个木本一个草本，二者同科同属，亲和力好，一草一木，互不影响，所以经常夹杂间种在一起，牡丹花期要比芍药早 10 ～ 15 天。花期叠加、无形中得到了延长，增强了观赏性，正如宋代姜夔根据他的朋友、契丹人萧鹧巴（萧总管）口述而作的《契丹歌》里的诗句：“春来草色一万里，芍药牡丹相间红。”

2 芳草引开：草色青青引导着花儿含芬吐芳。出自宋代宋祁《寒食假中作》：“草色引开盘马地，箫声催暖卖饧天。”芍药是较矮的草本植物，周围经常有杂草丛生。

3 羽盖参差：“羽盖”指鸟羽为饰的车盖。芍药叶互生，而有交错、参差感，二回三出羽状复叶，形如“羽盖”。牡丹叶则是相对而生、互成对称。

4 百五之韶华初度：百五指冬至后一百零五天，即寒食。宋代陈文蔚《甲寅寒食日访徐子融子融同出游晚归志所历二十六韵》:“至后一百五，春光正韶华。”明代张岱《夜航船》引宋代徐俯诗云:“一百五日寒食雨，二十四番花信风。”

5 廿四之花信已驰：二十四番花信风，又称二十四风，因为是应花期而来的风，所以叫信。《岁时记》曰:“一月二气六候，自小寒至谷雨，四月八气二十四候，每候五日，以一花之风信应之。”

6 荼尾：酒巡至末座，末尾。芍药是“五月花神”，牡丹谢后，芍药独放异彩。芍药之后就进入了夏季，春天的花朵全部谢幕。所以，芍药是群芳中对春天的告别之花，也被称作“殿春花”“荼尾春”。有不少文人赞赏芍药刻意晚开不与牡丹争春的谦逊美德。

7 丰茸：草木丰盛茂密貌。汉代司马相如《长门赋》:“罗丰茸之游树兮，离楼梧而相撑。”南北朝刘孝绰《三日侍华光殿曲水宴》:“复以焚林日，丰茸花树舒。”此处还暗指芍药叶的背面多绒毛，这也有别于牡丹。

8 金缕：宋代王观《芍药谱》(也称《扬州芍药谱》)分为“黄、红、紫、白”四色，如今更多，黄芍药为“金缕”。如文征明《禁中芍药》:“月露冷团金带重，天风香泛玉堂春。”宋代郑獬《丝头黄芍药》:“白玉圆盘围一尺，满堆金缕淡黄衣。”

9 畅英华之咀吐：体味、琢磨精华。出自唐代韩愈《进学解》:“沈浸醲郁，含英咀华。”

10 集密丽之铺陈：叙事绵密，结构宏大，用笔幽邃，运意深远。上二句，喻芍药花舒展自如，婀娜多姿，铺排渲染，动人心魄。

11 鹢(yì)首：船头。古代船头画有鹢鸟，鹢首代指船头或泛指船只。南朝梁元帝萧绎的《采莲赋》:“于是妖童媛女，荡舟心许，鹢首徐回，兼传羽杯。”

12 三十一品：宋代刘攽《芍药谱》(也称《维扬芍药谱》)记三十一种。

13 烟冶露凝：烟霭缭绕，雾露凝结。芍药花苞上的花蜜，晶莹如露，食之香甜。

14 狂香醉粉：狂香，见唐代韩愈《芍药》诗:“浩态狂香昔未逢，红灯烁烁绿盘龙。”醉粉，见宋代韩琦《北第再赏芍药》:“娇红闹密轻多叶，醉粉敧斜奈软条。”

15 柔骨旋心：出自宋代韩琦《和袁陟节推龙兴寺芍药》：“旋心体弱不胜枝，宝髻欹斜犹堕马。”芍药花瓣重叠，近花心处分四五旋。

16 河干踯躅：河岸上徘徊不前。干：通“岸”，水畔、岸边。《诗经·魏风·伐檀》：“坎坎伐檀兮，寘之河之干兮。”唐代杜甫《有客》诗：“岂有文章惊海内，漫劳车马驻江干。”

17 南浦：南面的水边，代指送别之地。《楚辞·九歌·河伯》：“子交手兮东行，送美人兮南浦。”唐代白居易《南浦别》：“南浦凄凄别，西风袅袅秋。一看肠一断，好去莫回头。”折柳灞桥亦是依依惜别之意。

18 鸳鸯之六六：汉乐府古辞《相逢行》：“入门时左顾，但见双鸳鸯；鸳鸯七十二，罗列自成行。”七十二只也就是三十六对。传说汉时大将军霍光，庭院中植五色睡莲，凿池养三十六对鸳鸯。今苏州拙政园有“卅六鸳鸯馆”。唐代李商隐《代应》诗曰：“本来银汉是红墙，隔得卢家白玉堂。谁与王昌报消息，尽知三十六鸳鸯。”清代钱枚《柳梢青》有“六六鸳鸯，双双蝴蝶，总是愁魔”句。陈文述《无题》化用钱枚句：“卅六鸳鸯同命鸟，一双蝴蝶可怜虫。”

19 鸥鹭：与鸳鸯一样，成对生活，象征着真挚、纯洁、忠贞。如宋代柳永《安公子·远岸收残雨》：“拾翠汀洲人寂静，立双双鸥鹭。”宋代张镃《蝶恋花·南湖》：“鸥鹭双双，恼乱行云影。”

20 罥（juàn）：挂牵，缠绕。

21 岂绮丽之非珍：出自唐代李白的《古风·大雅久不作》：“自从建安来，绮丽不足珍。”汉末建安时代以来，诗歌已经走上了绮丽浮华的套路，不足为珍贵了。

22 郑魏之勿削：说的是楚王、郑袖和魏女的故事，源自《战国策·楚策四》和《韩非子·内储说下》。郑袖使用掩鼻谗术，使魏女遭受了削鼻的刑罚。李白在《惧谗》诗中提到“魏姝信郑袖，掩袂对怀王”，揭示了魏女的天真和郑袖的狡猾。此处是指，不能让小人的谗言得逞。

23 身世等于龙门，辞亲同于河洛：化用自南北朝庾信《哀江南赋》。庾信将身世与司马迁作比。龙门是司马迁诞生地，在今陕西韩城市东北。辞亲，送终。司马迁的父亲司马谈临死，留滞在河、洛之间，司马迁赶回，与父亲相见。

24 连悁悁之系怀兮，良有味而醰薄：悁悁（yuān）：忧闷貌，犹悒悒也。《诗·陈风·泽陂》："寤寐无为，中心悁悁。"汉代刘向《九叹·惜贤》："劳心悁悁，涕滂沲兮。"唐代韩愈《赠别元十八协律》诗之四："如何又须别，使我抱悁悁。"醰薄：淳厚和浇薄。化用自西汉王褒的《洞箫赋》："哀悁悁之可怀兮，良醰醰而有味。"

25 判袂：分袂；离别。

26《素问》名参：《素问》及名贵人参。泛指医药。

27 槐花乱筛：春夏之交是槐花盛开的季节，俗话说"五月槐花香"，槐花香甜可口，药食两用，常用竹筛采集、晒干。乱，言其多也，眼花缭乱。

28 春色之甫归：春天刚刚过去。春归：此处是春去、春尽之意。甫：才，刚。如：唐代白居易《送春》："三月三十日，春归日复暮。"宋代黄庭坚《清平乐》："春归何处？寂寞无行路。"

29 感春心其未衰：春天渐行渐远，对春天的热爱仍然如初。宋代苏轼《忆黄州梅花五绝 其三》有"虽老于梅心未衰"句。梅花老去，美丽依然不减，人生也是如此，青春已逝，芳华不再，容颜老去，心态依然年轻。

30 羌：文言助词，用在句首，无义。见屈原《离骚》："羌内恕己以量人兮，各兴心而嫉妒。"

31 别理千名：离别的原因有千种。

32 将离：芍药别称。源自《诗经·郑风·溱洧》："溱（zhēn）与洧（wěi），方涣涣兮。士与女，方秉蕑兮。女曰观乎？士曰既且，且往观乎？洧之外，洵訏且乐。维士与女，伊其相谑，赠之以勺药。"在郑国的溱水、洧水之滨，春意融融。青年男女，手执兰草，与心悦之人，嬉戏游玩。到了离别之时，赠以芍药，表白爱慕惜别之意。唐代苏鹗《苏氏演义》卷下："芍药一名将离，故将别以赠之。"清代钱谦益《德水送芍药》诗："莫作《离骚》香草看，楚臣肠断是将离。"

33 飞鸢有戾天之志：鸢：猛禽，即老鹰，一说是鸱（chī）一类的鸟；

戾：至，到。成语“鸢飞戾天”出自《诗经·大雅·旱麓》：“鸢飞戾天，鱼跃于渊。”鹰飞翔在蓝天，鱼潜跃在水潭。北宋范仲淹《岳阳楼记》中的“沙鸥翔集，锦鳞游泳”，毛泽东《沁园春·长沙》中的“鹰击长空，鱼翔浅底”，均有此意象。南北朝吴均的《与朱元思书》写道：“鸢飞戾天者，望峰息心；经纶世务者，窥谷忘反。”转而比喻为功名利禄而极力高攀的势利小人，有贬义。

34 老骥无伏枥之心：成语“老骥伏枥”出自三国·魏·曹操《步出夏门行·龟虽寿》中的诗句：“老骥伏枥，志在千里。”老马虽无力奔跑，身卧马槽，然壮志未泯，心驰远方。

35 干城：捍卫国家之人。干（gàn）：盾牌和城墙。如《诗经·周南·兔罝》：“赳赳武夫，公侯干城。”初学者值得注意，乔惟良此赋前后两个“干”字，若作“乾”“榦”“幹”解，皆错。

36 精澄：出自东汉思想家王充的《论衡·薄葬篇》：“夫论不留精澄意，苟以外效立事是非，信闻见于外，不诠订于内，是用耳目论，不以心意议也。”精澄意，指精细澄清的思辨。

37 韩魏芍药之筵：指的是韩魏公组织的“四相簪花”聚会。北宋沈括《梦溪笔谈·补笔谈》记载：北宋庆历五年，扬州太守韩魏公（韩琦）府署后花园有芍药一干分四岐，各开一花，是未曾见过的品种“金缠腰”（或“金带围”），样子就像宰相的红袍和金腰带。遂招四客同赏，各簪一枝，以应四花之瑞。后来，参与聚会的四人（韩琦、王安石、陈旭、王珪），都当了宰相。秋瑾《芍药》诗写道：“开遍嫣红白雪枝，销魂底事唤将离。年来景色浑消瘦，减却腰间金带围。”注家只说芍药花零落时令人销魂而腰瘦，而不知“将离”“金带围”皆双关意。

38 虎绣：喻曹植擅长诗文、辞藻华丽，所谓“天下才有一石，曹子建独占八斗。”南宋曾慥《类说》卷四引《玉箱杂记》：“曹植七步成章，号绣虎。”绣者，词华隽美；虎者，才气雄杰。明代王世贞赞桑悦（字民怿）有“雕龙绣虎”之才。

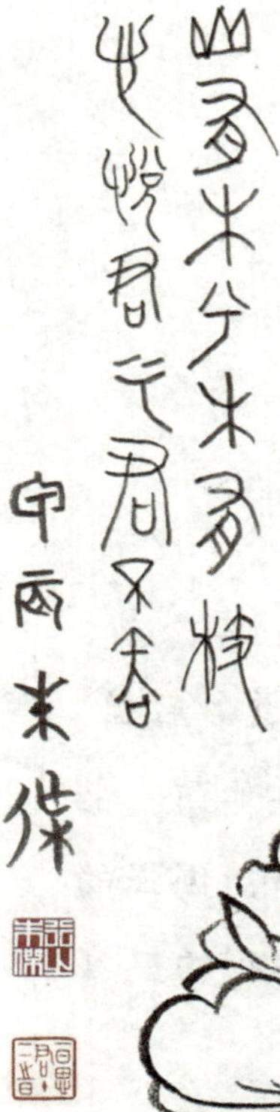

越人歌

（佚名　先秦）

山有木兮木有枝，心悦君兮君不知。

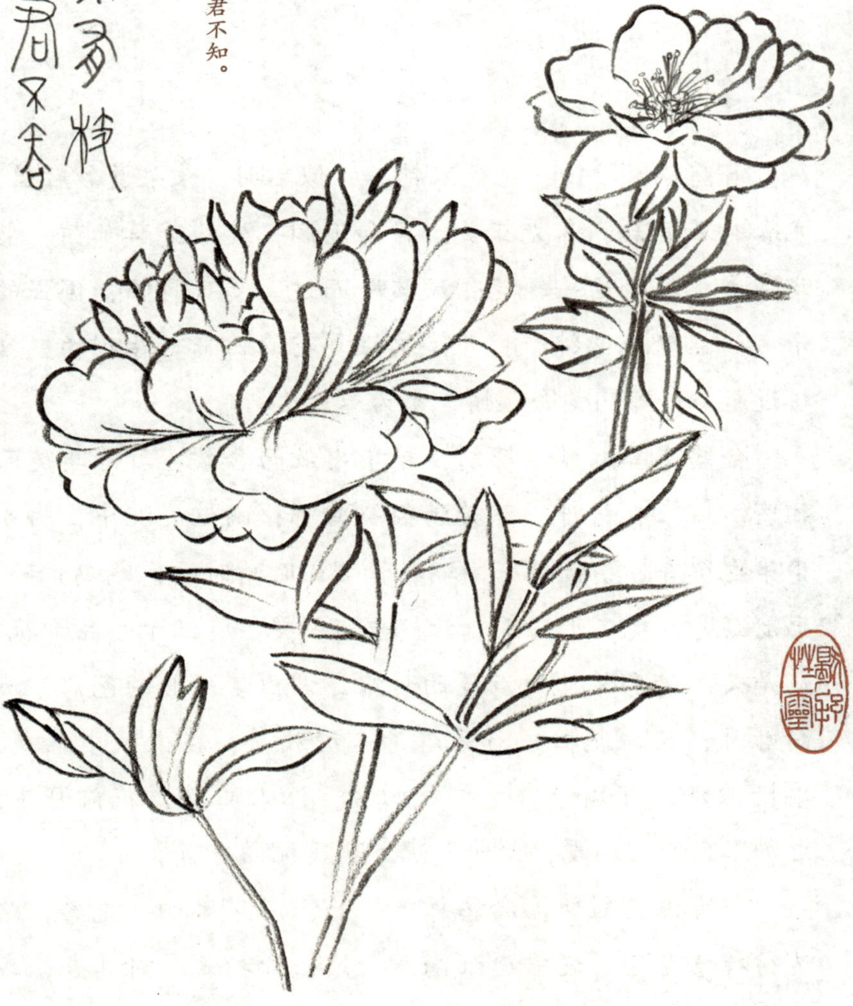

意译

芍药花繁叶茂，花色浓艳，叶似翠羽，朵朵曼妙轻盈。寒食时节之后，春光正美，风和雨润，处处芳草如茵。韶华易逝，转眼这一轮花信风疾驰而过。夏日将临，倔强的辛夷依然繁花似锦，拉开了绚烂夏花的帷幕。春花的盛宴接近尾声，芍药饱含深情，来为春天送行。

金缕丰茸，风姿绰约，精华内敛而含蓄，敷陈华美而细密。风来栏杆外，芬芳满径绕回廊；雨过庭院中，脚印串串也留香。乍暖乍凉，蝴蝶梦醒；时晴时雨，鹧鸪声碎。画舫荡舟，观二十四桥春景；争妍斗艳，赏三十一品奇花。应是天工持彩笔，用清晨的甘露，调出梦幻般的色彩，泼向叶片，染向花心。芍药恣意地绽放着，在微风中摇曳，柔情似水，百媚千娇，香气四溢，沁人心脾。花前月下，更加思念旧日朋友；天朗气清，默默祝福美丽永驻。

良宵何其短暂，离愁总是绵长，河岸徘徊月光柔，路边彷徨意茫茫。送君送到南浦之滨，你指着对对鸳鸯，我的心中充满了惆怅。送君千里终有一别，我的心永远追随着你。何时才能无拘无束，像鸥鹭那样自由翱翔？从此你漂泊他乡，只有离别的笙箫，久久在我的心头回荡。

收敛起强装的笑容，慢慢转过头来，却移不开沉重的脚步。一遍遍地问自己：难道美丽的情愫不应该珍惜？难道小心提防谗言陷害也成了奢望？当年庾信的父亲卒于江陵，庾信接受了父亲的临终遗训，不由感叹如司马迁一般的身世，忧谗畏讥，心如死灰。离别的郁闷就像一杯苦酒，品人情冷暖、叹世风浇薄。我看到你的脸颊红晕如霞，你张开双臂，挥手作别，黯然神伤。可是，世上哪里能找到治愈离别之痛的良医和良方？

几番燕子飞去来，几处槐花摘满筛，春天的脚步渐渐走远，不免感时伤怀，谁也逃不掉岁月的洗礼，只要热爱未减，信念不败。一缕青云缥缈，万缕思情绵绵。我欲往而迷失了方向，独徘徊而不知当何去何从。但愿一同驾车返回原路，希望远行人重新回到我的身边。

屈原的《离骚》，江淹的《别赋》《恨赋》，都感人至深，真是道不完的爱恨情仇、说不尽的生离死别。往事如烟随梦远，情深似水伴君飞。芍药最早也叫作将离，是源自《诗经》里的故事，赠芍药示惜别之意。《别赋》再一次将离愁别绪渲染成缠绵悱恻的名篇。

雏鹰展翅，少年心事当拏云；老骥伏枥，壮志豪情可擎天！古有牛郎织女每年一会，征夫远行万里之遥；今有国之干城戍守边疆，求学报国过海漂洋。又怎能卿卿我我、朝朝暮暮，英雄气短、儿女情长呢？

养花种草，固然赏心悦目，切不可玩物丧志。须记业精于勤、不进则退，胸无大志、一事无成。草木本无心，风月不关情，不过是文人各有寄托而已，随着时代变迁，有的说法流传至今，有的说法逐渐消亡，又怎能沉湎其中不能自拔，消极颓废失去理想？

值此风和日丽，花团锦簇，抛开缱绻的相思，放下缠绵的愁绪，纵情诗酒，文采风流。就像当年的兰亭雅集、芍药之筵。恬淡自然，怡情养性。随着春天的时光缓缓流淌，《群芳谱》的长卷徐徐打开，直到尽头。

这正是：诗中有画，画中有诗，芍药娇艳，绰约风姿。子建文章，誉为绣虎，何如丹青，彩墨飞舞。嫣红醉粉，暮春如歌，开到荼蘼，花事将休。不逊牡丹，芍药殿后，二分明月，无赖扬州！

赏析

芍药象征着美丽、相思、友谊、爱情、勇气和坚韧。

芍药是“爱情之花”。早在《山海经·山经·北山经》就已有记载：“绣山，其上有玉、青碧，其木多栒，其草多芍药、芎藭。”可见，芍药在中国栽培的历史多么悠久。宋代王禹偁《芍药诗并序》写道：“芍药之义，见之郑诗；百花之中，其名最古。”千载悠悠，翻开《诗经·郑风·溱洧》，读到“维士与女，伊其相谑，赠之以勺药。”犹能听到溱河、洧河的淙淙流水声奔腾不息，闻到有情人相赠的幽幽芍药香扑面而来。

芍药是“五月花神”。明代李时珍《本草纲目》说：“芍药，犹婥约也。”芍药硕大色艳，幽香逸韵，寓美好之意，有“娇容”“余容”之别称。

芍药是“花中之相”。宋代陆佃在《埤雅》中说：“今群芳中牡丹品评第一，芍药第二，故世谓牡丹为花王，芍药为花相。”芍药与牡丹形态相似，花期相接，宋代就已经有洛阳牡丹、扬州芍药之谓，南北齐名，为“花中双璧”。芍药是草本，牡丹是木本，故芍药是“草牡丹”，牡丹是“木芍药”。

芍药在百花中是唯一以“药”命名的。芍药可以直接简称为“药”，芍药花的蔓藤，即“药蔓”；芍药之栏，即“药栏”，说惯了以后，干脆把所有的花栏都叫作“药栏”。芍药之色红者称“红药”，如南朝齐谢朓《直中书省》诗中云：“红药当阶翻，苍苔依砌上。”宋代罗愿《尔雅翼》云：“芍药，花之盛者，当春暮祓除之时……制食之毒者，宜莫良于芍药，故独得药之名。”芍药和五味、解百毒，而称“一勺之药”。因为能祓除不祥，而有“犁食”的别称。有意思的是，西方也认为芍药具有驱逐恶魔的力量，甚至可以对抗曼陀罗那种至毒之花。医术高明的帕翁死后，灵魂化成了一株芍药。芍药入药多用其根，首载于《神农本草经》，列入中品，谓其主治“邪气腹痛，除血痹，破坚积，寒热疝瘕，止痛，利小便，益气。”很多名方都用到了芍药，如芍药甘草汤、桂枝加芍药汤、小建中汤、四逆散、当归四逆汤等。陶弘景始分赤白二种，一般认为，栽培芍药根去皮就是白芍，野生芍药根洗净便是赤芍，药性以“白补赤泻、白收赤散”相区别。具体而言，白芍味苦酸，性微寒，养血和营，缓急止痛，敛阴平肝；赤芍味苦，性微寒，清热凉血，活血祛瘀。清代周岩《本草思辨录》有精彩的论述：“芍药十月生芽，正月出土，夏初开花，花大而荣，正似少阳渐入阳明，故得木气最盛。根外黄内白，则为具木气于土中而土生其金，金主攻利，又气味苦平，故能入脾破血中之气结，又能敛外散之表气以返于里。凡仲圣方用芍药，不越此二义，以此求之方得。”一敛一破，芍药之义毕矣。

芍药药食两用。伊尹擅掌勺、创汤药、治大国如烹小鲜，集名厨、药师、宰相于一身，可见，芍者，勺也。西汉枚乘《七发》云：“于是使伊尹煎熬，易牙调和。熊蹯之臑，勺药之酱。”将熊掌蘸着芍药酱吃。司马相如《子虚赋》云：“泊乎无为，澹乎自持，勺药之和，具而后御之。”有注家认为，勺药即“酌略”，作均调解。唐代颜师古注《汉书》时说得直白：“勺药，药草名，其根主和五脏，又辟毒气，故合之以兰桂五味以助诸食，因呼五味之和为勺药耳。”具体的配料，酷似张仲景《伤寒论》的首方——桂枝汤，号称“群方之冠”和“天下第一方”，用芍药配桂枝即是滋阴和阳、调和营卫之意。难怪刘渡舟先生惊叹:“此方乃古《汤液经》之绪余，抑为伊尹之手制欤？”女科临床用药几乎离不开芍药，如当归芍药散、桂枝茯苓丸、逍遥散、温经汤、四物汤等,《日华子本草》谓其“主女人一切病，并产前后诸疾”，又有了“女科之花”的美誉。芍药花也有养血柔肝、散郁祛瘀之效，使人容颜红润，能改善雀斑、黄褐斑、暗疮。清代《广群芳谱》中记载:“春采芽或花瓣，以面煎之，味脆美。”与槐花的制作方法完全相同。清代德龄在《御香缥缈录》记载有芍药花饼，把芍药的花瓣与鸡蛋、面粉混合后油炸成薄饼。芍药花还可以做成芍药花粥、芍药花羹、芍药花酒、芍药花蜜茶。

芍药是“告别之花”，开于暮春，有“婪尾”之谓，好似春天里的最后一杯美酒,“送春”“惜春”和离情别绪，也就自然地寓于其中了。芍药也叫作“艳友”“离草”“可离”“将离”,《诗经》“赠之以勺药”，描写情人之间的别离，而别离又意味着期待重逢。“药”者“约”也，因为有幸福的约定，别离可谓甜蜜的忧愁。医生开处方时，芍药经常与当归同用，有趣的是，古人“相赠以芍药，相招以文无”，文无寓意离人当归。人间的悲欢离合竟隐藏在归芍这副“药对”里了。

芍药是中国画没骨画法的灵感之源。唐代郑虔《胡本草》:“芍药，一名没骨花。”因为芍药是草本花卉，有别于坚硬的木质茎杆支撑，显得弱柳扶风、柔弱无骨，正如唐代白居易《草词毕遇芍药初开》诗中所说的“动荡情无限，低斜力不支”，平添妩媚之姿、妖娆之态，故有“没骨花”之称，又称作“没骨牡丹”。宋代苏辙《王诜都尉宝绘堂词》:“清江白浪吹粉墙，异花没骨朝露香。”自注:“徐熙画花，落笔纵横。其子嗣变格以五色染就，不见笔迹，谓之没骨。”芍药之“没骨”，与“宋人尚意”一拍即合，催生了“没骨”画法。北宋郭若虚《图画见闻志》记载，徐崇嗣画芍药花，不用墨线勾勒，直接用色点、色线和晕染，题“翰林待诏臣黄居采等定到上品徐崇嗣画没骨图”。如此说来，芍药花在中国画技法的创新史中功不可没，堪比苹果之于牛顿发现万有引力。

芍药是扬州的骄傲。苏轼《仇池笔记》(与《东坡志林》为姊妹篇)宣告“扬州芍药天下冠”。扬州八怪之一的李鱓为扬州勺园题写了门额。二十四桥烟景、三十一品奇芬、四相簪花传奇……太多的唐诗宋词，翰墨琴韵，一同镌刻在春花交响曲最后的华彩乐章，成为中国人永恒的集体记忆。芍药与琼花同是扬州市花。莫道芍药逊牡丹，二分明月在扬州！

就让我们走进乔惟良先生的《芍药花赋》，领略狂香醉粉、风情万种的芍药之美吧！

乔惟良《芍药图》，上题：

因笑金荃姬妾草，意轻红杏状元花。
不须更泛金船酒，自有香光上脸霞。

（著者注：晚唐温庭筠有《金荃集》。姬妾草，出自黄庭坚《颜徒贫乐斋二首》：『香草当姬妾，不须珠翠妆。』状元花：指杏花，唐朝郑谷《曲江红杏》诗写道：『女郎折得殷勤看，道是春风及第花。』金船：大的酒器。南宋洪适《会郑韩二守乐语口号》『玉麈挥谈飞玉屑，金龟换酒泛金船。』金龟是唐代官员的一种佩袋。解下金龟换美酒，形容为人豁达，恣情纵酒。自有香光上脸霞，令人联想到《红楼梦》中史湘云醉卧芍药裀的场景。）

第十一篇

花拔青莲张锦绣

莲花赋

逸豈粉黛之爭妍、浥爾清芬、饗其藕花之實、全消熱惱、咽爾翠蓋之珠、荼弄扶蕖、翻風而白泛、花樣綽約、映日而紅舒、洛水凌波之步、華清羅浴之園、出污泥而不染、擺迴風而欲扶並絢霞而吐艷、飄翠袖以增嫵、香凝素露、葉瀉綠油、蟾輝相映、倩影進儀、

蓮花娃

新潮引入、在溪之湄、涼雨初歇、渚響幽微、情之風調俱畫、鳥之停雲不飛、小亭綫秋波之盪漾、曲欄倚秋水之縈迴、且一灣之畧約、繞溪流而萍開、檉（維）叶秋新白露、花披青蓮、艷罗檉檉（栖栖）、淨列田田、青色堪餐、此鉛華之濃傳、儀容佳麗

荷、乃采々而渡江、裸懷倍滋、舞袖揚
長怪幽懷之耽介、豈尤高於信芳、寢
寂袁香、承竦而而滌媚、[redacted]修之宸極、搖
微風以飄手、容與柏舟、輕移蘭櫂、水
月交輝、昭灼秋光、激清流漱萍風、拙
基絲、摘蓮蓬、剝袁螺、食素實吟水
榭、賞秋容、明月前銷、將奪天工、流

謝莊月賦
朏魄示沖
朒朓警闕
錄

朏魄朒朓，迷離隨堤之影；清露芙
蕖，依稀越艷之姝。隋 縈蓮苕而生姿，逸
無煩點綴；浸澄暉之異彩，尤勝搓
酥。肉彼流螢，轉爾秋波，並藻蘋荇交錯，
花影婆娑，秋螢在樹，秋露盈柯。
藻，荇交錯，仰視牛女，雙星在河，至
有製其衫服，集芙蓉以為裳，衣爾美

水、底造化芙蓉、乃為之詩曰、明珠壓綠
湘裙、曳羅襪淩波玉珮揚、好是水芝
張錦繡、十分秋色比春光。乃為之詩曰
明珠壓綠湘裙曳羅襪淩波玉珮揚
好是水芝張錦繡十分秋色比春光

莲花赋

新潮引入，在溪之湄[1]。凉雨初歇，渚响幽微。悄悄风烟俱尽，裊裊停云不飞。小亭绕秋波之荡漾，曲槛傍秋水之潆回。互一湾之略彴[2]，绉溪流而萍开[3]。维时秋新白露，花拔青莲，艳罗[4]柄柄，净列田田。秀色堪餐，非铅华之浓傅；仪容隽逸，岂粉黛之争妍？

浥尔清芬，餐其藕花之实；全消热恼，咽尔翠盖之珠。叶弄扶苏，翻风而白泛；花摇绰约，映日而红舒。洛水凌波[5]之步，华清罢浴[6]之图。出污泥而不染，摆回风而欲扶。并绚霞而吐艳，飘翠袖以增妩。

香凝青露，叶泻绿油。蟾辉相映，倩影双俦。朏魄朒朓[7]，迷离隋堤[8]之影；清逸芙蕖，依稀越艳[9]之姝。绽菡萏而生姿，无烦点绛[10]；浸澄晖之丽彩，尤胜搓酥[11]。闪彼流萤，转尔秋波。藻荇交错，花影婆娑。秋声在树，秋露盈柯。仰视牛女，双星在河。

至有制其初服[12]，集芙蓉以为裳。衣尔芰荷[13]，乃采采[14]而渡江[15]。襟怀恬淡，舞袖扬长。惟幽怀之耿介，岂尤离[16]于信芳。寂寂黄昏，承疏雨而涤媚；悠悠良夜，假微风以飘香。容与柏舟[17]，轻移兰棹，水月交辉，昭灼[18]秋光。

激清流，漱萍风；扯茎丝，摘莲蓬；剥黄螺[19]，食素实[19]；吟水榭，赏秋容。明月前身[20]，妙夺天工。流水一片，造化芙蓉。乃为之诗曰：明珠压绿湘裙曳[21]，罗袜凌波玉珮扬[22]。好是水芝[23]张锦绣[24]，十分秋色[24]比春光。

注释

1 在溪之湄（méi）：出自《诗经·国风·秦风》中的诗篇《蒹葭》，原句为："所谓伊人，在水之湄。"湄：岸边，水与草交接处。

2 略彴：小木桥。清代锡珍《纳清亭》诗："一湾通略彴，遂至纳清亭。"唐代陆龟蒙《新夏东郊闲泛有怀袭美》诗："经略彴时冠暂亚，佩笭箵后带频搊。"

3 萍开：浮萍分开。南朝梁元帝萧绎的《采莲赋》："棹将移而藻挂，船欲动而萍开。"水草挽住船桨不肯离去，浮萍移开偏为船儿放行。"萍开"也可以因为游鱼，如唐代白居易《小池二首》："荷侧泻清露，萍开见游鱼。"

4 艳罗：艳于绮罗。出自明代刘基《菩萨蛮·越城晚眺》诗："树色荡湖波，波光艳绮罗。"意思是：碧波荡漾，倒映着树影，波光粼粼，比那些华贵的衣服还要艳丽。

5 洛水凌波：洛水之神，乘波而行。两汉曹植《洛神赋》："凌波微步，罗袜生尘。"在水波上走着细碎的步子，四溅的水沫，如同罗袜上扬起的尘埃。

6 华清罢浴：唐玄宗赐杨贵妃水浴于华清池。

7 朏（fěi）魄朒（nǜ）朓（tiǎo）：朏魄：月初生明，月光不强，叫作朏或魄。朒：月初的缺月。朓：月末的缺月。出自南北朝谢庄的《月赋》："朒朓警阙，朏魄示冲。"

8 隋堤：隋朝大运河河堤，旁筑御道，种柳成行，谓之隋堤。后蜀何光远《鉴戒录·亡国音》:“炀帝将幸江都，开汴河，种柳，至今号曰‘隋堤’。”柳寓送别之意，隋堤也成了送别伤心之地。如宋代周邦彦《兰陵王》词:“隋堤上，曾见几番，拂水飘绵送行色。”

9 越艳：西施出越国，“越艳”泛指越地美貌女子。唐代李白《经乱离后天恩流夜郎忆旧游》诗:“吴娃与越艳，窈窕夸铅红。”宋代柳永《长寿乐》词:“况有红妆，楚腰越艳，一笑千金何啻。”

10 点绛：绛者，赤也。嘴唇点成红色，朱砂点绛，相当于现代的抹口红。汉代刘熙《释名·释首饰》记载:“唇脂，以丹作之，象唇赤也。”南朝江淹《咏美人春游》诗:“白雪凝琼貌，明珠点绛唇。”点绛唇为词牌名。

11 搓酥：成语“滴粉搓酥”，酥油调粉，搓摩润滑以傅面。形容女子肌肤柔嫩细腻。

12 初服：青少年时代尚未入仕时的服装，与朝服相对。或代指初心。后文“集芙蓉以为裳”“芰荷”“信芳”皆出自屈原《离骚》:“进不入以离尤兮，退将复修吾初服。制芰荷以为衣兮，集芙蓉以为裳。不吾知其亦已兮，苟（只要）余情其信（确实）芳（美好）。”

13 芰（jì）荷：楚方言，即荷叶。

14 采采：华饰也。《诗经·曹风·蜉蝣》:“蜉蝣之翼，采采衣服。”

15 渡江：隐救度之意，以莲为舟，摆渡红尘。

16 尤离:《离骚》作“离尤”，意为遭受罪过。尤，祸也，指怨尤、罪过；离，罹也。

17 容与柏舟：悠闲自在地泛着柏木小船。出自南北朝萧绎的《采莲赋》:“泛柏舟而容与，歌采莲于江渚。”

18 昭灼：明显，明亮，显赫，光耀。如南朝·梁·刘勰《文心雕龙·颂赞》:“约举以尽情，昭灼以送文。”意思是：大抵简单扼要地讲完内容，清楚明白地写成文辞。《诗经·国风·月出》有“月出皎兮”“月出皓兮”“月出照兮”等句，义同。南朝宋鲍照《行药至城东桥》诗:“尊贤永照灼，孤贱长隐沦。”两汉曹植《洛神赋》以荷花之美形容洛神:“远而望之，皎若太阳升朝霞；迫而察之，灼若芙蓉出渌波。”南朝梁朱超（一说隋杜公瞻)《同心荷花》诗:"灼灼荷花瑞，亭亭出水中。一茎孤引绿，双影共分红。色夺歌人脸，香乱舞衣风。名莲自可念，况复两心同。"可知，灼灼不仅喻夭桃，也喻荷花。西晋陆云《芙蓉诗》中的"盈盈荷上露，灼灼如明珠"，写的是珠圆玉润的荷露。

19 黄螺、素实：莲蓬团团如螺，莲子粒粒洁白。出自南朝梁元帝萧绎的《采莲赋》:"紫茎兮文波，红莲兮芰荷。绿房兮翠盖，素实兮黄螺。"

20 明月前身：出自唐代司空图《二十四诗品》之《洗炼》:"流水今日，明月前身。"

21 明珠压绿湘裙曳：参见唐代郭震《莲花》诗:"湘妃雨后来池看，碧玉盘中弄水晶。"雨后池水涨满，湘水之神赶来赏荷，荷叶像碧玉盘一样，盛满了水晶般的雨珠。

22 罗袜凌波玉珮扬：参见唐代温庭筠《莲花》诗:"应为洛神波上袜，至今莲蕊有香尘。"洛神行于水上，荡起圈圈涟漪，女神的体香至今还留在莲蕊。玉珮，亦作玉佩，本指玉制的佩物，又可代指妇女的盛装，或盛装的妇女，如清代孔尚任《桃花扇·栖真》:"何处瑶天笙弄，听云鹤缥缈，玉珮丁冬。"清代纳兰性德《荷花·一丛花咏并蒂莲》有"阑珊玉佩罢霓裳"句，则是以"玉佩"喻百花。乔惟良此句，既指荷花典雅的仪态和喜悦的神情，更是描摹洛神在水上行走时清脆的玉珮相碰的声音和悦耳的叮咚作响的水声，十分传神、动人。

23 水芝：此处即荷花之别名。晋代崔豹《古今注·草木》:"芙蓉，一名荷华，生池泽中，实曰莲。花之最秀异者，一名水芝，一名水花。"明代郭正域《瑞莲赋》:"若夫紫宫瑞孕，琼沼花开，颜风始振，泽露初来，羡水芝之异质，被五沃之尘埃，既纷披而挺瑞，乃迭蕴而重台。"

24 锦绣、秋色：参见北宋苏轼《和文与可洋川园池三十首·横湖》诗:"贪看翠盖拥红妆，不觉湖边一夜霜。卷却天机云锦段(通"缎")，从教匹练(长幅白绢，喻湖水)写秋光。"诗人只顾贪婪地赏荷，浑然不觉霜冷夜寒。湖水似白练，秋光如锦绣。天机织就的天光云影，倒映在水中，溶化在荷塘月色里。

荷花

宋伯仁〔宋代〕

绿盖半篙新雨，
红香一点清风。
天赋本根如玉，
濂溪以道心同。

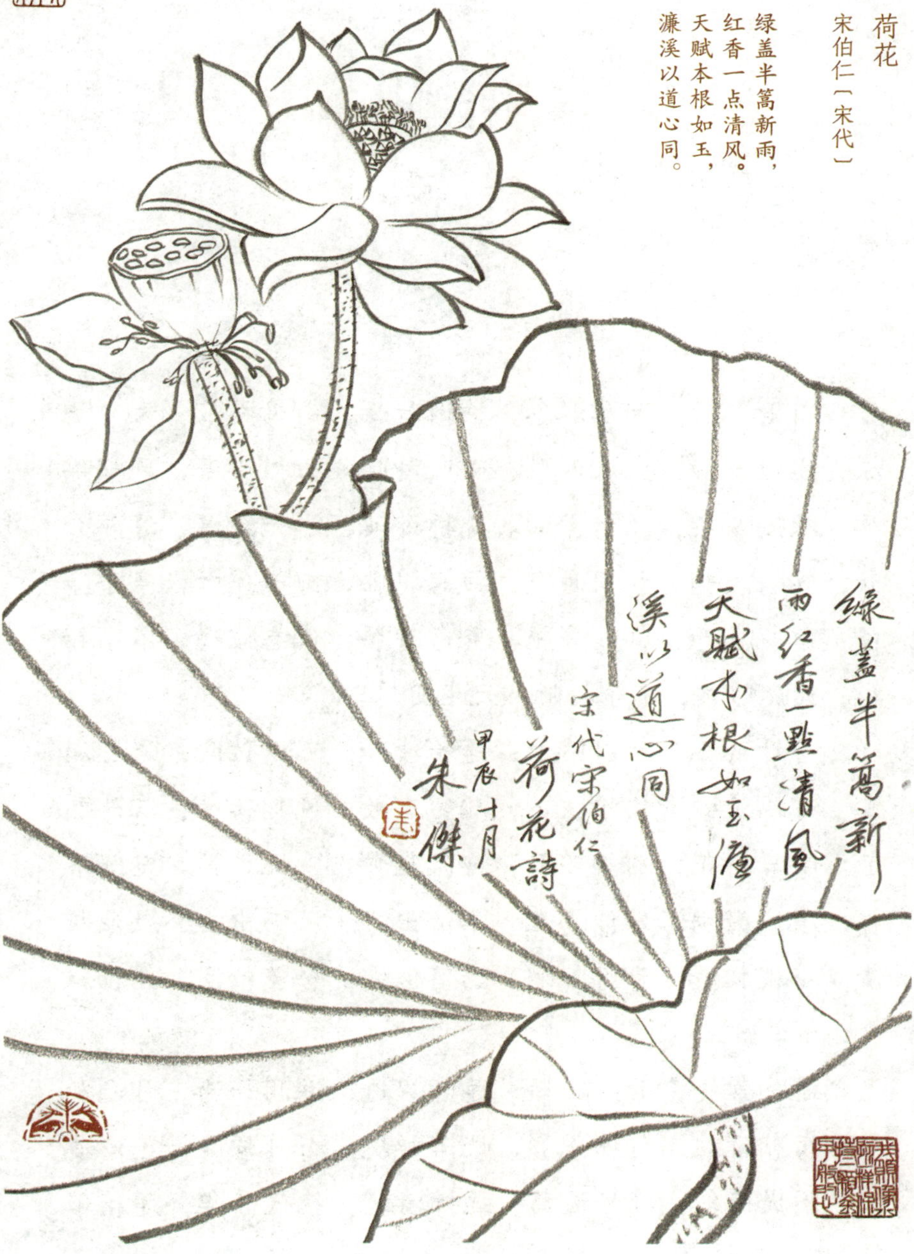
綠蓋半篙新
雨紅香一點清風
天賦本根如玉濂
溪以道心同
宋代宋伯仁
荷花詩
甲辰十月
朱傑

意译

新雨之后，潮水湍急，响遏行云，山鸣谷应。天气清凉，溪边幽静，引人入胜，心旷神怡。曲槛小亭，风烟俱尽，秋波荡漾，秋水潆回。小桥卧波，水光潋滟，浮萍分开，涟漪泛起。初秋时节，白露将临，田田莲叶，亭亭净植。莲花盛开，柄柄惊艳，秀色可餐，仪态俊逸。不事铅华，天然雕饰，不争粉黛，天生丽质。

荷叶清芬，可以茶饮；莲子冲和，可以佐食；嫩蕊滴露，可以清心。枝叶扶苏，疏密有致，风翻荷叶，露珠晶莹。映日荷花，婀娜多姿，迎风起舞，心悦神怡。宛如洛神，凌波微步，好似贵妃，华清出浴。潇洒出尘，激浊扬清，花枝招展，千娇百媚。菡萏似霞，含笑伫立，翠袖飘飞，娇羞欲语。

莲香萦绕，雨露凝结，莲叶碧透，滋润如油。月光如水，交相辉映，荷塘莲影，恍若禅境。新月朦胧，花影婆娑，隋堤隐约，扑朔迷离。莲叶清逸，绝代芳华，莲花璀璨，素面朝天。秋色澄晖，斑斓艳丽，不用点唇，无需抹粉。月笼轻纱，流萤闪烁，秋波婉转，水草蔓生。风吹树木，飒飒作响，秋露萧萧，银汉无声。

荷叶裁为鹙衣，莲花缝为裙裳。初服既已制成，衣袂飘飘渡江。胸襟坦荡宁静，轻舞水袖翩翩。问心光明磊落，何惧污泥浊水。黄昏寂寥，细雨洗涤添媚；良宵悠长，微风轻拂飘香。柏木小舟自在，兰桨摇开波浪。满载一船星辉，月光照进心房。

荷风习习，泛舟湖上，剥开莲蓬，唇齿生香。明月前身，清水芙蓉，流水今日，万虑皆忘。沁人心脾，神清气爽，莲塘水榭，纵情吟赏。

这正是：

水中明珠，花中君子，罗袜凌波，湘裙曳碧。洛神风韵，荷气满塘，秋色宜人，胜似春光。

赏析

明末清初史学家谈迁（1593—1657）的《北游录·纪闻上·石莲》记载："赵州宁晋县有石莲子，皆埋土中，不知年代。居民掘土，往往得之有数斛者，状如铁石，肉芳香不枯，投水中即生莲。食之令人轻身延年。已泻痢诸症。"不知年代、尚未碳化的石莲子，投到水里，竟萌出了嫩嫩的新芽，长出了艳艳的莲花。

20世纪50年代，辽东普兰店出土了古莲子，专家认定，其寿命在915±80年，浸入水中未见萌发新生，或许是得到了《北游录》的启发，只有剖开才能见到"肉芳香不枯"，将坚硬的壳磨破后再次浸泡，很快发芽开花。

沉睡千年，一朝穿越。古莲子醒来时，该是多么好奇地张望着这个世界啊！古莲子的绽放，惊艳了时光。"活化石"的重生，书写着传奇。

莲花是六月花神，"花中君子"，又称荷花、芙蕖、水芝、水芙蓉等，为毛茛目睡莲科莲属，多年生水生宿根草本，全球最早的被子植物之一。1973年，浙江余姚河姆渡遗址发现了莲的花粉化石，经碳14测定，距今约有7000年历史。2008年，古莲子带着人们美好的遐想，随"神舟七号"载人飞船送上了太空。

莲的不同部位，都有好听的名字，甚至同一部位在不同的时期，也有不同的名字。《尔雅》说：“荷，芙蕖。其茎茄，其叶蕸，其本蔤，其华菡萏，其实莲，其根藕，其中菂，菂中薏。”《本草纲目》写莲：“自蒻蔤而节节生茎，生叶，生花，生藕；由菡萏而生蕊，生莲，生菂，生薏。”一连串的“生”，道出了莲的生机无限、生生不息。明代王象晋《群芳谱》对荷花推崇备至：“花生池泽中最秀。凡物先华而后实，独此华实齐生，百节疏通，万窍玲珑，亭亭物表。”植物通常都是先开花后结实，荷花“华实齐生”，开花时，莲蓬已在花中长出。“荷以荷物为义”（宋代王安石《字说》），花负荷着果实，所以有荷花之称。“莲者连也，花实相连而出也”（《本草纲目》），所以荷花也称莲花。

清代吴其濬《植物名实图考》说：“莲藕，《本经》上品。实、薏、蕊、须、花房、叶、鼻皆入药。”

莲荷一身皆是宝，细数“莲药”知多少：

荷花——诗人常以“红妆”喻之。清代汪灏《广群芳谱》：“荷花已发为芙蕖，未发为菡萏。”味苦、甘，性温。归心、肝经。镇心益色，驻颜轻身，活血止血，去湿消风，可疗跌损、湿疮。

荷叶——诗人常以“绿盘”“碧玉盘”“翠盖”“擎雨盖”喻之。春季初生之嫩叶，不能达到水面，称“钱叶”“荷钱”；其后贴水、浮于水面，称“浮叶”“藕荷”；再后抽生大形叶挺出水面的称“立叶”“芰荷”。味苦，性平。清热解暑，升发清阳，凉血止血，用于暑热烦渴，暑湿泄泻，脾虚泄泻，血热吐衄，便血崩漏。明代戴元礼《证治要诀》谓：“荷叶灰服之，令人瘦劣。”诚为降脂减肥之妙品。金代张元素《医学启源》载枳术丸方：“白术二两，麸炒枳实一两。为细末，荷叶裹烧饭为丸。”荷叶升举清阳之气，不可或缺。

荷蒂——也叫“荷鼻”，味苦，性平。清暑除湿，止血安胎，补中益气，和胃安胎，止血止带，可用于清气下陷之久泻脱肛、胎动不安及崩漏带下。

荷梗——中空，入脾、膀胱经。有解暑清热，理气化湿，通气宽胸，和胃安胎之效。用于暑湿胸闷不舒，泄泻，痢疾，淋病，带下等。

莲房——味苦、微涩，性偏温。归肝经。炒炭用为莲房炭，有化瘀止血的功效。用于崩漏，尿血，痔疮出血，产后瘀阻，恶露不尽。

莲须——气微香，味涩，性平。归心、肾经。固精气，乌须发，悦颜色，用于遗精滑精，带下，尿频。

莲子——也叫“莲实”“藕实”“菂”。六七月刚刚长出时，外壳呈青翠色，食之鲜嫩脆美。秋后，外壳由绿转黑，坚硬如石，就成了“石莲子”。《本草纲目》记述：“石莲坚刚，可历永久。”味甘、涩，性平，能补中益气、养心安神、益肾固精、止渴去热、除湿止痢，治疗脾虚久泻、白带过多、遗精、尿频尿急、心烦不安。李时珍称莲子“禀清芳之气，得稼穑之味，乃脾之果也”。《太平惠民和剂局方》之参苓白术散，即用莲子肉。虚寒体质须去莲心，如心火过旺、上热下寒之失眠、口疮，则与莲心同用。莲子心泻心火，莲子肉补肾水，正好可以交通心肾。莲实如珠，乔惟良此赋中的“翠盖之珠”当是指莲叶上的露珠。

莲心——也叫“薏”“苦薏”，味苦，性寒。归心、肾经。有清心安神，交通心肾，涩精止血的功效。适用于热入心包，神昏谵语，心肾不交，失眠遗精，血热吐血。宋代周知微《观临淮双头白莲图》诗有“苦心抱恨何时了”之句，苦心，喻莲心。

莲藕——味甘，性平，主治热渴，散留血，生肌，久服令人心欢。

藕带——也叫“蔤”，与莲藕为同源器官，藕带膨大后就长成了藕。解烦毒，下瘀血，益气通便。

藕节——味甘、涩，性平。归肝、肺、胃经。捣汁饮，可止血消瘀清热，解蟹毒。

诗词大家叶嘉莹说：“盖荷之为物，其花既可赏，根实茎叶皆有可用，百花中殊罕其匹。”叶先生所说“可用”，当是指既能入药，又能服食。摘下莲蓬里的莲子，剥开绿色的莲子壳，去掉苦寒的莲心，嚼一嚼，甘甜可口，是里下河湿热的夏天不可不尝的佳味。莲是药食同源的典范。莲用来美容，自古有之。人称“山中宰相”的南朝陶弘景《太清草木方集要》有一张“驻颜”方：“七月七日采莲花七分，八月八日采根八分，九月九日采实九分，阴干捣筛。每服方寸匕，温酒调服。”莲花、莲藕、莲子同用，是养颜、养生之妙品。

百岁老人叶嘉莹先生生于荷月（六月也叫荷月），小名小荷，写过很多咏荷诗，有口述传记《红蕖留梦》，连书名都带着梦幻般的荷香。清代“扬州八怪”之一的罗聘之妻方婉仪，恰巧生于荷花生日，号白莲居士，其《生日偶作》自豪地写道：“冰簟疏帘小阁明，池边风景最关情。淤泥不染清清水，我与荷花同日生。”

相传农历六月廿四，为荷花生日。清代顾禄《清嘉录·卷六·荷花荡》（顾禄.清嘉录.来新夏校点.上海：上海古籍出版社，1986：113.）记述：“是日又为荷花生日。旧俗，画船箫鼓，竞于葑门外荷花荡，观荷纳凉。今游客皆舣舟至虎阜山浜，以应观荷节气。或有观龙舟于荷花荡者，小艇野航，依然毕集。每多晚雨，游人赤脚而归，故俗有‘赤脚荷花荡’之谣。”并加案语：“六月廿四，谓之荷诞……是日为观莲节。”1980年，中国邮政于荷花生日发行《荷花》特种邮票“白莲”“碧绛雪”“佛座莲”“娇容三变”一套四枚及小型张“新荷凌波”，以这样的创意为荷花庆生，真是前无古人了。

莲荷的意象有着丰富的精神内涵，代表了儒家的君子人格、佛家的佛性与修行、道家的修真养性，是真善美的化身。“荷”与“和”“合”，“藕”

与“偶”，“莲”与“联”“连”“怜”，“青莲”与“清廉”，“水芙蓉”之“蓉”与“荣”，谐音双关，延伸了人们的审美空间，不断注入了新的文化信息。“一品清廉”“和合二仙”“并蒂莲开”“藕断丝连”“和气满堂”“和而不同”“河清海宴”“荣华富贵”“出水芙蓉”“连年有余”等，是中国画常用的题材。

莲花的花语是：清白、和美、怜爱、清廉。

历代文人为莲作赋甚多，梁元帝的《采莲赋》、北宋周敦颐的《爱莲说》是脍炙人口的名篇，西晋潘岳、南朝江淹、宋代李纲、明僧灵耀都写下了各具特色的《莲花赋》。

乔惟良的《莲花赋》给人以耳目一新之感，读到“花拔青莲”更是眼前一亮，这一个“拔”字，写出了荷花挺拔而出的灵动、温婉、蓬勃，写活了亭亭玉立的秀拔之态，写绝了荷花绽放于荷梗之端的超拔之姿，诵之犹闻荷梗拔节的声音。

接着读到“叶弄扶苏，翻风而白泛；花摇绰约，映日而红舒”，容易联想起唐人温庭筠《溪上行》里的句子：“风翻荷叶一向白，雨湿蓼花千穗红。”这样色彩斑斓的诗句，似乎更加符合乔惟良丹青妙手与诗赋大家的双重身份。

特别是末尾的那句，“明珠压绿湘裙曳，罗袜凌波玉珮扬。”对仗工整，诗中有画。曳，是曳地长裙铺于湖面的形象，又刻画出湖水拽住裙摆的俏皮。扬，既是玉珮扬起的动感，又是描摹行走时与水面相激、飞珠溅玉的声音，一曳一扬，真乃神来之笔。

乔惟良《莲花图》，上题：

明珠压绿湘裙曳，罗袜凌波玉珮扬。

好是水芝张锦绣，十分秋色比春光。

第十二篇

篱花烂漫领秋光

菊花赋

霓裳羽衣雲霄鶴舞、舞、鱗簇
金璽、心攢桂蕊、紛素白而點玉描金、
絳朱紫而迎風承露、翠舞襟三徑芳
叢、各列群芳艷譜、一百五日、不爭春信
番期、九九重陽、陽獨擅秋光來
路、卷首柔蓬、亂留卷釋、穿袖微
垂、散鈿半倒、白紛點而露凝、碧情

菊花賦

桂井生秋，菊澤初追，輕烟夕繞，螢咽響而苔蘚，薄暝徐添，為流暫而雲淡，晴柳搖黃，雜花燦爛，冰清露之泠泠，密朵新抽，繁高飚之瑟瑟，叢叢異芳競綻，佳見疏影，虎刺麟角，鳳毛，金盞，玉盞，小紫黃袍，或長纓之緒緒，或素帶而飄飄，或有

萬嶽之雲從異彩之兼施既無妖
而無媚、雖叢叢之交錯、亦非奔而
非真、蓁妍造既臻、菁華日振、輕紈剪
竹、令色綢繆之徑、就荒乃室藝五柳
雖疏可待春、歌欲歸去來辭、影捨桃
源問津、氣厚刻蒼、何嘗矢桃之媚艷、
神和乃潤、喜看松柏之長稱、默頌鶴壽、

蓋而烟積黃，因風以散芳，紅映日而彌赤，陟境皆宜，緣時自適。曳風色而飄來，侔丹楓而密織，交金礦碎。何須心繰六叢，裊綵舒張，亦復目迷五色，緝秋陂，陟臺山閣，插朱萸，酌玉漿。暇山葳之咕，艷熔山椒而激芳，詩摹金粉，畫設丹青，偎倚泰山之石，濡染

倚園廊而細數，情耽逸趣，橋晚景而共涯，莫道寒蘆折葦，依依而同飛秋色，為憶盪藻飄荇，蒼蒼而同染秋霜，乃為之詩曰，宜將花木作詩材，別有天然妙句來，我愧筆花無五色，敢隨秋艷一般開。

菊花赋

梧井生秋[1]，菊泽初返[2]。轻烟夕绕[3]，蛩咽响而苔苍[4]；薄暝徐添[5]，雁流声而云淡[6]。暗柳摇黄[7]，篱花[8]灿烂。承清露之泠泠[9]，密朵新抽；御商飚之瑟瑟，丛芳竞绽[10]。惟见龙须虎刺[11]，麟角凤毛，金盏玉盏，小髻黄袍，或长缨之绪绪[12]，或寿带而飘飘，或有霓裳羽衣，云霄鹤舞，瓣簇金盘，心攒桂蕊。纷黄白而点玉描金，粲朱紫而迎风承露[13]。华秾三径[14]芳丛，名列群芳艳谱。一百五日，不争春信番期；九九重阳，独擅秋光来路。

倦首飞蓬[15]，虬髯卷释[16]，翠袖微垂[17]，花钿半侧。白纷然而露凝，碧悄若而烟积，黄因风以散芳，红映日而弥赤。陟境[18]皆宜，缘时自适[19]。曳风色而飘香，伴丹枫而密织。黄金碾碎，何须心涤六尘[20]；丽彩舒张[21]，亦复目迷五色[22]。

弭秋阪[23]，陟重岗，插茱萸，酌玉浆。瞩山花之吐艳，临山椒[24]而漱芳[25]。

诗摹金粉，画设丹青。偎倚泰山之石[26]，濡染华巅之云[26]。纵异彩之兼施，既无妖而无媚；虽丛茎之交错，亦非莽而非蓁[27]。妙造既臻，菁华日振[28]。轻纨剪出，令色絪缊[29]。三径就荒乃重整，五柳[30]虽疏可待春。歌歇归去来辞，路舍桃源问津[31]。气厚则苍，何赏夭桃之媚艳；神和乃润，喜看松柏之长存。

默颂繁华，倚园扉而细数[32]；情耽逸趣，接晚景而无涯。莫道寒芦折苇[33]，依依而同飞秋色；为忆荡藻飘荇，落落而同染秋霞[34]。乃为之诗曰：宜将花木作诗材，别有天然妙句来。我愧笔花非五色，敢随秋艳一般开。

注释

1 梧井生秋：水井边梧桐树叶摇落，而生秋意，正所谓“一叶落而知天下秋”。从白居易《长恨歌》里的“秋雨梧桐”，到宋代李煜《相见欢》里的“寂寞梧桐”，再到晏殊的词句“井梧宫簟生秋意”（《点绛唇·露下风高》）、陆游的诗句“砧杵敲残深巷月，梧桐摇落故园秋”（《秋思》），梧叶是诗人经典的意象。梧桐栽种在井边，井中有龙，梧桐引凤，“梧井”寓龙凤呈祥之意。从梧井，联想到橘井，橘井是中医的代称。

2 菊泽初返：刚刚从弥漫着菊香的湖上返回。菊泽：指湖泊。菊字是藻饰词，芬芳之意。参见南北朝萧绎的《采莲赋》：“菊泽未反，梧台迥见。”荡舟湖上不思回返，梧台已经遥遥可见。

3 轻烟夕绕：夕阳下轻烟缭绕。意境同宋代欧阳修《浣溪沙·红粉佳人白玉杯》：“细雨轻烟笼草树，斜桥曲水绕楼台，夕阳高处画屏开。”

4 蛩咽响而苔苍：蛩声（蟋蟀的鸣声）乍歇，苔色苍古。宋代朱熹有“鸣蝉咽余响”句。宋代王安石《五更》诗：“只听蛩声已无梦，五更桐叶强知秋。”

5 薄暝徐添：薄暝犹薄暮，指傍晚，天将黑。清代吴锡麒《芦花赋》云：“薄暝徐添，空烟若积。”

6 雁流声而云淡：雁声流荡，风轻云淡。意境取自南朝宋文学家谢庄

（421—466）的《月赋》："菊散芳于山椒，雁流哀于江濑。"山椒：山顶。濑：从沙石上流过的急水。意思是：菊花的芳香弥漫于山巅，大雁的哀鸣流荡在江滩。

7 暗柳摇黄：宋代连仲宣有一首《念奴娇》："暗黄着柳，渐寒威收敛，日和风细。"写的是初春，暗黄指的是轻淡的黄色，嫩黄的柳叶在柳枝上初萌。宋代周邦彦的《琐窗寒·寒食》有"暗柳啼鸦"句，写的是暮春，柔柔的柳丝由嫩黄转为深绿，黄昏时分，柳荫深处传出乌鹊归巢的啼鸣。现代周太玄（1895—1968，周亮工后裔，生物学家、诗人、"少年中国学会"发起人之一，诗作《过印度洋》由赵元任谱曲广为传唱）的词集《桂影移月词》中有一首《绮罗香》，词中的"暗柳摇春，娇花弄色"，也是写的春景。彦公的"暗柳摇黄"不同，他写的是秋天，秋风吹拂下的密密垂柳，慢慢褪去深绿，染成了壮美的金黄，如同现代新月派诗人徐志摩《再别康桥》里的"河畔的金柳"一样。

8 篱花：菊花。典出晋代陶潜《饮酒》诗之五："采菊东篱下,悠然见南山。"

9 承清露之泠泠，密朵新抽：承受洁净清凉的露水，抽出新芽，绽放出繁蕊密朵。

10 御商飚之瑟瑟，丛芳竞绽：商飙指秋风。商音凄厉，配秋天肃杀之气。前言承而接受之，此言迎而抵御之。

11 龙须虎刺：连同后文中的麟角凤毛、金盔玉盏，小髻黄袍、长缨、寿带、霓裳羽衣、云霄鹤舞、金盘、桂蕊，都是菊之名品。

12 绪绪：同"絮"，多而连绵不断。

13 纷黄白而点玉描金，粲朱紫而迎风承露：黄白纷杂如点玉描金，朱紫色鲜如迎风承露。"迎风承露"即前文所谓"承清露之泠泠，御商飚之瑟瑟"。

14 三径：隐士住处。陶渊明《归去来兮辞》有"三径就荒，松菊犹存"的句子。东汉赵岐《三辅决录·逃名》记载，蒋诩不愿做官，归隐乡里，荆棘塞门，在庭院中开辟了三条小路，专为隐逸之士行走。

15 倦首飞蓬:《诗经·卫风·伯兮》有“首如飞蓬”句，意思是头发未经梳理，散乱得像飞散的蓬草。清代蒋士铨《水调歌头·偶为共命鸟》有“首已似飞蓬”句，表达思念之情。唐代李白《鲁郡东石门送杜二甫》诗:“飞蓬各自远，且尽手中杯。”以飞蓬喻行踪漂泊不定。宋代陈师道《赠白阇梨》有“回首倦飞蓬”句，这个倦字，寓倦鸟归林之意。唐代温庭筠《菩萨蛮·小山重叠金明灭》有“鬓云欲度香腮雪”句，发髻蓬松如云，是因为慵懒、倦怠，“懒起画蛾眉，弄妆梳洗迟”。

16 虬髯卷释：胡须任其生长蜷曲，无所束缚。

17 翠袖微垂，花钿半侧：隋唐王绩《三月三日赋》中写道:“锦袖争垂，花钿半举。”花钿是古时汉族妇女脸上的一种花饰，以金、银等制成梅花状等花形，或各式小鸟、小鱼、小鸭等，饰于脸上。

18 陟境：高处。陟：登高。如《诗经·周南·卷耳》:“陟彼高冈。”北魏郦道元《水经注·卷四十》:“又有秦望山，在州城正南，为众峰之杰，陟境便见。”明代地理学家徐霞客撰《徐霞客游记·滇游日记三十三》:“如檐覆飞空，乳垂于外，槛横于内，而其下甚削，似无陟境……”

19 缘时自适：随缘适时，悠然自乐。

20 六尘：宋代范仲淹的《和章岷从事斗茶歌》:“黄金碾畔绿尘飞，碧玉瓯心翠涛起。”此处从绿尘联想到六尘，巧借佛家语——色、声、香、味、触、法，若染污心灵，则失去清净。

21 丽彩舒张：唐代阎楚封写有《临风舒锦赋》:“风响清韵，锦明色丝，阅攒花之丽彩，当偃草之惊时。”舒张，即舒锦，彦公《莲花赋》有“好是水芝张锦绣”句。丽彩，指绚丽的丝织物，或光彩照人的姿容、文采斐然的词章。清代陈裴之《香畹楼忆语》云:“璧月流辉，朝霞丽彩，珠襦玉立，艳若天人。”清代许夔臣选辑女性诗人“芝兰之妙咏”千篇而成《香咳集》，自序云:“发英华于画阁，字写乌丝；摅丽彩于香闺，文缥黄绢。”

22 目迷五色：出自《老子》所谓“五色令人目盲”，色彩繁杂，分辨不清。此处为褒义，喻五彩缤纷，令人眼花缭乱，如同唐代白居易《钱塘湖春行》中的“乱花渐欲迷人眼”。

23 弭秋阪：驻足秋天里的山坡。南朝宋谢庄《月赋》有“弭盖秋阪”句。弭，停；盖，车盖，代指车；阪，山坡。

24 山椒：山顶，见谢庄《月赋》。南朝宋文学家谢惠连的《泛湖归出楼中翫月》亦有诗句：“哀鸿鸣沙渚，悲猿响山椒。”

25 漱芳：洁净身心，洗涤灵魂。

26 泰山之石、华巅之云：从杨景曾《二十四书品·飞舞》中的“石坠云崩”化来，又借鉴了唐代诗人司空图《二十四诗品·飘逸》中的“华顶之云”。

27 亦非莽而非蓁：蓁莽，杂乱丛生的草木。宋代王禹偁《黄州新建小竹楼记》：“雉堞圮毁，蓁莽荒秽。”

28 妙造既臻，菁华日振：与下文气厚则苍、神和乃润，皆出自清代黄钺《二十四画品》，原文为：“妙法既臻，菁华日振。气厚则苍，神和乃润。”妙法、妙造、妙化，义同。

29 絪缊：阴阳二气交会和合之状，同“氤氲”，形容云烟弥漫、气氛浓盛之象。唐代张九龄《湖口望庐山瀑布泉》：“灵山多秀色，空水共氤氲。”

30 五柳：陶渊明《五柳先生传》云：“宅边有五柳树，因以号为焉。”“五柳”成为归隐的象征。

31 歌歇归去来辞，路舍桃源问津：歌歇于归去来辞，行止于桃源问津。《归去来辞》《桃花源记》皆陶渊明所作。路舍：路上止息。“舍”与“歇”对应，亦止息、停息之义。如《诗经·小雅·何人斯》：“尔之安行，亦不遑舍。”你缓缓前行，无暇休息。

32 倚园扉而细数：化用自南宋陆游《秋兴四首·其四》：“又倚柴扉数暮鸦。”

33 寒芦折苇：出自清代朱彝尊《临江仙慢·枯荷》：“亭亭翠盖，水佩零落无遗。剩寒芦折苇，相映苔矶。”

34 同飞秋色、同染秋霞：化用唐代王勃的《滕王阁序》中的句子："落霞与孤鹜齐飞，秋水共长天一色。"

野菊

王建〔唐代〕

晚艳出荒篱，
冷香著秋水。
忆向山中见，
伴蛩石壁里。

意译

井边梧桐，叶落知秋，湖上扁舟，菊香思还。夕阳西下，轻烟缭绕，蛩声乍歇，苔色苍古。夜色渐浓，喧嚣远去，雁声回荡，云淡风轻。金柳摇黄，菊花烂漫，密密丛丛，嫩枝新抽。秋风萧瑟，丛芳竞放，涓涓泠泠，清露晶莹。名品荟萃，喜见龙须虎刺，麟角凤毛，金盏玉盏，小髻黄袍；异彩纷呈，更有长缨寿带，霓裳羽衣，云霄鹤舞，金盘桂蕊。黄白红紫，金风玉露，花开三径，芳满一园。东篱高士，不与春花争发；霜里婵娟，独与秋光斗妍。

鬟云乱洒，慵懒娇柔，翠袖低垂，花钿微倾。修长垂丝，柔软卷曲，睡眼惺忪，醉颜微酡。皙白凝露，青翠欲滴，明黄散芳，嫣红映日。霜染枫林，秋景怡人，风送菊香，悠然自乐。满目金黄，天朗气清，五彩缤纷，意乱情迷。

留连山坡，登高远望，遍插茱萸，畅饮琼浆。万里无云，山花烂漫，攀上峰顶，神清气爽。

金粉题诗，丹青泼彩，超尘脱俗，出类拔萃。峨峨太华，云海茫茫，巍巍泰岳，奇峰叠叠。鬼斧神工，妙造自然，修短合度，浓淡相宜。三径重整，焕然一新，五柳疏朗，郁郁青青。《归去来辞》，陶潜文美，《桃花源记》，传诵至今。艳若桃李，精充气足，身如松柏，神闲意定。

情寄繁花，芬芳满园，修篱种菊，晚景呈祥。四时花木，皆是诗材，五色妙笔，脱口成章。信手拈来，皆成佳句，文采斐然，共赴秋光。

赏析

菊花是花中四君子（梅、兰、竹、菊）之一，象征着高洁、纯净、坚毅、不屈、吉祥、长寿、潇洒、出尘。屈原“朝饮木兰之坠露兮，夕餐秋菊之落英”，以“菊之落英”作为精神之食粮，人格之滋养。陶渊明采菊东篱，为“隐逸之宗”，所以，菊花有“陶菊”之雅称，东篱成为菊花圃的代称。李时珍论菊：“菊春生夏茂，秋花冬实。”秋天是菊花盛开的季节，菊花常常与“秋天”“重阳”紧紧相连。《礼记·月令》中说：“季秋之月，鞠有黄华。”这里的“鞠”就是菊。“鞠”有“穷尽”的意思，有种说法，花事至菊方尽，如唐代元稹的《菊花》吟道：“不是花中偏爱菊，此花开尽更无花。”

菊花以黄色为正，又称黄花。唐代中叶以后才有了紫菊花、白菊花。唐代诗人刘禹锡诗云：“家家菊尽黄，梁国独如霜。”李商隐也有“暗暗淡淡紫，融融冶冶黄”的诗句。到了宋代，菊花品种已经达到了数百种之多。北宋散文家孟元老在《东京梦华录》中记载了开封的盛况：“九月重阳，都下赏菊，有数种：其黄白色蕊若莲房曰万龄菊，粉红色曰桃花菊，白而檀心曰木香菊……无处无之。”繁花似锦，鲜花拱门，“酒家皆以菊花缚成洞户”。菊花让生活富有情趣，增添了诗意和浪漫。

菊花亦食亦药，怀菊列为四大怀药（地黄、牛膝、山药、菊花）之一，有名的菊花品种还有杭菊、贡菊、亳菊、滁菊、雪菊，等等。菊花味辛、甘、苦，性微寒，具有散风清热、平肝明目、清热解毒的功效。临床常用于风热感冒，肝阳上亢之头痛眩晕、目赤肿痛、眼目昏花，以及皮肤疮痈肿毒等。《神农本草经》说菊花“主诸风头眩、肿痛、目欲说、泪出、皮肤死肌、恶风湿痹。久服利血气、轻身，耐老延年”。可见，菊花治病，亦有养生之功。苏辙诗云：“南阳白菊有奇功，潭上居人多老翁。”苏东坡在《记海南菊》开篇即说，菊花中的黄菊，不仅色香味平和纯正，而且全身是宝，“花、叶、根、实皆长生药也”。陆游“收菊作枕”，他在《剑南诗稿》中写道：“余年二十时，尚作菊枕诗。采菊缝枕囊，余香满室生。”有句民谚说得好：“菊枕常年置头下，老来身轻眼不花。”

明代李时珍在《本草纲目》中讲得更为全面：“菊苗可啜，花可饵，根实可药；囊之可枕，酿之可饮，自本至末，罔不有功。宜乎前贤，比之君子。神农列为上品，隐士采入酒盅，骚人餐其落英。费长房言，九日饮菊酒，可以辟不祥。”菊花的作用太大了，食、药、茶、酒皆宜，李时珍称赞不已：“菊之贵重如此，是岂群芳可伍哉？”

菊叶同样药食两用，南朝陶弘景曾言：“叶可作羹食者。”清代叶天士认为，菊叶质轻能散，对上焦气分热证尤宜，《临证指南医案·目》记载：“鲍氏，秋风化燥，上焦受邪，目赤珠痛。”处方即是在半张凉膈散的基础上加用青菊叶等味：“连翘、薄荷、黄芩、山栀、夏枯草、青菊叶、苦丁茶、桑皮。”

彦公画菊，常以自作诗句题画，如：“蕉荫静听秋窗雨，喜看篱花映日开。”“描金点玉翠摇风，罗绮新裁锦一丛。三径更新花胜昔，秋风吹处画敷荣。”“槛外秋容娇如许，同芳异色一丛生。西风莫起凌寒意，赏花留待素心人。”画友朱峘画了一幅四尺中堂的大画《雨后篱边秋色浓》，彦公题

500余字《菊花赋》，洋洋洒洒，一气呵成，如此长跋，在彦公题画中，大概是绝无仅有的一次。

对照彦公《赋花手稿》中的《菊花赋》墨迹，在写到“泰山之石”“华巅之云”时，有自注数语激起我的好奇心：“清六安杨景曾字召林，作《二十四书品》。”

杨景曾字召林，号竹栗园丁，清代安徽六安人，是黄钺（1750—1841）的学生。有一次，杨景曾偶然读到老师黄钺撰写的《二十四画品》，是“仿司空氏之《诗品》为《画品》，因更仿先生《画品》为《书品》”，撰成《二十四书品》，并接受友人桐城姚鼐的建议，于清代嘉庆甲子（1804）汇刻为《诗画书三品》。此书流传不广，以至于200多年来鲜为人知。清代管庭芬（1797—1880），于鸦片战争、太平天国运动之际，“故家典籍，大半毁于劫火，深为斯文之叹。因汇辑所存，得七十余种，名曰《花近楼丛书》。”其中收有杨景曾《书品》。

《诗品》《画品》易得，《书品》全文难寻。直到陈孟康先生辗转从国家图书馆录得，2014年由中国书店出版墨录本《陈孟康书〈诗画书三品〉》后，《书品》才走进大众视野。其后有李筱坡撰《二十四印品》，并以金文书写《诗品》《书品》《画品》《印品》，2017年由北京联合出版公司出版《金文二十四品》。彦公所写“泰山之石”“华巅之云”，实际上是从杨景曾《二十四书品·飞舞》中的“石坠云崩”化来，又糅合了唐代诗人司空图的《二十四诗品·飘逸》中的句子“华顶之云”。彦公不知从何处获读过杨氏《书品》，令人称奇。其博闻强记，读书之广，更令人惊叹。

朱峘《雨后篱边秋色浓》，乔惟良为之题《菊花赋》全文。

第十三篇

笔花赋

文采丹青两柳扬

一、高台：戚繼光駐兵化建拱極台，台上題書額：如拱北辰

三、三湖：大縱湖、蜈蚣湖、得胜湖

筆花娃

以生花妙筆譜群芳而詠

楚水分流，昭陽故址，河渠交錯，水曲波縈，建井幹以敞观，東海，繼高台而為拱北辰，涓涓兮南滄故渡，浩渺兮龍合長津，極水鄉之曲趣，饒墩畝以連村，地鍾三湖靈秀，蔬溢四季清芬，臺沼雖疏，園小分陳，乃有林叢藝圃，徑遍植艷，廣精英，

蘭稠九畹，花密芳塍，當芳信之遞過，梅花期而未更，於是寫群芳於篇幅，集众卉以飛紋，梅舒五幅，苞吐嫣嫣之笑，黃佳色燦，菊綻金，當三信之初來，含苞朵朵，臘解空之破臘，吐蕊繁繁，放萬質而多韻，和靖儒以域卿，夫豈徒冰心傲骨，供綺思於文字，亦以其寫歲凌寒，薄

浩氣於乾坤，今者叔逾半百之民族，地
脈綿亘於南北，寰袤九百六十萬宏圖，江河
流貫於東西，奇葩競放，羣卉舒新，百
群艷之美，巍巍之慶，祿禧來泰之運
登，於是萬國繁榮，日上蒸蒸，美矣九九
寒消，八一蓬咸欣春風之及第，絳紅梅之玄
美，輯矣髮之飛，獲第一之春，黃鶴梅

楼頭、笛吹不落、山嶺上初陽、氣奪先聲、萌陽萃果、向日花心、氣暢陽和、霖甘雨潤、樹意珠胎、花相錦纈、導群芳以次第、值候季而無爭、風前之美、翠千春、翡咸感葉葉、雨後之新芽幼蕊、開遍葉葉、十二玉枝春滿、牡丹獨擅天恩、芳名第一、稱異花之色艷、嘉質無雙、誇洋宮

之香騰、沉香亭北、君王恩眷、興慶池邊引
度鶯語、清平調詠、孃孃環肥之影、舞
起霓裳、盈盈燕瘦之裾、信逐風番轂雨、
芳叢之首、名冠金粉三千、花國之珍、然而
鹿隊啣花、乃識漁陽鼙鼓、淋鈴幸蜀、
喧騰馬嵬六軍、縱使檀暈鞓紅、寂城
纂組、孰若禹糧蕘蔬、利導耜耕、二十四

櫹照月、芳菓偏譽變聲、狂乘醉粉、柔
骨旋心、花放午時、晴庚畫晝、春濃婪尾、
婥婉宜人、魏姜虞、廣寒月姊、容鶯織錦
天孫、寫文樌之賞、弔粟天之吟、九十之韶
華設度晷、千之紅紫方興、值此洪上清波、
陌上芳塵、蟲湖綠暖、虎阜紅瞳、歌聲
遠市、羽蓋成陰、花々相映、葉々分層、

4

深於於以添畫意，亦都都而供詩情，惟時
春歸柳岸，春餞春（華）城，單罩灼灼之將離，
歇銷金縷，听聽聽之杜宇，啼怯黃鸚，
萬年青葉，年年常綠，月季花蕾，月月
添增炫紫嫣紅，壽客競艷，朱紅鐵線綠弄
奇標新，互呈嬌艷，齊弄妍慧心，洽洽芳
情多姬，融融春色平分，叢橘花態綽

剪秋羅

約瑩々、或蓬鬆而披拂、或互稱而相參、各自標奇之異、開角鉤心、羞睹花顏、彩色鮮々、或鉛華之清淺、或朱紫之濃深、莫不揺首弄姿、互羨相欽、秋羅撕絹剪錦、春蘭裂裳、帛裁繒、杜鵑啼血、殘紅豔豔之染、杜鵑之花、紫薇移影、新枝揺曳、拂紫薇之星、鴒原抱痛、識田氏之

十姊妹

八仙花、绣球
洋绣球

分荆棠棣花荣、娣昆玉之義深、姊妹十行。

5

一簇同根、侍萱帷之蘭帖、花宗之譜翻新、
仙班八列、駕鶴驂雲、握雲符於九霄、
同娣玉匱之經、萱草忘憂、偕喚金針、
凌霄有志、何日飄昇、含羞草刻枝柔、
葉細羞羞之怯怯、碧桃花乃花初葉嫩、灼灼
蓁蓁、乃有丹青妙手、着色鎌繒、或描擬

朵或繪全身，對花寫影，極態傳真，運毫甚以鈎勒或濡染以勻皴，芳容度出，竟皆躍躍欲試，得彩許張，莫不栩栩如生。一傳二十四番之花信，放小宮之穀雨之新葩，微步生香，仙子凌波，慧花玉蘂佛號瑜珈，梔子含苞，翡翠般豎承玉危，山茶齊綻紫雲天展翻霞，春風西檻外，綠影睡斜，綫

(一)水仙，(二)瑜珈，又名玉佳，俗稱水晶球

紫藤

辛夷

高慈之懸之羅樹、舒紫穗以交加、辛勤攀
斎月吐奇、辛夷展迎陽之縷、朵美於木筆之
堪誇、江州司馬、潯陽酣曲、楓葉蘆花秋
風之蕭瑟、悽急韻之琵琶、三閭大夫澤
畔行吟、美人香草、既興騷而忠國、胡頸命
於江涯、綠油原野、草翦長堤、紅醋芳園、葉
攤繁華、東心從綠、毫揮少時之竹、蘭慈

舒紅、罩罥の照之花、玉李為帝子之苗裔、
青々蓮乃謫仙之別號、玉蘭刈焉鳳高樹叢
擎枝杪、素英簇起、粉瓣齊乃呈椅色媚（鮮如珠皎）
樣著雨瓊雕、色如珠皎、削玉瓣成鏤冰
姿肖、破寒痕於永垂、何勞錦綉之倫、
皦潔白於晴空、嗟爾何郎莫找、叢芽
宛若綠珠之妍、去面瑩於映雪之貌、

繡球花

其有繡女青娥，日事素綢魯縞，悽鳩婦之時，呼感鴛鴦之春情，每熱而思動，嗟年增歲長々，停針罷繡，躑躅閒蹈，冒素球於滿樹，飛青鳥而同飄，惹語嬌嗔，鶯聲嚷鬧，秋露凝々寒々漸々，牽牛挽樹，思銀河渡天上婆星，金蓮並蒂。擬金屋藏人間之妙，枝生連理，羨鴛鴦

合歡花

鶯婆宿婆亂、花讚合歡、郎盡人一妻一妾、訛傳鐵樹、羽葉原名蘇鐵、葉似鳳尾、花開何稱蝴蝶、木槿斂蛺蝶、菱花鏡對、雖比芙蓉嬌之妍々、院裏蓋濯、落吏々

荷包牡丹

榆錢鈔、日美況牡丹荷包之懸々、嬰粟驕妍性、非和順、撩人之榻幽燈、半窓鈔月、吸雲煙而成癮、吐蜃氣而粗厲、鵠立之形清、身

敗名裂衣、棉花敦厚、天性溫和、長絮綿綿、
棉桃疊疊、勝百卉之芬芳、度祁寒而保熱、
慈母胸懷、垂功佛業、秦宮弄玉、笙笛輕

鳳仙花

吹、隨簫史而乘鳳、原淑女兮情切、嫦下雲

虞美人

姬、秉凝瑤露、感美雄之技奇、虞美人兮
貞烈、為來紅葉、驚鴻一瞥、湘妃淚竹、悲痕

吊鐘花

瑟滴鐘、懸吊掛未鑄鎔、熔金錢曾斥时振

蠟燭花

响為促織瞿々嘶々、燭影搖紅、毋流蠟涙、何日芳
始生光、比流螢高低明滅、二十四氣風光、畫紅
遂翠、三百六十雨露、催青展碧、喜蒼松之
羅蔥、慕修竹之高潔、宅風揮羲之之
六莖、墨雨濕推進窓之翠葉、又希文苑流芳
之形質、且弄藝林佳譽、永之趣筆、
武后縱上苑催花之丹詔、明皇擊喔寒作

暄之鞠鼓、豈回春之力、抑天公之可怜、既芳
序之定時、何人意之為主、洛陽花放、遮莫
卉出東郊、海棠垂絲、豈獨名棠西府、賢花
助艶、稱雋士之柔毫、折桂增香、羨吴剛
之月斧、枸櫞持大戟而揚威、戎葵提長戈以
耀武、馬齒紅芽、夷齊咲巖而徒悲、雞冠絳
績、祖逖聞鷄以起舞、若夫蘭生謝庭、菊

枸櫞在生物学上屬大戟科
香櫞
馬齒莧俗[illegible]稱
洋馬齒莧
又俗稱鋪地錦

献吉庵
席拨菊

展席拨须，莫（非）红紫披纷，携三聚立，腊鼓催

春天然粒々珊瑚，秋阳照艳，葡萄垂々马

忍冬花

乳，时序轮循，推陈出新，忍冬何惧祁寒，

新蕊有尤欣祖日暑，白石叔孝腊雪，绿波一旬

水仙

春风绝世仙姿，艾谁可伍，数芳名之未尽，见

花容而入谱，一蹤芳待粉而蝶喜，君花株蜜

而蜂迎，窥容鹭艳而为荡，见影生情，需

旋伏花ノ類用

無況將人擬花、則吉臉桃腮櫻唇檔上眞
以去比人、則紅裳翠袖、白衫青裾、柳
絮飄飛、梅候以凌碧漢、伏花旋舞、
飄風直上青雲、兼ノ霞彩之、與雲鶴旅
之秋思、ヨ臺荻常々、恨遊子之羈旅逗
夫露重冷々、莫落紛々、悽々月夕、悒
悒花晨、護去之術、挍弄妄能、那堪

葉琴花叢、憬短晷之斜照、為憶萍
周紫果睇秋波之碧澄、然而寄果澗
於季候、興歲華以天成、時待越歲、用
違新正、至魁草黄、再醒花詩、蘐岩
吹厥、宜與芳烟禱旋之頌、律回鳳軫、
毋撰去旅萬字之文、書百年之向
榮、欲之而菁華拔翠、看千花之燦發、

102

彩彩而超然出群，屯軍資食，南陽諸
葛之菜；遠垂在民，姬周召伯之棠；若
蘄艾懸蒲，角黍沉江；豈紅榴之薦
瑞，柔居居而情傷；茱萸插鬢，避劫
登高；何来至陽佳之節，始於法善長房；花
錦僧鞋，果稱佛手；六根何淨，娑婆界色
香；豈以攻乎異端，竟以擴於一廟。未了

玉簪花

綠葉紫簪須玉白鮮紫、雲縈花、釵幻

金釵花

金英、芙蓉朝旭、映清溪而照影、夜來

夜來香

晚花、篤明月而增香、青娥荷中婦之鏡、

青荷 青竹 見王漁陽秋柳詩

董竹女兒之箱、夢蘲垂布衣之青睞、

胭脂花

胭脂染羅襦之紅裝、王謝堂前燕

去去寒、嗟滿園之蓁莽、淵明衛宇、

鴨跖草 即 淡竹葉

松存菊在、豈三徑之就荒、別有鴨跖、

龍鬚草
可薦筋子
用以織席
鹿角菜
海藻、多
膠質、昔
用於製毛筆
時膠結
筆毫
鳶蘿、蔦
尾花俗称
蝴蝶花
兔絲子
蛇床子
皆為藥用

雞葵、馬蘭、燕麥、龍鬚、鹿耳、狗尾、牛蒡、魚藻、鳶花、豬鬣、鼠李、羊椒、鹿角菜、兔絲、蛇床、散衆生於叢莽、亦紛集於四疆、在坡在墻、其亦四辛勤叔實、在山在水、同承雨露風光、雖芳藉之未附、乃濟用之孔彰、或以佐餐副食、或以入藥成方、或利物以致用、或炊爨人

而沸湯、雖未植於盆盎、培于庭樹、亦
复同承雨露、共沐陽光、雖稱潘令、河
陽之緋桃一縣、安比武侯、成都之翠樹
連行、若乃架竹支撐、尤羞寄籬之辱。
徜徉而瓶隱、飄若入世之孫、於斯也、媸
於人者情乃靡、纏於物者志宜張、
是以寫目無耽、權作舒嘯之騷懷、在

班固司馬遷王褒字子淵楊雄字子云

業須勤、恥只形役之郎當、然而爲文者、
徽之庫、通六藝、承班馬、繼王楊、殫其
畢生之力、淪浸翰墨之場、有爲朝食宿
可充腸、無逢瑤璟落星娟、心降王維、嘗
讀大鵬鵬鳥、心惻賞章、繼優曇之一現、
空貪御珠零落、比擬梨之三日、凄其
碎玉飄颻、前瑜建安七子、後邀子厚

文長、當夫禾叢零替、閨河已霜、空
連堤之晴柳、寒之蛺蝶黛、北雁南翔、芳
景寥寂、繚繞處之炊烟、夕巔鵞去、
若夫春容秋老、佳草蓬蒿之芳西謝、
夏盛冬凋、何須乞舊之綠章、李白每時
亦以減辭、聊與弄筆之跡狂、沉雄羞
攀漢魏、綺麗執若晉唐、傲徐庾丈

何似、郊韓柳而未遑、詩劉崇於李杜、娃、
乃观止齊梁、效
然而潛神文字、何濡前名
之餘瀝、豈志煩池、無斷漢筆之彷徨、殆
振心兵、在手而不驚丈幅、安排筆陣、隨
機剣應變多途、設彩妹形、悅未徵手
崔白、淋漓潑墨、似難擬於清湘、原寄情
以自遣、竟翻跡之強將、嗟余懷之何

暖、無復日西斜恨、安得身閒置酒、讀画衡文、以迎佳客、無愚耆若分韻調筝弄絃、再寫名芳。

爰爲之詩曰：裁紅剪碧造閒窗、翰海清流悵晋唐、寸管自緣香國史、生花妙筆譜群芳。

又爲之歌曰：含美多蘊美、國色濟會

玉宇皆金鑄，智府維可開文淵

豈可量，宜將花事留箋素，文毋彩

丹青兩抑揚，歌曲作絲，輕毫肅梅，明

月輝天群星耀漢。

彥文秀 惟良

笔花赋

楚水[1]分流，昭阳[1]故址；河渠交错，水曲波莹。建井干[2]以敞观东海，耸高台[3]而如拱北辰。涓涓兮南沧故渡，浩渺兮龙舌长津。极水乡之曲趣，饶垅亩以连村。地钟三湖[4]灵秀，花溢四季清芬。台沼[5]虽疏，园小分陈。乃有林丛艺圃，遍植艳质精英。兰稠九畹[6]，花密芳塍[7]。当芳信之递过，按花期而无更。于是写群芳于篇幅，集众卉以飞纹。梅舒五福[8]，苞吐双双，炎黄佳色，灿若熔金。当三信之初来，含苞朵朵；膡[9]余寒之破腊，吐蕊馨馨。放翁赏而多韵，和靖俪以成卿。夫岂徒冰心傲骨，供绮思于文字；亦以其冠岁凌寒，薄浩气于乾坤。今者数逾半百之民族，地脉绵亘于南北；袤九百六十万宏图，江河流贯于东西。奇葩竞放，丽卉舒新。启群艳花英之簇簇，庆稼穑禾黍之丰盈。于是华国繁荣，日上蒸蒸。若夫九九寒消，八一图成[10]。欣春风之及第，绽红梅之花英。称无双之品，获第一之春。黄鹤楼头，笛吹不落[11]。岭上初阳，气夺先声。萌阳莩甲[12]，向日花心。气畅阳和，霖甘雨润。树意珠胎，花相锦頫。导群芳以次第，值候季而无争。风前之万翠千青，剪成叶叶；雨后之新芽幼蕊，开遍菁菁。十二玉楼[13]春满，牡丹独擅天恩。芳名第一，称吴苑之色艳；丽质无双，夸汉宫之香腾。沉香亭北，君王恩眷；兴庆池边，引度箫声。清平调咏，袅袅环肥之影；舞起霓裳，盈盈燕瘦之裙。信递风番谷雨，芳丛之首；名冠金粉三千，花国之珍。然而鹿队衔花[14]，乃谶渔阳鼙鼓；淋轮幸蜀，喧腾马嵬孤军。纵使檀晕鞓红，花成纂组；孰若禹粮尧韭[15]，利导耘耕。二十四桥明月，芍药偏誉斐声。狂香醉粉，柔骨旋心。花放午晴[16]，晴庚[17]画丽；春浓婺尾，娓婉宜人。貌羞广寒月姊[18]，容惊织锦天孙[19]。寓元稹之赏，得乐天之吟。九十之韶华初度，万千之红紫方兴。值此淇上清波，陌上芳尘；蠡湖绿暖，虎阜红曛；歌声远市，羽盖成荫；花花相映，叶叶分层。既欣欣以添画意，亦郁郁而供诗情。惟时春归柳岸，春饯芜城[20]。对灼灼之将离，歌残金缕[21]；听声声之杜宇，啼怯黄莺[22]。万年青叶，年年常绿；月季蓓蕾，月月添增。姹紫嫣红，奇花竞艳；朱红黛绿，异卉标新。互呈娇丽，齐弄慧心。洽洽芳情无妒，融融春色平分。若描花态，绰约盈盈。或蓬松而披拂，或互称而相参。各自标奇立异，斗角钩心。若睹花颜，彩色纷纷。或铅华之浅淡，或朱汞之浓深。莫不搔首弄姿，互美相钦。秋罗[23]撕绢剪锦，春兰裂帛裁缯。杜鹃啼血，残红点点，染杜鹃之花；紫薇移影，新枝摇曳，拂紫薇之星。鸰原[24]抱痛，讥田氏之分荆[25]；棠棣[26]花荣，颂昆玉[27]之义深。姊妹十行[28]，一簇同根。传蕙帷之兰帖[29]，花家之谱翻新。仙班八列，驾鹤腾云。启灵符于九霄，同颂玉虚之经。萱草忘忧，俗唤金针。凌霄有志，何日飞升？含羞草则枝柔叶细，羞羞怯怯；碧桃花乃花初叶嫩，灼灼蓁蓁。乃有丹青妙手，着色缣缯。或描数朵，或绘全身。对花写影，抚态传真。运毫芒以勾勒，或濡染以匀皴。芳容度出，竟皆跃跃欲试；缛彩舒张，莫不栩栩如生。

传二十四番之花信，放小寒谷雨之新葩。微步生香，仙子凌波。悬花玉罄，佛号瑜伽。栀子含苞，翡翠盘承玉卮。山茶齐绽，碧云天展朝霞。春风槛外，绿影曛斜，绕高悬之藤树，舒紫穗以交加。辛勤孕育，吐卉平夷，展迎阳之绛朵，美木笔之堪夸。江州司马，浔阳听曲，枫叶芦花。噫秋风之萧瑟，怜急韵之琵琶。三闾大夫，泽畔行吟，美人香草，橘颂怀沙。既兴骚而悲国，胡殒命于江涯？绿油原野，草剪长堤；红醋芳园，叶拥繁华。枣心[30]绽绿，毫挥四时之竹；兰蕊[31]舒红，笔开四照之花[32]。

玉李[33]为帝子之苗裔，青莲乃谪仙之别号。玉兰则临风高树，花擎枝杪；素英竞起，粉瓣盈梢；样若琼雕，色如珠皎；削玉瓣成，镂冰姿肖。破香痕于永昼，何劳韩寿之偷[34]；灿洁白于晴空，嗟尔何郎[35]莫找。叶芽宛若绿珠[36]之妍，花面莹于映雪[37]之貌。其有绣女青娥[38]，日事苏绸鲁缟。凄鸠妇之晴呼[39]，感鸳鸯之春悄。每静而思动，嗟年增岁老。停针罢绣，踯躅闲蹈。罥素球于满树，飞青鸟[40]而同飘。燕语娇嗔，莺声嚷闹。秋露盈盈，案户[41]渺渺。牵牛挽树，思银河渡天上双星；金莲并蒂，拟金屋藏人间二妙。

枝生连理，美鸳鸯[42]双宿双飞；花赞合欢，鄙齐人一妻一妾[43]。讹传铁树，羽叶原名苏铁；叶似鸢尾，花开何称蝴蝶？

木槿[44]效颦，菱花镜对[45]，难比芙蓉丽面之妍妍；阮囊羞涩，落尽榆钱，何羡牡丹荷包之历历[46]。罂粟娇妍，性非和顺，撩人一榻幽灯，半窗残月，吸云烟而成瘾，吐蜃气而粗厉，鹄立形消，身败名裂；棉花敦厚，天赋温存，长絮绵绵，棉桃叠叠，胜百卉之芬芳，度祁寒[47]而保热，慈母胸怀，丰功伟业。秦宫弄玉[48]，笙笛轻吹，随萧史[48]而乘风，原淑女兮情切；垓下虞姬，香凝碧血，戚英雄之数奇[49]，吊美人兮贞烈。雁来红叶，惊鸿一瞥；湘妃泪竹，悲痕点滴。钟旋吊挂，未铸熔金，几曾片时振响，如促织瞿瞿呖呖；烛影摇红[50]，毋流蜡泪，何日方使生光，比流萤高低明灭。二十四气风光，番红迭翠；三百六十雨露，催青展碧。喜苍松之笼葱，慕修竹之高洁。毫风挥笺素之六尘，墨雨洒蕉窗之翠叶。不希文苑留芳之彤管，且弄艺林隽永之趣笔。

武后颁上苑催花之丹诏，明皇击嘘寒作喧之羯鼓。岂回春之有力，抑天公之可忤？既芳序之定时，何人意之为主？洛阳花放，遮莫卉出东都。海棠垂丝，岂独名荣西府？簪花助艳，称隽士之柔毫；折桂增香，羡吴刚之月斧。枸橼持大戟而扬威，戎葵捉长戈以耀武。马齿红芽，夷齐啖蕨而徒悲；鸡冠绛绩，祖逖闻声以起舞。若夫兰生龙舌，菊展虎须，莫非红紫披纷，攒三聚五。腊鼓催春，天竺粒粒珊瑚；秋阳照艳，葡萄垂垂马乳。时序轮循，推陈出新。忍冬何御祁寒，新荷尤欣徂暑。白石数拳[51]腊雪，绿波一勺春风。绝世仙姿，其谁可伍？数芳名之未尽，见花容而入谱。

踪芳传粉而蝶喜，寻花采蜜而蜂迎。窥容惊艳而雁落，见影生情而鱼沉。将人拟花，则杏脸桃腮，樱唇榴齿；以花比人，则红裳翠袖，白袷青裙。柳絮飏飞，按候以凌碧汉；伏花旋舞，飘风直上青云。蒹葭落落，兴羁旅之秋思；芦荻萧萧，怅游子之离魂。迨夫露重泠泠，英落纷纷；凄凄月夕，悒悒花晨。护花乏术，挽卉无能。哪堪叶瑟花萧，憬短晷之余照[52]；为忆萍因絮果[53]，睇秋波之碧澄。然而寄荣凋于季候，兴葳蕤以天成。时待越岁，月建新正，重甦草梦，再醒花魂。葭管吹灰[54]，宜兴芳期旖旎之颂；律回凤轸[55]，毋撰花落萧索之文。喜百卉之向荣，欣欣而菁华拔萃；看千花之焕发，彩彩而超然出群。

屯军资食，南阳诸葛之菜[56]；遗爱在民，姬周召伯之棠。爇艾悬蒲，角黍沉江，岂红榴之荐瑞，吊屈子而情伤。茱萸插鬓，避劫登高，何来重阳佳节？始于法善长房。花号僧鞋，果称佛手，六根何净，双界色香。岂以攻乎异端，竟以摈于一厢。青丝高髻，簪须玉白；蝉鬓云鬟，钗乃金黄。芙蓉朝旭，映清溪而照影；夜来晚艳，对明月而增香。青荷中妇之镜，黄竹女儿之箱[57]。蓼蓝垂布衣之青睐，胭脂染罗襦之红装[58]。王谢堂前，燕去花零，嗟满园之蓁莽；渊明衡宇，松存菊在，岂三径之就荒。别有鸭跖、鸡葵[59]、马兰、燕麦、龙须、虎耳、狗尾、牛蒡、鱼藻、鸢花、猪笼、鼠李、羊椒、鹿菜、兔丝、蛇床，散众生于丛莽，亦分集于四疆。在埂在墒，其亦辛勤花实；在山在水，同承雨露风光。虽芳籍之未附，乃济用之孔章[60]。或以佐餐副食，或以入药成方，或利物以致用，或炊爨而沸汤。虽未植于盆盎，培于庭榭，亦复同承雨露，共沐阳光。虽称潘令，河阳之绯桃一县；安比武侯，成都之桑树连行[61]。若乃架竹支撑，尤羞寄篱之辱；倘徉瓶隐，孰若入世之强于斯也！嬉于人者情乃糜，涵于物者志寡张。是以寓目无觥，权作余暇之骋怀。在业须勤，耻其形役[62]之郎当。然而为文者，征四库、通六艺，承班马、继王杨，殚其毕生之力，沦浸翰墨之场。有如朝食，安可充肠[63]？每逢碧落星期[64]，心降王赋[65]；尝读大鹏鹏鸟，心恻贾章[66]。纵优昙[67]之一现，空负衔珠零落；比痴梨之三日[68]，凄其碎玉飘扬。前输建安七子，后逊子厚文长。当夫香丛零替，关河[69]已霜，望连堤之暗柳，寒欺螺黛[70]；北雁南翔，芳景寥寂，缥几处之炊烟，夕颤鹅黄。若夫春容秋老，徒草瘗花之芳诔[71]；夏熟冬凋，何须乞荫之绿章[72]。本非莳花以成癖，聊兴弄笔之疏狂。沉雄羞攀汉魏，绮丽孰若晋唐。仿徐庾[73]其何似，效韩柳而未遑。诗则崇于李杜，赋乃观止齐梁。然而潜神文字，何濡前名之余沥；益志临池，无惭涉笔之傍徨。预振心兵[74]，在手而不惊丈幅；安排笔阵[75]，随机则应变多匡。设彩赋形，愧未征乎崔白[76]；淋漓洒墨，似难拟于清湘[77]。原寄情以自遣，竟酬酢之强将。嗟余怀之何暇，每假日而纷忙。安得身闲置酒，读画衡文，以迎佳客；每思煮茗分瓯，调筝弄赋，再写名芳。

爰为之诗曰：裁红剪碧遣闲窗，翰海清流忆晋唐。寸管自编香国史，生花妙笔谱群芳。

又为之歌曰：含英复蕴华，玉戛谐金锵[78]。智府[79]纵可开，文渊[80]岂可量。宜将花事留笺素，文采丹青两抑扬。

歌曲乍终，轻毫甫按。明月辉天，群星耀汉。

注释

1 楚水、昭阳：兴化别名。兴化春秋属吴，战国属楚，周慎靓王时，为楚将昭阳食邑。昭阳受封于海滨之地（即兴化一带），死后葬于城西阳山。

2 井干：泛指楼台。

3 高台：兴化城北海子池畔拱极台古名玄武台，始建于宋朝初年，明嘉靖年筑玄武高台（亦名“玄武灵台”），高台如拱北辰。

4 三湖：指大纵湖、蜈蚣湖、得胜湖。

5 台沼：高台和塘。《孟子·梁惠王上》：“文王以民力为台为沼，而民欢乐之。”

6 九畹（wǎn）：《楚辞·离骚》：“余既滋兰之九畹兮，又树蕙之百亩。”一说十二亩为一畹，一说三十亩为一畹。滋兰树蕙，九畹百亩，言其多也。

7 塍（chéng）：田间土埂。

8 梅舒五福：梅花五瓣，象征五福。

9 賸：同“剩”，余下；留下。

10 八一图成：数九寒天，从冬至开始，每九天算一“九”，数完“九九”八十一天，就是暖意融融的春天。传统习俗有画“九九消寒图”的习俗。

11 黄鹤楼头，笛吹不落：李白诗《与史郎中钦听黄鹤楼上吹笛》写道："黄鹤楼中吹玉笛，江城五月落梅花。"此处反其意而用之，变悲观而为乐观。

12 萌阳莩甲：萌阳，新生的阳气。莩甲，萌芽。意思是旭日初生，草木方萌。《后汉书·章帝纪》："方春生养，万物莩甲，宜助萌阳，以育时物。"

13 十二玉楼：内丹术语，也称为"十二层楼""十二重楼"。喻仙境或神仙的居所。《史记》："黄帝时为五城十二楼，以候神人于执期，命曰迎年。"

14 鹿队衔花：奇事巧合应谶。唐明皇时，有人贡名贵牡丹一尺黄品种，帝未及观赏，即被野鹿衔去。此兆应安史之乱。宋代刘斧《青琐高议·鹿衔牡丹》载："宫中牡丹品最上者御衣黄，次曰甘草黄，次曰建安黄。次皆红紫，各有佳名，终不出三花之上。他日宫中贡一尺黄，乃山民王文仲所接也。花面一尺，高数寸，只开一朵，绛帏笼护之。帝未及赏，会为鹿衔去。帝以为不祥，有佞人奏云：'释氏有鹿衔花，以献金仙。'帝私曰：'野鹿游宫，非佳兆也。'殊不知应禄山之乱也。"

15 禹粮尧韭：见明末清初钱谦益的诗《戊寅九月初三日奉谒少师高阳公于里第感旧述怀三首（其一）》："孔思周情新著作，禹粮尧韭旧耕桑。"禹粮：传说大禹治水足迹所到之处，生长着一种奇异药草禹余粮："今药中有禹余粮者，世传昔日禹治水，弃其所余粮于江中，生为药也。"（南北朝任昉《述异记》）传说自然不足信，南北朝药学家陶弘景《本草经集注》是学术著作，所论较为严谨："言昔禹行山乏食，采此充粮而弃其余，故有此名。""南中平泽有一种藤，叶如菝葜，根作块有节，似菝葜而色赤，味如薯蓣，亦名禹余根。"明代李时珍分析，这种草本禹余粮，或称草禹余粮，就是现在常用的土茯苓，土茯苓别名禹余根、草禹余粮、仙遗粮、冷饭团、硬饭。尧韭：传说尧发现了韭。水菖蒲也称尧韭。

16 花放午晴：花儿在午后晴日绽放。宋代舒岳祥的诗《篆畦春日有怀正仲》中有"花韵午晴初"句。清代陈沆《笔花赋》有"芍药午晴，芙蓉朝旭”句。

17 晴庚：庚者，更也。“逢庚须变”，如庚日前下雨，到庚日会转晴，俗云“久雨望庚晴”，顺之则风调雨顺。

18 广寒月姊：月宫中的仙子。

19 织锦天孙：传说织女是天帝的孙女，能够织出云锦。

20 春饯芜城：在扬州饮酒作诗饯别春天。扬州之名最早见于《尚书·禹贡》：“淮海维扬州。”别称邗、广陵、江都、维扬、吴州等。南朝宋竟陵王刘诞据广陵谋反兵败，繁华之地变为荒芜之城，鲍照作《芜城赋》以讽之，于是扬州又称“芜城”。杜甫曾盛赞李白诗作“清新庾开府，俊逸鲍参军”，这个鲍参军，就是与谢灵运、颜延之合称“元嘉三大家”的鲍照。

21 歌残金缕：宋代张孝祥《踏莎行·杨柳东风》中写道：“舞彻霓裳，歌残金缕。”隐含古诗珍重之意：“劝君莫惜金缕衣，劝君惜取少年时。花开堪折直须折，莫待无花空折枝。”

22 声声之杜宇，啼怯黄莺：为诗中离别之意象。据晋代常璩《华阳国志·蜀志》，相传杜宇号“望帝”，蜀人思之，时适二月，子规啼鸣，以为魂化子规。此即唐代李商隐“望帝春心托杜鹃”所本。唐代武元衡《春晓闻莺》转写黄莺：“犹疑蜀魄千年恨，化作冤禽万啭声。”

23 秋罗：剪秋罗，又名剪罗花，明代《群芳谱》载：“剪秋罗，一名汉宫秋。色深红，花瓣分数歧，尖峭可爱。八月间开。”花瓣五片，均分两叉，如同裁剪而成。

24 鸰原：兄弟之爱。出自《诗经·小雅·常棣》：“脊令在原，兄弟急难。”脊令，也写作“鹡鸰”，水鸟在原野，失其常处，比喻兄弟急难。

25 田氏之分荆：南朝梁吴均《续齐谐记·碉玉集十二感应》载：“汉京兆田真、田庆、田广兄弟三人，共议分财，生赀皆平均。惟堂前一紫荆树，共议欲破三片，明日就截之。其树即枯死，状如火燃……因悲不自胜，不复解树。”明末清初李渔的《笠翁韵对》，有“田庆紫荆堂下茂，王裒青柏墓前枯”之句，即用此典。

26 棠棣（táng dì）：亦作常棣、唐棣，出自《诗经 · 小雅 · 常棣》："常棣之华……莫如兄弟。""兄弟阋于墙，外御其务。"颂兄弟友爱。

27 昆玉：兄弟之美称。

28 姊妹十行：十姊妹花。清代张令仪题咏："东风万物荷生成，队队红香照眼明。衰病天涯憔悴客，自怜同气各枯荣。"

29 蕙帷之兰帖：犹闺阁之互换名帖，结为姊妹之意。蕙帷为帐帷之美称。南北朝梁昭明太子萧统《铜博山香炉赋》有"蕙帷已低，兰膏未屏。爨松柏之火，焚兰麝之芳"句。明代高启有"蕙帷瑶席掩香尘"诗句。清代陈沆《笔花赋》有"蕙帷烬炧，芸幌香苏"句。

30 枣心：枣心笔，以竹管为套、石墨作心，笔心有物如枣中之核，故称。

31 兰蕊：兰蕊笔，元代湖州名笔，笔头形似含苞待放的兰花花蕊。

32 四照之花：又叫洋茱萸，初夏开花，色白如蝶，光彩四照，盛开时如满树的蝴蝶上下飞舞。

33 玉李：李子的一种。又传说中的仙李，或星名。还有一种玉皇李，相传明嘉靖皇帝定为贡品，也称"嘉靖果"。

34 韩寿之偷：典出南朝宋刘义庆《世说新语 · 惑溺》：帅哥韩寿与上司贾充的女儿好上了，经常跳墙进入内院幽会。贾充"闻寿有奇香之气，是外国所贡，一着人，则历月不歇"。这种香只能来自贾家，始"疑寿与女通"。

35 何郎：何郎面白如搽了粉一般，后泛指美男子。

36 绿珠：晋石崇有妾名绿珠。

37 映雪：晋谢安之女名映雪。

38 青娥：美少女。如唐代韩愈《晚秋郾城夜会联句》："青娥翳长袖，红颊吹鸣籥。"

39 鸠妇之晴呼：宋代陆佃《埤雅》："语曰天欲雨，鸠逐妇；既雨，鸠呼妇。"谓鸠能预知晴雨。

40 青舄（xì）：青绮制成，鞋首上翘，上缀珍珠。

41 案户：七月黄昏，银河正南北。《大戴礼记·夏小正》："七月……汉案户。汉也者，河也。案户也者，直户也。言正南北也。"

42 鸳鸯：石楠花别称鸳鸯花，正月、二月间开花，冬有二叶为花苞，一花六叶，成对而生。此外，红豆蔻花也称鸳鸯花，每蕊心有两瓣相并。

43 齐人一妻一妾：引用《孟子》散文，不顾礼义廉耻以追名逐利。

44 木槿：木槿花也称"舜华"，《诗经·郑风·有女同车》中有"颜如舜华"诗句，"舜"同"瞬"，有瞬间、短暂的意思。木槿单朵花朝开暮落，全株花又接连绽放，被赋予积极作为、永不言败、坚贞不屈的品格。

45 菱花镜对：宋代陆佃《埤雅·释草》云："旧说，镜谓之菱华，以其面平，光影所成如此。"古人以铜为镜，映日则散发光影如菱花，因而得名"菱花镜"。南北朝庾信《镜赋》云："临水则池中月满，照日则壁上菱生。"

46 何羡牡丹荷包之历历：荷包牡丹叶子与牡丹相近，花呈心形，像荷包一样串串排列，垂在花枝。

47 祁寒：严冬大寒奇冷。

48 弄玉、萧史：神话传说中的一对神仙情侣。弄玉本来是春秋时秦国国君秦穆公的女儿，萧史善于吹箫，箫声和凤凰的叫声一样优美动听，弄玉非常爱他，秦穆公便把女儿嫁给他。箫声引来一龙一凤，萧史乘龙、弄玉乘凤，双双成仙而去。"萧史""萧郎""玉人""玉女"及"乘龙跨凤""跨凤乘鸾""秦楼吹箫""凤台"等典故由此而来。

49 数奇：不幸。

50 烛影摇红：词牌名。近代音乐家刘天华（1895—1932）创作的平生最后一首二胡曲即是《烛影摇红》。此处指蜡烛花，水乡常见的香蒲，别名蒲黄和蒲草，俗称"水蜡烛"，棕褐色的花如"蜡烛"一般直挺。到了果熟期，絮状的种子就会从紧致有序的褐色蒲棒喷洒出来，吹起来好似蒲公英。另外，还有一种天南星科花烛属的蜡烛花（花烛），原产墨西哥、哥斯达黎加、哥伦比亚等热带雨林区。

51 白石数拳：拳石指园林假山、小石块。明代张宁《题竹石图送宣天然》:“白石一拳小，脩篁数叶多。”传统国画构图意在小中见大，尺幅千里，一拳代山，一勺代水，以有限笔墨表现无限时空。因此，花赋写不完，难免遗珠之憾。

52 憬短晷之余照：出自清代吴锡麒《广陵赋》。短晷：日影短。谓白昼不长或将尽，或泛指短暂的时间。

53 萍因絮果：萍因，典出《滕王阁序》:“关山难越，谁悲失路之人。萍水相逢，尽是他乡之客。”浮萍因水而四处流荡，聚散不定，比喻人本素不相识，因机缘巧合偶然相逢。絮果，典出《世说新语·言语》:“谢太傅寒雪日内集，与儿女讲论文义。俄而雪骤，公欣然曰：白雪纷纷何所似？兄子胡儿曰：撒盐空中差可拟。兄女曰：未若柳絮因风起。”清代袁绶（袁枚的孙女）的词《木兰花慢·春柳》中写道:“休说萍因絮果，玉关芳讯谁传？”

54 葭管吹灰：葭指芦苇，苇杆内壁有一层很薄的膜，称为“葭莩”，把它揭下来烧成灰，称为“葭灰”。葭灰非常轻，把葭灰放进葭管（律管）中，然后在管口盖上葭莩膜。古人用律管候天地之气，先确定了二十四节气中的冬至，由冬至再确定其他节气。宋代汪宗臣《水调歌头·冬至》词曰:“候应黄钟动，吹出白葭灰。”冬至一阳生，当冬至时辰到来时，由于阳气开始上升，黄钟葭管中的灰就会被冲得飘出来，这就是所谓的灰飞，或者叫吹灰。以此类推，在其他节气时辰到来的时候“静候佳音”，其他的管子就会相应的“吹灰”。这种基于阳气升腾之原理，占验节气变化的候气之法，最早见于司马彪所续《后汉书·志一·律历上》谓:“夫五音生于阴阳，分为十二律……阴阳和则景至，律气应则灰除……冬至阳气应，则乐均清，景长极，黄钟通……夏至阴气应，则乐均浊，景短极，蕤宾通……室中以木为案，每律各一……以葭莩灰抑其内端，案历而候之。气至者灰动。其为气所动者其灰散，人及风所动者其灰聚。”乐器奏出乐音，是人为发出和谐的振动，天籁之音则是天地之气推动奏出的大音。

55 凤轸：此处指琴柱。中国传统音乐“律吕之学”与天文历法关系密切。

56 诸葛之菜：即大头菜，传说是诸葛亮发现的。

57 青荷中妇之镜，黄竹女儿之箱：水中青色的荷叶可用作梳妆的镜子，岸边黄竹可以编制女儿出嫁用的箱子。引自清初诗人王渔洋的成名作《秋柳》四章之二："浦里青荷中妇镜，江干黄竹女儿箱。"王渔洋则是借鉴了乐府清商曲《黄竹子歌》"江干黄竹子，堪作女儿箱"等句。

58 胭脂染罗襦之红装：罗襦指绸制短衣。出自宋代叶适《中塘梅林天下之盛也聊伸鄙述启好游者》："胭脂蘸罗縠，绛艳生裙襦。"

59 鸡葵：秋葵叶似鸡脚，又名鸡脚葵、鸡爪葵。

60 孔章：亦作"孔彰"，非常显明，十分显著。

61 桑树连行：《三国志·诸葛亮传》记载，诸葛亮自表后主曰："成都有桑八百株，薄田十五顷，子弟衣食，自有余饶……不使内有余帛，外有赢财。"诸葛亮留给子孙的不是物质财富，而是精神和智慧。我国种桑历史悠久，殷商时期的甲骨文中已有"桑"字。人们把"桑梓"作为家乡的代称。桑树浑身都是宝，根皮、枝、叶、果实都可供药用，甚至长在它枝干上的寄生物（桑寄生）都能入药。桑叶甘、苦，寒，归肺、肝经，疏散风热，清肺润燥，清肝明目。用于风热感冒，肺热燥咳，头晕头痛，目赤昏花。根皮为桑白皮，功能泻肺平喘，利水消肿。嫩枝为桑枝，祛风湿，利关节。果实为桑椹，药食兼用，有滋阴补血、生津止渴、润肠通便、安神益智、明耳目、乌须发的作用。

62 形役：思想不自由，心神被生活、功名利禄所驱使。出自晋代陶渊明的《归去来辞》："既自以心为形役，奚惆怅而独悲？"

63 有如朝食，安可充肠：食不饱。见唐代韩愈《县斋有怀》："朝食不盈肠，冬衣才掩骼。"

64 碧落星期：碧落，泛指天上。如白居易《长恨歌》诗："上穷碧落下黄泉，两处茫茫皆不见。"期，约定。星期，星月之夜约会。如元代乔吉的词《行香子·题情》："海誓山盟，白玉连环。月约星期，泥金小简。"

65 王赋：即陈王赋，指三国·魏·曹植的《洛神赋》。曹植生前曾为陈王，去世后谥号“思”，因此又称陈思王。明代高启《十宫词·魏宫》：“至尊莫信陈王赋，那得人间有洛神？”

66 尝读大鹏鵩（fú）鸟，心恻贾章：李白《大鹏赋》以大鹏自况，恣肆豪放，而贾谊《鵩鸟赋》写的是望而生厌的鵩鸟，大鹏鵩鸟，天壤之别。《史记·屈原贾生列传》记载：“贾生为长沙王太傅三年，有鸮飞入贾生舍，止于坐隅。楚人命鸮曰‘服’。贾生既以适居长沙，长沙卑湿，自以为寿不得长，伤悼之，乃为赋以自广。”汉文帝时，贾谊被外放到长沙，任长沙王太傅，重演当年屈原的遭遇，心里郁郁寡欢。一天，有只鵩鸟闯进了他的居室，一种不祥的阴影顿时笼罩在贾谊的心头，到死挥之不去。作者认为，两者对照着读，更容易被贾谊的悲情打动。

67 优昙：《妙法莲华经·方便品》：“佛告舍利佛，如是妙法，诸佛如来，时乃说之，如优昙钵花，时一现耳。”优昙钵花，也称为优昙花，很多时候简称为昙花。成语“昙花一现”由此而来。尽管佛经中的优昙钵花跟我们现在看到的昙花并非同一种花，并不影响我们产生联想。昙花不但有欣赏价值，而且有药用价值，可以采摘晒干炒肉吃，据《中药大辞典》介绍，冰糖水冲服昙花，有清肺热、止咳化痰的功效，可用于肺结核病。

68 痴梨之三日：梨者，离也。杨贵妃魂断马嵬坡，不是生离而是死别，唐明皇日夜思念，情不可禁。梨园天子伤别离，道士施术整三日；梦中得见杨贵妃，“梨花一枝春带雨”（白居易《长恨歌》）。

69 关河：关山河川。如唐代杜甫《送远》诗句：“草木岁月晚，关河霜雪清。”

70 螺黛：古人用以画眉的青黑色颜料，可代指蛾眉，或喻指高耸盘旋的青山。明代唐寅《六如居士集·卷一》中的诗《登法华寺山顶》以山喻眉：“昔登铜井望法华，嵸巃（zǒng lóng）螺黛浮蒹葭。”北宋王观的词《卜算子·送鲍浩然之浙东》以眉喻山：“水是眼波横，山是眉峰聚。欲问行人去那边，眉眼盈盈处。才始送春归，又送君归去。若到江南赶上春，千万和春住。”

71 瘗花之芳诔：悼念花的文章。瘗（yì），埋葬。诔（lěi），祭文。

72 乞荫之绿章：写一道绿章，呈给天帝，希望阴凉一些，防止花儿灼伤。

73 徐庾：南北朝时期的徐陵和庾信的并称，文学风格称为“徐庾体”。徐陵以宫体诗及骈文著名，《玉台新咏序》为代表作。庾信世称“庾开府”，文学“穷南北之胜”，《哀江南赋》为代表作，有“赋史”之称。

74 心兵：出自汉代韩婴《韩诗外传》：“心欲兵，身恶劳。”意思是人心感物而动，如军队出兵。唐代韩愈《秋怀诗》有“冥茫触心兵”句，同西晋陆机《文赋》所谓“精骛八极，心游万仞”之谓。

75 笔阵：将书法比作排兵布阵。卫夫人，名铄，字茂漪，传为王羲之之师，创《笔阵图》，总结七条基本笔法，“永”字八法即源于此，全称《笔阵出入斩斫图》，寓意用笔写字作战杀敌。

76 崔白：北宋画家，擅长花鸟写生。

77 清湘：明末清初画家石涛，别号清湘老人，与弘仁、髡（kūn）残、朱耷合称“明末四僧”。著有《苦瓜和尚画语录》。

78 玉戛谐金锵：成语“戛玉锵金”，敲打玉器和金器，或金玉相击，形容声调响亮、铿锵悦耳，有金声玉振、气节凛然之感。语出宋代王迈《祭海阳县尉林磻叡先生文》：“先生之学，涵古茹今；先生之文，戛玉锵金。”又如胡蕴玉《中国文学史·序》：“当其盛也，扬葩振藻，为敲金戛玉之音。”

79 智府：心智所藏之所。《素问·灵兰秘典论》：“心者，君主之官也，神明出焉。”唐代杨炯《后周明威将军梁公神道碑》：“灵台远鉴，与霜月而齐明；智府弘深，共烟波而等旷。”

80 文渊：明清两朝均建有皇家藏书之地“文渊阁”，曾收藏《永乐大典》和《四库全书》。

唤醒百花齐开放

意译

楚水分流，昭阳故址，河汉纵横，波光粼粼。高台远眺，星辰大海，井干凭栏，极目天际。南沧古渡，流水潺潺，东城门外，水色连天。梦里水乡，闲适宁静，村庄密布，田垅相连。三湖浩渺，钟灵毓秀，四季花香，瓜果遍地。城池一体，台沼相接，小园幽径，移步换景。花圃果林，嫣红姹紫，田野肥沃，广袤无垠。

风传花信，百花次第，水波飞纹，心荡涟漪。梅开五福，苞吐双双，灿若熔金，黄冠绛蒂。炎黄精神，松柏气质，小寒甫至，凌寒而立。陆游爱梅，赋诗百篇，和靖情痴，鹤子梅妻。冰心傲骨，撼人魂魄，无惧无畏，凛然正气。伟哉中华，民族众多，山河壮丽，地大物博。百花齐放，五谷丰登，繁荣昌盛，日上蒸蒸。画梅九枝，每枝九朵，九九消寒，八一图成。梅占花魁，品格高洁，春风入户，喜气盈门。黄鹤楼中，玉笛声声，周天寒彻，铁骨铮铮。旭日初生，草木方萌，风调雨顺，甘霖滋润。玉树临风，红梅吐艳，引来群芳，春色渐深。春风和煦，剪成细叶，春雨绵绵，催开嫩蕊。

玉殿春满，牡丹沐恩，吴苑色艳，汉宫香腾。沉香亭畔，君王独赏，兴庆池边，袅袅箫声。霓裳羽衣，环肥燕瘦，清平三调，精彩绝伦。谷雨之花，天生丽质，众香国里，芳名第一。野鹿衔花，一语成谶，安史乱起，马嵬断魂。一时红艳，化为虚幻，禹粮尧韭，平凡是真。

二十四桥，明月之夜，柔情似水，芍药争妍。午后晴日，艳阳高照，狂香醉粉，春色宜人。月中仙子，自愧不如，织女含羞，自惭形秽。花似珊瑚，叶似琉璃，元稹诗赞，如醉如痴。乐天感慨，大彻大悟，几花欲老，几花开新。九十韶华，三春初度，万千红紫，夏花方兴。蠡湖清波，虎丘锦绣，渔歌渐远，陌上成荫。叶叶分层，花花相映，诗情画意，令人陶醉。春去，春去，依依杨柳；广陵，广陵，萋萋别情。

万年青叶，年年常绿；月季蓓蕾，月月新增。万紫千红，百花齐放，奇花异卉，领异标新。风情万种，各领风骚，芳华璀璨，春色融融。

若描花态，风姿绰约，仪态万千，美不胜收。或显蓬松，随意披拂，或呈对称，呼应相参。若观花颜，五彩缤纷，淡妆浓抹，天然雕饰。或浅或深，相互映衬，铅华朱汞，各展风采。

秋罗如剪，春兰似箭，杜鹃染红，紫薇耀星。紫荆树枯，兄弟抱痛；棠棣花荣，兄弟情深。十姊妹花，成团成簇，义结金兰，同心同意。绣球花美，也称八仙，颜色七变，活力充沛。萱草忘忧，俗唤金针，凌霄柔弱，壮志凌云。含羞草柔，浪漫甜蜜，腼腼腆腆，羞羞怯怯。碧桃花灿，以爱消恨，蓬蓬勃勃，灼灼蓁蓁。丹青妙手，敷色典雅，对花写照，与花传神。勾勒点染，细入毫芒，酣畅淋漓，栩栩如生。

二十四番，花信风传，时光荏苒，新葩不断。水仙凌波，微步生香。悬花玉罄，佛号瑜伽。栀子如玉，盘如翡翠。山茶花开，天展云霞。紫藤高悬，绿影横斜。辛夷绛朵，又名木笔。枫叶芦花，秋风萧瑟。美人香草，泽畔行吟。石榴花红，叶拥繁华。枣心挥毫，四时之竹；兰蕊点彩，四照之花。

玉皇之李，帝子后裔，谪仙李白，自号青莲。玉兰临风，花开树梢，洁白如玉，品格崇高。韩寿偷香，枉费心机，何郎傅粉，空忙一场。叶芽之妍，宛如绿珠，花儿晶莹，恰似映雪。

绣女青娥，苏绸鲁缟，鸠妇呼晴，鸳鸯烦恼。静而思动，年增岁老，停针罢绣，手舞足蹈。绣球满树，青舄飘飘，秋露盈盈，燕莺娇娇。莲花并蒂，人间美妙，牵牛挽树，银河迢迢。

鸳鸯花儿，成双成对；合欢花儿，至善至美；铁树常青，羽状复叶；鸢尾冷艳，如蝶似鸢。

刹那木槿，照水菱花，难比芙蓉丽面妍妍；千金散尽，满树榆钱，何羡牡丹荷包历历。

罂粟娇冶，恶毒无比，致命诱惑，万劫不复，吞云吐雾，幽灯残月，形销骨立，身败名裂；棉花敦厚，天生温柔，长絮绵绵，棉桃叠叠，严冬送暖，德胜百卉，慈母胸怀，丰功伟业。

凤仙花儿，秦楼曾见，弄玉吹笙，萧郎吹箫，乘龙跨凤，情真意切；虞美人花，可是虞姬，垓下之歌，香凝碧血，英雄末路，美人贞烈。

观雁来红，一见倾心；赏湘妃竹，泪痕含悲。

听吊钟花，骨骼清奇，玉盏瑶钟，风中振响，声如促织，瞿瞿呖呖；怜蜡烛花，水边孤寂，烛影摇红，欲哭无泪，何期生光，亮比流萤。

寒来暑往，桃红柳绿；冬去春来，花香鸟语。苍松笼葱，翠竹高洁；泼墨挥毫，流芳艺林。

武后颁诏，上苑催花，明皇兴起，羯鼓催春。回春之力，逆天之能，花开有序，人定胜天。洛阳花放，冠名东都；海棠垂丝，归属西府。学士簪花，传名天下；蟾宫折桂，享誉四方。枸橼高挂，大戟扬威；戎葵一丈，长戈耀武。马齿苋菜，茎红叶绿，伯夷叔齐，不食周粟；鸡冠头花，花中之禽，祖逖发奋，闻鸡起舞。至于龙舌兰，虎须菊，红紫披纷，三五成群。天竺粒粒，状若珊瑚；马乳葡萄，酸酸甜甜。时序轮循，推陈出新。忍冬耐寒，经冬不凋，新荷出水，犹喜酷暑。白石腊雪，寒意袭人；绿波一勺，春风盎然。绝世仙姿，谁可同行？花名不尽，群芳入谱。

蝶舞蹁跹，寻芳传粉，蜂飞轻盈，花间采蜜。红裳翠袖，白袷青裙，沉鱼落雁，花如美人；杏脸桃腮，樱唇榴齿，生情惊艳，美人如花。暮春柳絮，漫天纷飞；旋覆花飘，直上青云。蒹葭落落，万里悲秋，芦荻萧萧，游子思乡。

等到霜寒露冷，落英纷纷，晨昏之际，花木稀疏。江上秋波，寻寻觅觅，百卉凋残，无可奈何。萍因絮果，化作泥土，春去春回，自在枯荣。一元复始，辞旧迎新，万物复苏，草木萌生。繁花似锦，欣欣向荣，菁华拔萃，旖旋超群。

打仗备粮，诸葛之菜，勤政爱民，召伯之棠。端午时节，燃艾挂蒲，怀念屈原，粽子投江。石榴红火，多子多福，重阳登高，遍插茱萸。佛手柑，六根清净，僧鞋菊，双界色香，怎能目之异端，摈弃一旁？玉簪花，青丝高髻；金钗花，蝉鬓云鬟。芙蓉花，清溪照影；夜来香，梦里芬芳。夫人梳妆，青荷作镜，女儿出嫁，黄竹为箱。蓼蓝染布，胭脂红妆。王谢堂前，燕去花稀，满园荒草；渊明衡宇，松存菊在，三径清幽。

别有鸭跖草、秋葵、马兰、燕麦、龙须草、虎耳、狗尾、牛蒡、海藻（胶可制笔）、鸢花、猪笼、鼠李、羊椒、鹿角菜、菟丝子、蛇床子，时时可见，田野、路边、山间、水畔，处处生长。虽寂寂无名，却十分实用，可佐餐辅食，能入药治病。虽然罕有盆栽，庭榭难觅，依然同承雨露，共沐阳光。西晋潘岳，第一美男，河阳为令，满县桃花。三国孔明，俭以养德，成都种桑，廉以传家。

如果搭起花架，花儿不免有寄人篱下之辱；如果插入花瓶，虽有隐逸之趣，还不如积极入世，快意人间。迷恋于享乐则精神颓废，沉沦于物欲则意志萎顿。所以赏花莫贪，权作工余之消遣。业精于勤，切莫心不在焉、吊儿郎当。

然而为文者，征四库、通六艺，承班马（班固、司马迁)、继王杨(王褒字子渊，杨雄字子云，王杨二人并称“渊云”，又与司马相如三人并称“蜀中汉赋三大家”)，学海遨游，殚精毕力。学无止境，学知不足。当星月之夜，思天人相会，内心折服曹植的《洛神赋》。读完李白《大鹏赋》，再读贾谊《鹏鸟赋》，更容易与贾谊产生共鸣。

纵然昙花一现，鹿衔花去，珠零玉落；怎比痴梨三日，肝肠寸断，玉碎香消。前不及建安七子，后不及子厚(柳宗元)文长(徐文长)。花木凋零，关河冷落，长堤垂柳，寒霜满山；北雁南飞，芳华落尽，炊烟升起，袅袅鹅黄。花开花谢，生命轮回，冷月葬花，徒添伤悲；春花秋实，夏熟冬凋，乞求护花，徒劳无益。莳花助兴，翰墨怡情，汉魏沉雄，晋唐绮丽。骈仿徐庚，文追韩柳，诗崇李杜，赋仰齐梁。潜心习古，亦步亦趋，立志临池，毕恭毕敬。胸有成竹，意在笔先，丈幅之间，游刃有余。书为心画，匡正补益，安排笔阵，随机应变。工笔水墨，敬畏崔白，写意泼彩，倾慕石涛。奢望假借时日，丹青遣怀，难逃纷扰，疲于应酬；常想岁月静好，浮生偷闲，置酒迎宾，吟诗赏画；每思风清云淡，调筝弄赋，香茗待客，续写新章。

乃为之诗曰：裁红剪碧遣闲窗，翰海清流忆晋唐。寸管自编香国史，生花妙笔谱群芳。

又为之歌曰：含英复蕴华，玉戛谐金锵。智府纵可开，文渊岂可量。宜将花事留笺素，文采丹青两抑扬。

歌曲乍终，轻毫甫按。明月辉天，群星耀汉。

赏析

这篇赋写得最长，几近 3000 字（正文不连标点，计 2889 字）。

不妨列举几个熟悉的赋比较一下：向秀的《思旧赋》不足 200 字，江淹的《恨赋》405 字，杜牧的《阿房宫赋》514 字，宋玉的《登徒子好色赋》515 字，苏东坡的《前赤壁赋》643 字、《后赤壁赋》450 字，曹植的《洛神赋》984 字，司马相如的《子虚赋》1493 字、《上林赋》2691 字（版本不同字数略有差异）。

写大赋，谋篇布局不易，铺陈排比尤难。这篇《笔花赋》不仅追求辞采，在体物写志方面同样突出，融叙事、描写、抒情、议论为一体，声情并茂，引人入胜。除了附于文末的诗词外，共分七段，每段一韵，各段的最末一字连结起来正是："生花妙笔谱群芳"，可见意在笔先，构思精巧。

这篇赋可以理解为"总赋"，是前十二篇的总结和延伸。

写到的花和植物有 100 余种：兰、梅、牡丹、禹余粮、尧韭（水菖蒲）、芍药、万年青、月季、剪秋罗、杜鹃、紫薇、紫荆、棠棣、十姊妹花、绣球花、萱草、凌霄、含羞草、碧桃花、水仙、悬花玉罄、栀子、山茶花、紫藤、辛夷、枫叶、芦花、石榴花、四照花（洋茱萸）、玉李、玉兰、绣球、莲花、牵牛、鸳鸯花（石楠花）、合欢花、铁树、鸢尾、木槿、菱花、芙蓉、榆钱、荷包牡丹、罂粟、棉花、凤仙花、虞美人、雁来红、湘妃竹、吊钟花、玉盏、蜡烛花（蒲黄，俗称“水蜡烛”）、桃、柳、竹、海棠花、桂、枸橼、戎葵、马齿苋、鸡冠头花、龙舌兰、虎须、菊、天竺、马乳葡萄、杏、樱、萍、诸葛菜（大头菜）、旋覆花、艾、蒲、石榴、茱萸、佛手、鞋菊、玉簪花、金钗花、夜来香，蓼蓝、松、菊、鸭跖草、秋葵（鸡葵）、马兰、燕麦、龙须草、虎耳、狗尾、牛蒡、海藻、鸢花、猪笼、鼠李、羊椒、鹿角菜、菟丝子、蛇床子、桑、优昙（昙花）、梨。

乔惟良先生骨子里似乎有意炫技，而又举重若轻，不动声色。说是炫技，也不尽然。他并没有奢望作品会传世，也可能没有想到，会得到越来越多的青年读者喜爱。

诗人有时写给别人读，有时给自己存着，还有的时候向着天空倾诉。如此可将诗歌分为三类，一类是让你懂的，另一类是让自己懂的，还有一类大概连诗人自己都讲不明白，这就是“言不尽意”。事实上，很多情思是只可意会而不可言传的。

言是血肉，意是灵魂。“平芜尽处是春山，行人更在春山外。”（欧阳修句）

语言有局限性，血肉再丰满，也只是皮囊，这是诗的遗憾。语言的空白处又有了延展性，提供了安放灵魂的地方，赋予无限想象的可能，言外之意、弦外之音，常读常新，这是诗的魅力。

乔惟良先生就像住在竹里馆的王摩诘，“独坐幽篁里，弹琴复长啸。深林人不知，明月来相照。”他的花赋，是心灵的独白。知音难觅，心中有一轮明月静静地相伴，就已足够。独坐、弹琴、长啸，痴情不改。

十三篇《花赋》，就像古琴面板上的十三个琴徽。琴徽用螺钿或金、银、玉、石镶制而成，由小到大，又由大到小，亮晶晶的圆星星对称地排成一行。篇幅最长的《笔花赋》无疑是一行的正中央、个头最大的第七徽。

清人周鲁封《五知斋琴谱》中有一篇《十三徽论考》，将分列两边的十二个琴徽与六律（黄钟、太簇、姑洗、蕤宾、夷则、无射）和六吕（大吕、夹钟、仲吕、林钟、南吕、应钟）一一对应，还把正中间最亮的那颗星，说是“七徽为君，居中以象闰”。这样的诠释赋予了古琴宏大的意象，引人遐想。

初读这篇赋，我有过疑惑，为什么题目叫作《笔花赋》，让人容易与作者的另一篇《木笔花赋》相混淆。实际上，《笔花赋》文题的含义就隐藏在韵脚“生花妙笔谱群芳”里了。这支赋花之笔是史笔，记录下众香国里花们的“香国史”、折射出可歌可泣的中华文明史、见证了缠绵哀怨的王朝兴衰史；这支生花妙笔是画笔，色彩斑斓，跃然纸上，热情讴歌的花卉、药草，娓娓道来的典故、史实，组成了蔚为大观的群芳画廊，奏出了波澜壮阔的诗画交响。

这篇《笔花赋》也是尾声。繁花似锦，令人目不暇接。就像一场精彩歌剧演出后的谢幕仪式，所有的演员一齐亮相在舞台。“歌曲乍终，轻毫甫按。明月辉天，群星耀汉。”彦公搁笔的那一刻，星月交辉，万籁俱寂。

花香氤氲，听，花开的声音……

乔惟良《百花齐放图》（1981年），上题：
万卉千芳拱北辰，炎黄豪气满乾坤。
年丰人健山河壮，花甲连绵祝寿星。

后记

兴化医派生长于兴化大地，根植于兴化文化。了解兴化医派的文化基因和地域特色，有助于我们从文化史、思想史的角度重新审视这一江苏重要的医学流派的历史渊源与当代发展。在中医药文化的研究与传承中，要勇于跨界融合，深化对中医学与中华传统文化交融互进关系的认识，通过“中医药+”的方式，更加有力地推动中医药文化的创新性发展、创造性转化。

兴化市中医院与兴化中学毗邻，杏林、杏坛交相辉映，是兴化东城新区的一道璀璨夺目的文化风景线。兴化中学的前身是清道光十四年（1834）创建的“文正书院”，1926年开始新式办学，1980年被省政府定为省首批办好的重点中学之一。兴化中学校歌的词作者姚彝伯，既是名师，又是名医，是乔惟良的国学启蒙者和引路人。

姚彝伯（1894—1969），名公良，字彝伯，一作夷白，世业医，为兴化医派代表性医家赵海仙的老师姚武宽之孙。父母早逝，幼年孤贫，嗜读不倦，与徐霭青（兴化市中医院首任院长）一起师从赵海仙的大师兄江泽之的弟子江景园学医。姚彝伯工诗文，擅书画，为辛亥革命的精神先驱——“南社”社员（柳亚子《南社纪略》记载兴化有三人，另两位是：徐德培，字笃夫，号南邨；李远猷，字远尤，号辛夷）。曾受聘为兴化中学国文教员，亲编《国学常识讲义》，是兴化最早通读鲁迅先生全部著述的第一人。1963年主持兴化第一批公办中医带徒出师学生的出卷、改卷、评议工作，著有《方剂学》《中国医学发展史》等。姚彝伯集名医、名师于一身，让我们看到了医学、文学、艺术学、教育学的融会贯通。

乔惟良另一位国学老师——高廪（1870—1931），字甘来，又字穗九，清末廪生，教育家、经学家、书画家，《民国兴化县志》卷十三“人物志”

有传。高廪是明代兴化三阁老（高穀、李春芳、吴甡）之一高穀的十二世孙。高穀，字世用，号育斋，永乐十三年进士，历永乐、洪熙、宣德、正统、景泰五朝，官至谨身殿大学士兼东阁大学士、代理首辅，《明史》有传，兴化四牌楼悬有旌表其“五朝元老”的牌匾。高穀书写的《兰亭序跋》收入《历代碑帖大观》，另有《怀亲诗》《杂文一篇（楷书五百字）》收入《历代著录法书目》。明代万历时期的王世贞，评论高穀的书法“秀润、可爱”。高穀也善画，《武侯像》手卷有多位名人题跋。高廪之“廪”，与高穀之“穀”，实为一脉相承之义。穀：续也，百谷之总名，引申为善也。廪：谷藏为仓，米藏为廪，《诗·周颂·丰年》有“丰年多黍多稌，亦有高廪，万亿及秭”之句。《黄帝内经》把脾胃称作“仓廪之官”。所谓得谷则昌，失谷则亡；有胃气则生，无胃气则死；民以食为天，脾胃乃后天之本也。高廪书法擅魏碑，刚劲挺拔；画兰宗板桥，气势沉雄。杨鹿鸣《兰言四种·画兰琐言》评他“用笔秀逸，气势沈雄，画花纯似橄榄轩主（郑板桥自号），盖得其真髓者”。高廪受聘为江苏省立第八中学（扬州中学的前身）国文教员，后请辞返回故里设塾授徒。兴化书画、医学界之翘楚——吴鲁宾（名医，擅墨竹）、徐霭青（名医，精书法、诗词）、姚夷白（名医、名师、南社诗人）、赵又泉（名医，擅花鸟）、黄碧园（擅书法、山水）、任白也（擅山水）、李鞠侪（擅画虎）、孔应廷（擅花鸟）、李宗海（擅魏书、工诗词、善对联）等都曾入高氏门下。“高”师出高徒，桃李竞芳菲，高廪无比自豪，以为“此乃一生得意之时”，又执教于兴化中学。高廪寓教于乐，曾即兴赋诗一首：“得玩玩处且玩玩，玩到玩头更好玩，只恐欲玩玩不得，许多玩处让人玩。”全诗二十八个字，就有十一个“玩”字。高廪要求学生，既要会学，又要会玩，这种教育理念无疑是先进的。

乔惟良在兴化中学教授化学、博物等课程。化学课上，指导学生做雪花膏、酿酒酿、制汽水、造肥皂、用乙醚粘乒乓球，教得有趣，学得轻松，兴味盎然。博物课缺少标本、挂图，也没有现在的多媒体教学条件，乔惟良在黑板上信手画出各种动、植物，寥寥几笔，妙趣横生，学生不知不觉地在

"玩"中学到了知识，印象深刻。乔惟良从高老夫子学到了"玩"的精髓，又传给了弟子们。"第八徒"朱静波有一篇发表在《泰州晚报》(2021年11月30日第8版)上的散文《陪自己玩》，回忆跟乔师学艺的经历：

"先生是影响我一生的人……先生告诉我如何'陪自己玩'……先生说，你玩麻将，玩扑克，玩象棋，玩掉的只是时间。你玩文学、玩绘画就不同了。玩十年，有十年的收获。玩二十年，会有二十年的收获。如果玩上三十年，在这件事上，你肯定能比别人超出一大截……关于艺术的起源，有'游戏说'……先生的'陪自己玩'，其实就是'修炼自己'，把自己往高处玩。说到底，一个人，只有自己才能成就自己。正是因为先生会陪自己玩，才从容地走过了自己相对完美的人生。"

乔惟良从徐子兼学画，"乔猴"传自"徐猴"。徐兆彬(1893—1945)，字子兼，以字行，号中子、癯鹤，兴化职业画家。师从蒋石渠弟子汪继声，曾获第二次西湖博览会一等奖，花鸟、虫鱼、走兽无不精工，尤擅猿猴、松鼠。画猴毛茸茸、目炯炯，形神毕肖，栩栩如生。徐子兼往来于邗、锡、宁、沪、杭之间，与无锡秦古柳最善，切磋画艺。两人经常合作，子兼画猴，古柳补景，相得益彰。中年后定居兴化东城外大街"状元坊"北侧的"啸天庐"。汪曾祺散文《我的父亲》回忆：

"兴化有一位画家徐子兼，画猴子，也画工笔花卉。我父亲也请他画了一套册页，有一开画的是罂粟花，薄瓣透明，十分绚丽，一开是月季，题了行字：'春水蜜波为花写照。'"又在小说《皮凤三楦房子》中写道："堂屋板壁上有四幅徐子兼画的猴。徐子兼是邻县的一位画家，已故，画花鸟，宗法华新罗，笔致秀润飘逸，尤长画猴。他画猴有定价，两块大洋一只。""吃了家乡的卡缝鳊、翘嘴白、槟榔芋、雪花藕、炝活虾、野鸭烧咸菜……端详了徐子兼的画猴，满意得不得了。”

汪曾祺是邻县高邮人，对里下河风物了如指掌，对徐子兼推崇备至。

徐子兼师从汪承业。汪承业，字继声，擅长花卉，尤擅设色没骨画法，秀润艳丽，神韵潇洒，千娇百媚，如妙龄女郎，笔墨流转，构图空灵，生机勃勃，有水彩韵味。作品风靡一时，名满大江南北。当时汪继声的润格与傅抱石不相上下，很多藏家把他们的小品放到一起装裱。编撰第一部《中国医学史》的陈邦贤（兴化沙沟镇人），在《自勉斋随笔》中记述汪继声学画的一段趣闻：

“他所绘的画，善于调色，红花绿叶，异常鲜艳。他是前清的一个附生，诗文都很好。他每逢宴会的时候，兴致很豪，既能饮，又能唱，他是精神上很快乐的一个人。据说他在幼小读书的时候，他的老师叫做蒋石渠，也是兴化一位名画家。他在那里不很读书，有纸辄画，画后便收在他的抽屉里，也不给人看。蒋先生有一天把他的抽屉揭开，看见他满抽屉都是画的，便赞叹不置，从此汪先生也就公然地向蒋老师学画了。”

汪继声的师父蒋石渠，是继郑板桥、李鱓之后，与王维翰（字墨林）并称“咸丰楚水二老”的晚清兴化画坛领袖。汪继声开创了兴化马桥“汪派”。“汪派”画家影响较大的有宫锡庚（字辛伯，后移居扬州，为崇祯十六年进士宫伟镠后人）、王述夫（号瘦生，笔墨润泽、淋漓洒脱）、刘恩寿（字介眉，擅长花卉，尤擅牡丹，设色淡雅，清新喜人）、王云（字柏森，以字行，后寓居上海悬牌鬻书卖画自给），以及刘剑庵、孔应庭、赵又泉等。兴化马桥“汪派”为早期海上画派的一支劲旅，画风可上溯乡贤李鱓。李鱓，字宗扬，号复堂，其别号多得差点赶上傅青主，有懊道人、木头老子、里善、中洋、中洋氏、墨磨人、苦李、滕薛大夫等，为“状元宰相”李春芳六世孙。李鱓是“扬州八怪”中最早成名者，写意花卉虫鸟当为八怪之首。

乔惟良从为人到治学，深受高甘来、姚彝伯、徐子兼三位先生的熏陶，他得天独厚地受到了兴化文脉、兴化画脉、兴化医派的共同滋养。

乔惟良是兴化画脉坚定的传承者，传承谱系清晰：蒋石渠—汪继声—徐子兼—乔惟良。

乔惟良虽然不以医为业，却继承了兴化医派的文化传统，传承脉络分明：赵双湖—赵小湖—江泽之—江景园—姚彝伯—乔惟良。

国医大师裘沛然说得好：“医学是小道，文化是大道：大道通，小道易通。”乔惟良无愧为兴化文脉承前启后的赓续者。

乔惟良是杏坛名宿，也通杏林之道，他学贯中西，博涉多能，“英汉文史，从容执教；数理生化，授业有方。工丝竹而精琴韵，绘金猴而通灵神。丹青铨之阆苑，墨翰莹于域外。”（闵宜，余润泽．早春笛音．济南：山东人民出版社，2016）他爱好京剧，写的剧本堪比专业作家；20世纪40年代在兴化京剧社化装彩演窦尔敦，全场阵阵喝彩。他在生活上富于情趣，困难时期，陪夫人代他人缝纫裁剪补贴家用，烟瘾难熬会自制卷烟机解馋。他是写赋的高手，其女儿乔以坤经常念叨：“爸爸撰花赋十三篇，可花了老大劲儿了。”

彦公《花赋》遗墨手稿，尘封近半个世纪，鲜为人知。不但跟他学画的弟子，因未能完全读懂而愧疚，就连中文专业的高徒读来也会感到吃力。文化需要传承，笔者历时三年，搜集、点校、译注，从文化、艺术、中医药多重视角加以解读、赏析，整理出比较完整、可靠的《花赋》文本。笔者写注释，就像跟着高手拆招；写意译，就像隔着时空唱和。无论是逐字逐句加以解读，还是探赜索隐揭秘典故，力求深入浅出、准确清晰、文质兼美、还原情境。高山仰止，景行行止，虽不能至，心向往之。无论挑战成功与否，笔者始终享受着这一过程——多少次在迷雾之中苦苦追寻，忽然有一束光照亮了前方，一时茅塞顿开如拨云见日，恍然大悟似醍醐灌顶，那种“踏破铁鞋

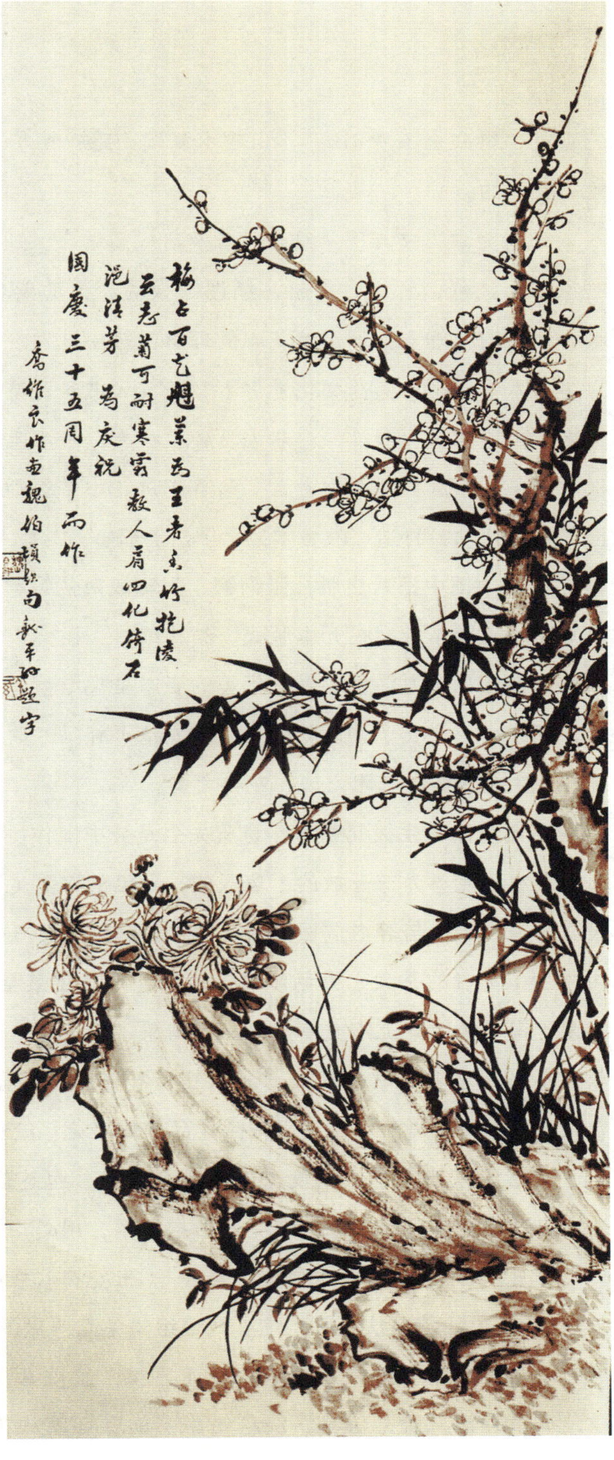

乔惟良《四君子图》，上题：『梅占百花魁，兰为王者香。竹抱凌云志，菊可耐寒霜。教人肩四化，倚石浥清芳。为庆祝国庆三十五周年而作。乔惟良作画，魏伯埙[1]织句，魏平孙[2]题字。』

1. 魏伯埙（1921–2000），毕业于国立中央大学（今南京大学前身）数学系，受聘为兴化中学数学教师，参与泰兴口岸中学建校，连任多届兴化市政协常委。兼文理，工诗词，善弈棋。
2. 魏平孙（1910—1986），毕业于上海中国医学院，恩师秦伯未赞其『敏而好学，质朴才精，习古不泥，善读古书』。曾任兴化市政协副主席、兴化市中医院副院长。能诗文，精书法，擅画兰。

无觅处，得来全不费功夫”“山重水复疑无路，柳暗花明又一村”的喜悦是难以言喻的。

笔者力求人文与医学结合、普及与提高结合、知识性与趣味性结合，通过原赋、注释、意译、赏析、插图等板块，帮助读者读懂原赋，在了解典故、史料的基础上，加深对花卉的理解，轻松地发现古典诗赋和中医药文化之美。本书适合中医药文化爱好者，花卉、书画及诗词歌赋爱好者，文史研究者，中医临床、教学、科研人员，在校大、中学生阅读；也可供各地中医医院组织“中医药就在你身边”科普巡讲、小学教师指导“中医药文化进校园”主题活动、打造“岐黄学园”“校园药圃”参考。

感谢中国中医药出版社张钢钢、刘聪敏两位编辑老师的慧眼、慧心，为本书出版不辞辛劳，在开本版式、结构编排、图文设计、装帧印刷等每一个细节，都倾尽全力，争取以最优美的姿态呈现给读者。配图尽可能找彦公画作，部分由彦公长子乔以乾先生（字亦清）补画。欣赏丹青妙笔，可以直观地感知生命之韵、艺术之魂、花卉之美。

感谢易康先生拨冗赐序，易康先生是被中国作协副主席、江苏省作协主席毕飞宇先生誉为“开放的，斑驳的，融汇的，更是独特的”先锋作家。其父易鸣皋先生，与著名儒医魏平孙院长、物理名师任恕曾先生、外语名师张同先生（笔者的岳父）为姑（姨）表亲，是兴化最早的科班出身的美术家，就读于南京美专、上海美专，师从刘海粟、张玉良、陈之佛，学成后回乡执教，是兴化著名“破卷残书”画家钮传礼先生的启蒙老师，兴化重建拱极台、四牌楼，参考了他的油画写生作品和凭着记忆绘制的平面图。

笔者喜欢水墨色彩的变幻、浓烈、激荡，也迷恋白描线条的纯粹、简洁、宁静。蒋莹、樊志红助我完成白描插图，用心、用情、用力、埋头画了一个多月才告竣工。“花木成畦手自栽”（王安石《书湖阴先生壁》）“敝帚虽微亦自珍”（陆游《秋思》）。笔者把这组铅笔画叫做“铅之华”，寄托着对艺术的挚爱和梦想——素以为绚，淡而显雅；盈枝嘉果，满树繁花；细致入微，纵情挥洒；脱却俗艳，洗尽铅华。读者可以从花叶的私语、鸟虫的和鸣、题跋的诗境里，读懂其中的小创意、小秘密、小确幸。

在本书酝酿与写作过程中，周永华、赵家定、余杏敏、田虎、苗忠、朱文、石育才、章荣、徐玥恒、杨键、李步勤、马红付、潘永军、唐保桂等领导和有识之士先后予以不遗余力的支持；许才清、乔以坤、祭彦俊、石百千、赵钲、朱静波、闻敏、卞文伯、夏勇江、葛礼宾、潘爱菁、冯巧岚诸师友多有匡正；两位鲐背之年的著名学者——德高望重的江苏省兴化中学老校长柳印生先生、著作等身的文史学家陈麟德先生审读全书；“朱杰名师工作室”兴化医派研究与文化传承课题组成员何雅岚、马桂琴、沈莉莉、陆长叶、徐丽、沙爱华认真校对。还有很多热心朋友惠我良多，在此一并致以诚挚的谢意。

乔林隐处现奇才，
惟妙群芳画卷开。
良夜银琶邀月影，
花朝羯鼓动春雷。
赋成字句凝清露，
十里馨香漫凤台。
三叠琴心传雅韵，
篇裁锦绣入梦来。

笔者按捺不住诗兴，尝试学写一首藏头七律，可谓熟读乔赋十三篇、不会吟诗也会吟。乔家世业银楼，琵琶弦精选优质纯银特制，音量宏大，音质清脆，铮铮然，可谓铁板银琶也。春秋时期的《陶朱公书》记载：“二月十二日为百花生日。”唐朝把花朝节定在二月十五日，花朝节与中秋节并称“花朝月夕”。还用了萧史弄玉吹箫引凤之典，词牌名“凤凰台上忆吹箫”，即由此而来。三叠是指琴曲《阳关三叠》，反复吟咏，乐雅情浓。不妨也作一意译：

绿树掩映，古木参天，穿枝拂叶，幽径沉吟。
月色如银，对影翩跹，怀抱琵琶，拨动心弦。
花朝时节，春光明媚，羯鼓催花，惊破春雷。
诗稿甫成，墨色犹新，晶莹如露，沁人心脾。
观花悟道，题花寄意，以花喻德，借花明志。
替花解语，因花噙泪，为花写照，代花传情。
凤凰台下，花香四溢，琴声三叠，心旷神怡。
灿若云锦，空濛潋滟，潜入梦境，旖旎温馨。

2025年适逢乔惟良先生诞辰110周年，付梓之际，试以《诵读彦公花赋》为题，采撷先生笔下缤纷斑斓的梅（疏影）、兰（九畹）、玉兰、木笔、杏、桃、梨、棠、荷、牡丹（丹蕊）、芍药（红药）、菊，编织成绚烂璀璨的花环，调寄《水调歌头》填词一阕，以为心香一瓣。

疏影凝冰魄，九畹散幽芳。玉兰萦梦，木笔垂露透芸窗。杏子青悬南浦，桃萼红燃北渚，梨雪漱沧江。棠卧流云幔，荷举碧霞觞。

澡精神，和气血，燮阴阳。阆风仙种，人境灵卉入青囊。丹蕊平添春色，红药顿除苦厄，菊酒浣诗肠。采采花前诵，染得一襟香。

乙巳立春于国家历史文化名城兴化